A pequena livraria dos Sonhos

A pequena livraria dos Sonhos

... onde os finais
são sempre felizes

Título original: *The Little Shop of Happy Ever After*

tradução: Thaís Paiva
preparo de originais: Renata Dib
revisão: Sheila Louzada e Suelen Lopes
projeto gráfico e diagramação: Natali Nabekura
capa: Kate Forrester
adaptação de capa: Renata Vidal
impressão e acabamento: Associação Religiosa Imprensa da Fé

CIP-BRASIL. CATALOGAÇÃO NA PUBLICAÇÃO
SINDICATO NACIONAL DOS EDITORES DE LIVROS, RJ

C659p Colgan, Jenny
A pequena livraria dos sonhos/ Jenny Colgan; tradução de Thaís Paiva. São Paulo: Arqueiro, 2019.
304 p.; 16 x 23 cm.

Tradução de: The little shop of happy ever after
ISBN 978-85-8041-953-5

1. Ficção americana. I. Paiva, Thaís. II. Título.

19-56066

CDD: 813
CDU: 82-3(73)

Editora Arqueiro Ltda.
Rua Funchal, 538 – conjuntos 52 e 54 – Vila Olímpia
04551-060 – São Paulo – SP
Tel.: (11) 3868-4492 – Fax: (11) 3862-5818
E-mail: atendimento@editoraarqueiro.com.br
www.editoraarqueiro.com.br

Leiamos e dancemos, pois essas são duas diversões
que nunca farão mal algum ao mundo.

Voltaire

Uma mensagem aos leitores

Este livro não tem dedicatória porque é inteiramente dedicado a você, leitora ou leitor. A história é dedicada a todos os leitores.

Porque fala sobre leitura e sobre livros, e sobre como as duas coisas são capazes de mudar sua vida sempre para melhor. Também fala da sensação de se mudar e recomeçar do zero (algo que fiz várias vezes na vida) e de como o lugar em que escolhemos morar afeta nossas emoções; pondera se a paixão na vida real pode ser igualzinha ao que acontece nas histórias, e também tem uma ou outra coisa sobre queijo, pois acabei de me mudar para um lugar que produz muito queijo e estou viciada. E também tem um cachorro chamado Salsinha.

Mas ele fala muito sobre livros porque Nina Redmond, a personagem principal, sonha abrir a própria livraria.

Por isso, vou dar algumas sugestões de locais de leitura, porque eu quero que você esteja o mais confortável possível enquanto lê. Caso eu tenha deixado de fora algum lugar muito óbvio ou se você gosta de fazer algo totalmente diferente, pode comentar comigo no Facebook ou no Twitter (@jennycolgan), porque sou adepta da antiquada convicção de que ler é um prazer que deve ser preservado a todo momento. Espero, do fundo do coração, que você sinta tanto prazer ao ler este livro (onde quer que escolha lê-lo) quanto eu senti ao escrevê-lo.

Banheira

Eu tenho um horário para relaxar com um banho de banheira: 21h45. Isso deixa meu marido maluco, já que ele precisa ajustar o termostato se não estiver na temperatura correta (que é só um pouquinho mais fresca que a superfície do Sol) e manter a água sempre no volume certo. É um verdadeiro luxo. Só que eu não gosto de óleo de banho. Acho meio nojento, sabe? Deixa tudo melecado. Mas estou fugindo do assunto. Voltemos ao livro no banho: edições de bolso são as mais indicadas, é claro, porque o pior que pode acontecer é ter que deixar o exemplar secando perto do ventilador (os livros do Harry Potter dos meus filhos estão todos deformados), mas também leio bastante no leitor eletrônico e queria contar um segredinho: eu viro as páginas com o nariz. Talvez você não tenha sido abençoado com um nariz ítalo-escocês à la Peter Capaldi, mas, com um pouco de prática, tenho certeza de que vai logo descobrir que é bastante possível deixar uma mão na água e ainda passar as páginas usando esse método. Se alguém na sua casa tem a mania de entrar no banheiro sem aviso, é melhor trancar a porta – posso afirmar, por experiência própria, que as pessoas acham essa cena um tanto hilária.

Uma alternativa é fazer como a minha amiga Sez, que usa as duas mãos no e-reader, mas o envolve em plástico. Sagaz.

Cama

O único problema em ler na cama é a brevidade do evento: duas ou três páginas depois, você já apagou, que nem uma lâmpada. Depois de um dia bastante cansativo, você pode tentar insistir um pouco até enfim acabar adormecendo. O problema é que, ao pegar o livro na noite seguinte, acaba pensando: "Essa história tinha mesmo um unicórnio cor-de-rosa correndo em uma sala de aula enquanto eu o perseguia de pijama?" E sinto informar que não, nada do gênero acontece aqui. Você é que dormiu e sonhou enquanto lia e infelizmente precisará voltar algumas páginas. Mas, como sou muito prestativa, dei nomes bem diferentes aos personagens. Não há nada pior do que ler sobre uma Cathy e uma Katie tarde da noite, e não quero tornar a vida de ninguém mais complicada do que precisa ser.

Espreguiçadeira

Férias na espreguiçadeira é o momento ideal para uma leitura. Na verdade, durante toda a minha vida, meu bronzeado sempre foi diretamente proporcional à genialidade do livro que eu lia enquanto tomava sol. O único problema é como segurar o livro. Segure-o acima da cabeça e, além de cansar os braços, seu bronzeado vai ficar com uma marca no formato de um livro (o que eu imagino que até seja considerado legal em alguns círculos). Se o livro refletir o sol, você vai passar o tempo todo franzindo os olhos, o que não é muito atraente. Ficar sentada de pernas cruzadas e deixar o livro na toalha também não é a pose mais elegante (se você for como eu, que tenho certa tendência a ficar corcunda). Se deitar de bruços, o suor vai escorrer todo e pingar nas páginas, e as peças de plástico da cadeira podem acabar machucando. A melhor coisa é tentar encontrar uma daquelas maravilhosas espreguiçadeiras de vovó que vêm com abas de pano para puxar por cima da cabeça. Sim, elas podem até ser meio ridículas, mas assim você, ao contrário de todas as outras pessoas, poderá ler sob o sol sem perder o conforto, então quem é que ri por último?

Andando na rua

Houve um tempo em que era aceitável andar na rua com a cara enfiada em um livro. As pessoas davam um sorriso indulgente e saíam do seu caminho, pois entendiam que às vezes a vontade de continuar lendo era arrasadora. Certo dia, vi uma menina no metrô de Londres que estava se segurando numa alça do vagão e acabou deslocando o pulso enquanto tentava fazer a baldeação e, ao mesmo tempo, terminar *Um rapaz adequado*.

Mas hoje em dia todo mundo vive com os olhos grudados na porcaria do celular, com medo de alguém curtir uma foto de cachorro no Facebook e eles demorarem dois segundos para ver a atualização, por isso andar na rua virou uma corrida de obstáculos, mesmo para quem não está com a cara enfiada em um livro. Aconselho cautela.

Clube do livro

Se você está lendo esta história para um clube do livro, só digo que sinto muito e presumo que sejam 2h15 da véspera do encontro. Já notei que, quando somos forçados a ler um livro, nos sentimos como se ainda estivéssemos na escola. Afinal, se quiséssemos dever de casa já teríamos nos matriculado naquele curso noturno que vivemos prometendo fazer quando arranjarmos tempo. Se temos que ler com pressa, é nessa hora que alguém vem e pergunta: “E aí, o que achou do final?”, e você se vê forçado a sorrir e concordar, torcendo desesperadamente para que o final não seja uma pegadinha do autor em que a história vira do avesso (confesso que isso já me aconteceu). Portanto, dou minha palavra de que o final deste livro não tem pegadinha nenhuma. Se bem que, se tivesse, eu diria a mesma coisa, não é?

Rede

Quando eu era mais nova, tive um namorado que me deu uma rede de presente e a pendurou na varanda perigosamente alta da minha casa. Ah, quantas horas felizes eu passei lá, balançando e lendo, comendo biscoitos e pensando no meu lindo e querido namorado!

Então, caro leitor, eu me casei com ele, tivemos filhos e um cachorro e nos mudamos para um lugar onde chove o tempo inteiro, e acho que a rede ainda está guardada em algum lugar. Isso, meus amigos, é o que costumam chamar de "felizes para sempre".

Momentos "roubados" para ler

Ah, essa é a melhor hora para ler. Costumo chegar um pouco mais cedo para pegar as crianças na natação ou passar uns quinze minutos lendo no carro depois de ir ao mercado. Nessas horas eu pego de volta um pouquinho do tempo que o mundo toma de mim, para poder ficar sozinha com meu livro. Nós merecemos esse agrado, e o "proibido" é sempre mais gostoso.

Transporte público

Ler no transporte público é ótimo, desde que você pegue o jeito da coisa. Pegar ônibus, trem ou metrô para o trabalho ou para a escola é algo tão automático – basta observar o olhar vago das pessoas que percorrem essa linda e complexa dança entre as estações todos os dias – que seu cérebro acata no mesmo instante o comando de se retirar de tudo isso durante esse determinado intervalo de tempo. Guarde o celular. Não há nada nele que não possa esperar até você chegar ao trabalho. Ler no transporte público é sua pequena recompensa por morar longe.

Viagem

Ler na viagem é bem diferente de ler a caminho do trabalho. Como você pode imaginar, eu sou contra wi-fi em carros e aviões, embora essa seja uma batalha perdida. Mesmo assim, reserve um assento na janela para poder se acomodar bem, ponha o fone de ouvido, escolha algo relaxante para ouvir no entretenimento de bordo e se jogue em algumas horas ininterruptas de leitura – tirando aquele momento em que os comissários começam a servir as bebidas e você fica com medo de que passem direto por você, e aí você acaba ficando ansioso e não consegue se concentrar. Nessa hora, deixe o livro de lado e folheie uma revista, fingindo casualidade, como quem nem se importa se vai ser servido ou não. Também já tentei fazer tudo ao mesmo tempo – comer, beber, ouvir música e ler – num voo de classe econômica. Não recomendo, a não ser que você tenha bastante dinheiro em espécie sobrando para o caso de ter que reembolsar a pessoa no assento ao seu lado pela conta da lavanderia.

Trens, por outro lado, foram feitos para a leitura. Na minha experiência, investir em um bom par de fones de ouvido vale mais a pena do que se estressar com os idiotas que insistem em fazer barulho. Não estou dizendo que essas pessoas deveriam ser presas, mas, se fossem, eu é que não ia reclamar.

Diante da lareira

Se você não tem lareira em casa, serve uma vela. Quando vai chegando o inverno, já começo a sonhar com o aconchego de uma lareira e um bom livro – quanto maior, melhor. Nada melhor do que um romance bem, bem longo, uma caneca generosa de chá ou uma taça de vinho, dependendo da proximidade do fim de semana (ou da minha própria inclinação a forçar os limites de quando o fim de semana começa), e uma boa dose de tranquilidade. Um cachorro também ajuda. Cachorros são ótimos para nos lembrar de que não precisamos ficar olhando o celular de dois em dois segundos para ter uma vida feliz.

Hospital

Já passei muito tempo em hospitais, por uma série de motivos: já trabalhei em hospital, já tive uma penca de filhos no hospital e já fiquei um bom tempo levando os referidos filhos para o hospital por conta de braços e pernas quebrados ao cair da árvore etc.

O tempo no hospital passa de maneira diferente. Primeiro, é muito mais lento. Nada para, mesmo à noite. E há sempre aquele leve ar de deslumbramento com tudo o que acontece lá dentro: os dramas verdadeiros que todos nós conhecemos bem – uma vida que acaba e outra que começa, a felicidade e o luto – se desenrolando à nossa volta em cada andar do prédio estéril e gelado. O terror, o sofrimento e a alegria que ecoam junto com cada passo apressado e profissional no piso encerado até brilhar.

Acho muito difícil ler no hospital. É como estar a bordo de um grande navio percorrendo águas turbulentas enquanto aqueles que estão em terra firme continuam vivendo normalmente, alheios às pessoas que, não muito longe dali, estão navegando na tempestade.

Já a poesia funciona bem para mim no hospital. Textos curtos, que permitem que você erga os olhos da página sem se sentir frágil demais, isolado demais. Afinal, estamos todos ali, ou já estivemos, ou ainda estaremos.

Também é um lugar para as pequenas gentilezas, como se sentar ao lado de uma pessoa e ler para ela.

É por isso que não sinto nem um pouco da indignação das pessoas que reclamam que as cantinas hospitalares vendem bolo e sorvete. Um hospital deve sempre ter bolo. É o mínimo do mínimo.

Debaixo de uma árvore frondosa em um parque ensolarado

Mas é claro. De preferência com um sorvete de qualidade. Nada daqueles mais duros.

Outros

Dentre os meus maiores orgulhos na vida está o talento para dar um jeito de ler: amamentando (é só pôr um travesseiro *embaixo* da cabeça do bebê); secando o cabelo (meu cabelo é bem difícil); escovando os dentes (meus dentes, por outro lado, são ótimos, provavelmente porque a escovação dura muito mais do que o recomendado); esperando o sinal de trânsito ficar verde; trancada no banheiro de uma festa de casamento muito chata (quem estava casando não era eu); no parquinho (certa vez li um livro inteirinho enquanto meus filhos se esbaldavam na piscina de bolinhas em uma tarde chuvosa; acho que foi um dia inesquecível para todos nós); na pedicure (nunca peço para fazer a unha da mão porque não dá para ler durante o processo); de pé em uma fila; em um carro conversível (complexo); na igreja (um pecado pelo qual cheguei a ser punida, e com razão); em viagens de negócios nas quais eu precisava fazer minhas refeições sozinha no restaurante (mas, com um livro, ninguém nunca fica sozinho); e, por fim, lá onde tudo começou, durante um milhão de horas no banco de trás do velho Saab 99 verde do meu pai, chupando um picolé e olhando os cachinhos do meu irmão que dormia com a cabeça na minha perna. Por isso, conte-me onde você gosta de ler. Porque um dia com leitura é sempre um pouquinho melhor do que um dia sem leitura, e eu desejo a você uma infinidade de dias maravilhosos.

Agora chegou a hora de conhecer a Nina.

Um beijo,
JENNY

Capítulo um

O problema das coisas boas é que, muitas vezes, elas se disfarçam de coisas horríveis. Imagine como seria ótimo se, ao passar por uma situação difícil, sempre houvesse alguém que cutucasse seu ombro e dissesse: "Não se preocupe, vai valer a pena. Agora tudo parece uma droga, mas prometo que as coisas vão se resolver no fim." Ao que você responderia: "Obrigada, Fada Madrinha." E talvez acrescentasse: "Outra coisa, eu vou conseguir perder aqueles 3 quilinhos?" E a pessoa diria: "Mas é claro, meu anjo!"

Seria muito útil, mas não é assim que funciona, e é por isso que às vezes passamos tanto tempo insistindo em algo que não nos traz felicidade, ou desistimos rápido demais de algo que se resolveria no fim das contas. E costuma ser difícil discernir um caso do outro.

Passar a vida só olhando para o futuro pode ser bem irritante. Pelo menos, era o que Nina pensava.

Nina Redmond, no ápice de seus 29 anos, estava dizendo a si mesma para não chorar em público. Se você já deu esse conselho a si mesma, então sabe que isso nunca acaba bem. Pelo amor de Deus, ela estava no trabalho! Não se pode chorar no trabalho.

Nina ficou se perguntando se mais alguém tinha vontade de chorar no trabalho. Então imaginou que talvez todos tivessem. Até mesmo Cathy Neeson, com seu cabelo loiro engomado demais, sua boca crispada e suas planilhas, e que estava, naquele exato momento, parada num canto observando a sala de braços cruzados e cara amarrada após transmitir à pequena equipe da qual Nina fazia parte um discurso recheado de termos técnicos para informar que os cortes estavam acontecendo em todo o país, que a cidade de Birmingham não daria conta de manter todas as bibliotecas e que todos teriam que se adaptar aos tempos difíceis.

No fim, Nina decidiu que não. Algumas pessoas não tinham uma única lágrima dentro delas.

(O que ela não sabia era que Cathy Neeson chorava no caminho de casa para o trabalho e do trabalho para casa – em geral, depois das oito da noite – sempre que precisava demitir alguém, ou quando era forçada a limar alguns por cento de um orçamento já esquelético, ou quando era obrigada a entregar relatórios de foco em qualidade, ou quando o chefe largava uma pilha de trabalho administrativo na mesa dela às quatro da tarde de sexta-feira antes de viajar para uma estação de esqui, algo que ele fazia com frequência.

Um dia, Cathy ainda largaria tudo e arranjaria um emprego na loja de lembrancinhas do National Trust, ganhando um quinto do salário, trabalhando metade das horas e sem derramar uma única lágrima. Mas esta não é a história de Cathy Neeson.)

É que..., pensava Nina, tentando desfazer o nó na garganta, *...é que eles eram uma biblioteca* tão *pequenininha*!

Contação de histórias para crianças às terças e quintas de manhã. O expediente que terminava cedo nas quartas à tarde. O prédio antiquado e maltratado, com piso de linóleo gasto. Às vezes o ar recendia a mofo, é verdade. O aquecedor velho que pingava e demorava a pegar no tranco de manhã, mas que no instante seguinte matava todos de calor, e havia um cheiro meio suspeito, principalmente perto de Charlie Evans, que vinha se aquecer e ler o *Morning Star* de cabo a rabo, bem devagar. Nina ficou se perguntando para onde os Charlie Evans da vida iriam agora.

Cathy Neeson explicara que o plano era concentrar toda a atividade no centro da cidade, cuja biblioteca se transformaria em um "hub", com uma "zona de experiências multimídia", um café e uma "experiência intersensorial", o que quer que isso significasse, apesar de o centro da cidade ficar a no mínimo dois ônibus de distância dali, longe demais para a clientela de Nina, composta de idosos e pessoas sem nenhum tempo livre.

O adorável prédio antigo de telhado de duas águas seria vendido para dar lugar a um residencial com apartamentos que uma bibliotecária nunca poderia pagar.

E Nina Redmond, 29 anos, rata de biblioteca, com os longos cabelos castanho-avermelhados, a pele branca com algumas sardas e uma timidez que a fazia ruborizar – ou quase irromper em lágrimas – nos momentos mais inoportunos, tinha a sensação de que seria atirada na rua da amargura em um mundo com cada vez mais bibliotecários desempregados.

– Então vocês já podem começar a empacotar todos esses "livros" – concluíra Cathy Neeson.

A mulher pronunciara "livros" como se fossem objetos de mau gosto, incompatíveis com o futuro lustroso e moderno que imaginava para a Mediatech Services. Todos aqueles livros ensebados e esquisitos.

Nina se arrastou para a sala dos fundos com o coração pesado e os olhos um pouco vermelhos. Por sorte, todo mundo estava do mesmo jeito. Rita O'Leary, uma senhorinha que deveria ter se aposentado uns dez anos antes, mas que era tão gentil com o público que todos relevavam o fato de que ela não conseguia mais enxergar os números da Classificação Decimal de Dewey e guardava os livros mais ou menos ao acaso, tinha se debulhado em lágrimas. Nina conseguiu engolir a própria tristeza para consolar a colega.

– Sabe quem também fez algo parecido? – sibilou Griffin, por trás da barba desgrenhada, quando Nina passou por ele. Griffin lançou um olhar desconfiado para Cathy Neeson, que ainda estava no salão principal, e concluiu: – Os nazistas. Encaixotaram os livros todos e atearam fogo.

– Ninguém vai botar fogo em nada! – rebateu Nina. – Eles não são nazistas.

– Isso é o que todos pensam. E aí, quando menos se espera, estão cercados de nazistas.

Com uma velocidade impressionante, houve uma espécie de liquidação, com a maior parte dos frequentadores folheando os velhos exemplares favoritos na caixa de 10 centavos e deixando para trás itens mais novos.

Depois, com o passar dos dias, a equipe deveria empacotar o restante dos livros a fim de mandá-los para a biblioteca central, mas Griffin, que já era sempre sério, estava ainda mais carrancudo. Ele tinha uma barba comprida e desgrenhada, e um hábito de menosprezar as pessoas que não liam os livros de que ele gostava. Como só gostava de histórias obscuras da década de 1950, já fora de catálogo, sobre rapazes frustrados que bebiam demais em Fitzrovia, Griffin tinha oportunidade de sobra para aperfeiçoar esse hábito. E continuava falando sobre queimar livros.

– Os exemplares não serão queimados! Vão para a sede, no centro da cidade.

Nina não conseguia nem pronunciar "Mediatech". Griffin bufou.

– Você já viu os planos para o lugar? Café, computadores, DVDs, plantas, escritórios administrativos e pessoas fazendo análises de custo-benefício e importunando os desempregados... digo, ministrando "workshops de atenção plena". Não há espaço para livros naquele lugar maldito. – Griffin fez um gesto para as dezenas de caixas. – Tudo isso vai para o lixão. Vão usar para fazer estradas.

– Não vão, não!

– Vão, sim! É isso que fazem com livros mortos, você não sabia? São reciclados e viram forro para estradas. Para que os carrões possam passar por cima de séculos de pensamentos e ideias e intelectualismo, esmagando metaforicamente o amor pelo conhecimento com seus grandes pneus idiotas, esse bando de fanfarrões que estão matando o planeta.

– Parece que hoje seu humor não está dos melhores, hein, Griffin?

– Será que vocês dois podem acelerar isso? – interrompeu Cathy Neeson, com ansiedade na voz.

O orçamento só cobria o uso dos caminhões de frete por uma única tarde, de modo que, se eles não conseguissem carregar tudo a tempo, ela estaria muito encrencada.

– Sim, comandante-super-Führer – respondeu Griffin, baixinho, e a mulher se afastou, com os cabelos loiros ainda rígidos no penteado. – Meu Deus, essa mulher é um bicho mau que nem pica-pau.

Nina, contudo, não estava mais prestando atenção. Sentia o desespero tomar conta ao olhar os milhares de exemplares à sua volta, todos tão esperançosos com suas lindas capas e resenhas otimistas. Condenar qualquer um deles à reciclagem era devastador: eram livros, oras. Para Nina, era como se estivessem fechando um abrigo de animais. E Cathy Neeson podia dizer o que quisesse, mas não havia a menor possibilidade de conseguirem empacotar tudo em um único dia.

E foi assim que, seis horas depois, quando Nina estacionou o Mini Metro diante de sua casinha minúscula, o carro estava completamente entulhado de livros.

– Ah, não – disse Surinder ao chegar à porta, cruzando os braços por cima do busto consideravelmente volumoso.

Tinha uma expressão azeda no rosto. Nina já conhecera a mãe dela, que era superintendente de polícia. Tinha sido da mãe que Surinder herdara aquela mesmíssima expressão, que com bastante frequência era dirigida a Nina. Surinder prosseguiu:

– Você não vai trazer isso pra cá. Nem pensar.

– É só porque... Olha, eles estão em perfeitas condições.

– A questão não é essa – falou Surinder. – E não olha pra mim desse jeito, como se eu estivesse botando órfãos no olho da rua.

– Bem, de certa forma... – falou Nina, tentando não parecer suplicante demais.

– Nina, as vigas da casa não vão suportar! Já te disse isso antes.

Já fazia quatro anos felizes que elas dividiam uma casinha geminada, desde que Nina se mudara para Edgbaston, vinda de Chester. As duas não se conheciam antes, de modo que passaram pela agradável experiência de se transformar em amigas que dividiam o apartamento, em vez de amigas que deixam de ser amigas ao dividir um apartamento.

Nina vivia com certo receio de que Surinder começasse a namorar sério e fosse morar com o cara ou trazê-lo para morar com elas, mas, apesar do grande número de pretendentes, isso ainda não tinha acontecido, o que era um alívio. Surinder comentava que não havia nenhum motivo para que acreditassem que esse tipo de coisa só aconteceria com ela, porém, considerando a mania solitária de ficar lendo o tempo todo e a timidez de Nina, ambas tinham certeza de que Surinder se daria bem antes. Nina sempre fora uma pessoa quieta e isolada, e observava o mundo através dos romances que adorava ler.

Além do mais, nunca tinha conhecido algum homem que chegasse aos pés dos heróis dos livros que tanto amava, o que se evidenciava sobretudo depois de uma noite desconfortável conversando com os amigos desajeitados do *último* casinho de Surinder. Sr. Darcy, Heathcliff ou, dependendo do humor, até mesmo um Christian Grey... Os caras nervosos e de mãos suadas, para quem ela nunca conseguia pensar em nada interessante ou inteligente a dizer, não chegavam nem perto. Não caminhavam pelas charnecas de Yorkshire com ar misterioso e soturno. Não se recusavam a dançar com a garota no Pump Room mesmo tendo passado a vida inteira nutrindo, em segredo, uma paixão arrebatadora por ela. Eles só ficavam bêbados na festa de Natal, como Griffin ficou, e tentavam enfiar a língua na boca da garota depois de passar horas e horas tagarelando sobre como o relacionamento com a namorada não era tão sério assim no fim das contas. Enfim. Surinder estava furiosa e, para piorar, coberta de razão. Não tinha mesmo espaço. Havia livros em todos os lugares: na escada, ao pé da escada, lotando completamente o quarto de Nina, expostos com esmero na sala de estar e, só por via das dúvidas, no banheiro. Nina gostava de saber que sempre havia um exemplar de *Mulherzinhas* por perto para os momentos de crise.

– Mas não posso deixá-los aqui fora, no frio – apelou.

– Nina, isso é polpa de ÁRVORE MORTA! E alguns livros estão com um cheiro péssimo!

– Mas...

Surinder manteve a expressão inalterada e olhou para ela muito séria.

– Nina, já chega. Isso está saindo do controle. Você passou a semana inteira guardando os livros da biblioteca. E a coisa só está piorando.

Ela se adiantou e pegou no topo da pilha um volume imenso, um romance que Nina adorava.

– Olha aqui! Você já tem esse livro!

– Eu sei, mas é que essa é uma primeira edição em capa dura. Olha só como é linda! Ninguém nunca leu!

– E ninguém nunca vai ler, porque a sua lista de leituras já é mais alta do que eu!

As duas garotas tinham ido parar no meio da rua, porque Surinder estava tão possessa que saíra.

– Não! – falou Surinder, erguendo a voz. – Não. Dessa vez eu vou ter que ser firme.

Nina sentiu que o tremor tomava conta de seu corpo. Notou que estava prestes a ter uma briga com a amiga, e não suportava nenhum tipo de confronto ou desentendimento. E Surinder sabia disso.

– Por favor – pediu Nina.

Surinder ergueu as mãos, frustrada.

– Meu Deus, parece até que estou batendo em um cachorrinho. Você não está fazendo nada para lidar com essas mudanças no trabalho, não é? Nada mesmo. Só se encolhe num canto e se finge de morta!

– Tem mais uma coisa – sussurrou Nina, com os olhos grudados no chão assim que a porta bateu atrás delas. – Esqueci as chaves hoje de manhã. Acho que estamos trancadas aqui fora.

Surinder a fuzilara com o olhar, fazendo aquela cara de delegada, mas então, graças a Deus, desatara a rir. Seguiram para um agradável pub gastronômico na esquina (que costumava ficar apinhado mas que, por sorte, não estava muito cheio naquela noite), onde conseguiram uma mesa aconchegante em um cantinho.

A amiga pediu uma garrafa de vinho sob o olhar atento de Nina. Era um mau sinal, prenunciava o início da conversa sobre "o que há de errado com Nina", que em geral começava depois da segunda taça.

E qual era o problema, afinal de contas? Ela amava livros e amava o emprego e amava viver daquele jeito. Era agradável, confortável. Rotineiro. Ou pelo menos costumava ser.

– Não – falou Surinder, pousando a segunda taça com um suspiro.

O rosto de Nina assumiu uma expressão de escuta resignada. Surinder trabalhava em uma empresa de importação de joias, cuidando da contabilidade envolvida no comércio de diamantes. Era fantástica no trabalho.

Todo mundo morria de medo dela. Suas habilidades administrativas eram lendárias, assim como seu número de faltas.

– Não é bom o suficiente para você. Não é mesmo, Ninoca?

Nina se concentrou na própria taça, torcendo para que outra coisa se tornasse o foco da atenção da mesa.

– O que o cara do RH falou?

– Ele disse... ele disse que quase não tem mais vagas de emprego em bibliotecas, ainda mais depois dos cortes. As equipes serão, em sua maioria, formadas por voluntários.

Surinder deu uma risada seca.

– Aquelas simpáticas senhorinhas aposentadas?

Nina assentiu.

– Mas elas não vão saber sugerir os livros certos para as pessoas! Elas não fazem a menor ideia do que uma criança de 9 anos tem que ler depois de Harry Potter.

– Patrick Ness – falou Nina, no mesmo instante.

– É disso que eu estou falando! Dessa expertise! Elas se viram bem com o sistema de classificação? Com a arrumação das prateleiras? As atividades administrativas?

– Não muito.

– Então para onde você vai?

Nina deu de ombros.

– No novo hub de mídia talvez tenha algumas vagas de facilitadores, mas eu teria que fazer um workshop de trabalho em equipe para poder me candidatar.

– Capacitação de trabalho em equipe?

– Isso.

– *Você?* – Surinder deu uma risada. – Já fez a inscrição?

– Não, mas o Griffin já.

– Mas você tem que se inscrever.

Nina deu um longo suspiro.

– É, acho que sim.

– Nina, você vai perder o emprego! Perder o emprego! E ficar de papo para o ar lendo Georgette Heyer a tarde toda não vai mudar isso, concorda comigo?

Nina fez que sim com a cabeça.
– Você tem que se mexer, garota!
– Se eu fizer isso, posso levar os livros para dentro de casa?
– Não!

Capítulo dois

Nina estava nervosa ao chegar para o workshop. Não sabia bem o que esperar. Além disso, ainda estava com o carro cheio de livros. Griffin já estava lá, com a perna apoiada no joelho oposto de modo casual, tentando passar a impressão de ser a pessoa mais descontraída de todos os tempos. Não estava dando certo. Seu rabo de cavalo pendia meio frouxo pelas costas da camiseta cinza e as lentes dos óculos estavam sujas.

– Esses estagiários aqui não têm a menor chance – sussurrou ele para Nina, tentando fazer com que ela se sentisse melhor.

Não deu certo. Na verdade, Nina se sentiu pior, e começou a mexer nervosamente na camisa florida. Lá fora, o clima primaveril adejava de um lado para outro como um barquinho no mar, sem se decidir se fazia chuva ou sol.

Surinder estava certa: era hora de ser forte.

Mas às vezes Nina achava que o mundo não era feito para pessoas como ela. Pessoas confiantes e de personalidade forte, como Surinder, nunca entenderiam. Se você não era uma pessoa extrovertida, se não passava o tempo inteiro se colocando sob os holofotes, postando selfies, exigindo atenção, falando sem parar... bem, então as pessoas simplesmente não viam você. E aí você era negligenciada. No geral, Nina não se incomodava em ser essa pessoa.

Porém, tinha acabado de entender que corria o risco de negligenciar a si mesma. A biblioteca pública ia fechar, não importando quantos livros tentasse salvar, e não havia o que fazer. A vaga de trabalho dela ia desaparecer, e não era só uma questão de procurar outra. Havia uma infinidade de bibliotecários desempregados. Para cada vaga, haveria uns trinta candidatos. Ela era que nem um técnico para consertar máquina de escrever ou um funcionário de fábrica de fax. Aos 29 anos, Nina se sentia como se já estivesse ultrapassada demais para preencher os requisitos básicos da vida.

Um rapaz bem jovem subiu no pequeno estrado na frente da sala, nos fundos da biblioteca, e todos se juntaram à equipe das outras duas bibliotecas da região que estavam fechando as portas. Quando os funcionários se conheceram, houvera muito resmungo e reclamação sobre o maldito governo e sobre como aquela situação era terrível, e será que eles não entendiam – *como* não entendiam? – a importância das bibliotecas para as comunidades?

Nina achava que eles entendiam muito bem: o problema era que não se importavam.

– Olá! – cumprimentou o jovem, que estava de calça jeans e uma camisa rosa com a gola desabotoada.

– Quanto será que ele está ganhando para fazer isso? – sussurrou Griffin. – Aposto que é muito mais do que a gente ganha.

Nina ficou chocada. Não estava naquela profissão por dinheiro.

– Oi, pessoal?! – A voz do jovem tinha aquela entonação que subia no fim, fazendo com que tudo parecesse uma pergunta. – Então, eu sei que a situação não é das melhores?

– É mesmo? – zombou Griffin.

– Mas eu tenho certeza de que, até o fim do dia, vamos nos dar muito bem... vamos nos conectar, construir essa confiança, certo?

Griffin bufou outra vez. Mas Nina se inclinou um pouquinho para a frente. Construir confiança? Mal não faria.

Aconteceu quando já tinha pouco mais de uma hora de workshop. O grupo estava fazendo "jogos de confiança" para restaurar a fé que tinham nas coisas e uns nos outros, a despeito do fato de que logo todos ali estariam competindo entre si pelas pouquíssimas vagas restantes. Nina tinha caminhado pela sala de olhos vendados, guiada apenas pela voz dos demais. E naquele momento estava com os olhos tapados outra vez, em cima de uma mesa, esperando o momento de se deixar cair para trás. Sentia-se nervosa e irritada, tudo ao mesmo tempo. Aquilo não era para ela, toda aquela gritaria e encenação.

Mas Mungo, o jovem, era sempre muito motivador.

– Não existe nada que vocês não possam fazer! – gritara ele. – Certo?

Griffin suspirara. Nina, por outro lado, encarara o rapaz. Será que tinha algum fundo de verdade naquilo?

– Tudo pode ser, só basta acreditar.

– Ah, que bom, então eu acho que vou entrar para a equipe olímpica de mergulho – comentou Griffin.

Mungo não deixou de sorrir nem por um único momento. Então, levantou a barra da calça, e a sala arquejou em uníssono. A perna dele era de plástico.

– Isso não me impediria de tentar entrar para o time – rebateu ele. – Vamos lá. Lá no fundo, o que é que você quer fazer?

– Quero ser chefe de departamento da Mediatech.

Griffin foi certeiro. Nina sabia que ele acreditava piamente que Mungo era um espião corporativo. Mungo apenas assentiu.

– Quero saber o que o resto da sala acha – falou Mungo. – Sejam honestos. Não há nenhum espião aqui.

Nina afundou na cadeira. Odiava falar em público.

Nos fundos, um homem de voz grossa que ela não conhecia se manifestou:

– Sempre quis trabalhar com animais. Animais selvagens. Achar os bichos, rastrear o chip deles, sabe?

– Maravilhoso – comentou Mungo, e parecia sincero. – Maravilha! Venham todos aqui para a frente!

Todos tiveram que ficar em volta da mesa, e o estômago de Nina se revirou quando o homem subiu e se deixou cair de costas, para que as pessoas o pegassem.

– Sempre quis ser maquiadora de cinema – disse a jovem que era recepcionista dos serviços centrais. – Cuidar das grandes estrelas e tudo mais.

Mungo aquiesceu, então ela subiu na mesa e também caiu de costas. Nina não conseguia acreditar na facilidade com que todos entraram no jogo.

– Eu só quero trabalhar com livros – falou Rita. – Isso é tudo o que eu sempre quis fazer.

A ideias foram pipocando pela sala, provocando muitas afirmações positivas e uma salva de palmas aqui e ali. Só que, no caso de Rita, eles não pediram que ela subisse na mesa e se atirasse de costas, por causa do seu problema no quadril. Griffin até mudou sua primeira resposta, murmurando que o que queria mesmo era ser quadrinista. Nina não disse nada. Sua mente estava em disparada. Por fim, notou que Mungo a encarava.

– O que foi?

– Vamos lá. Só falta você. Tem que falar o que quer fazer. E seja sincera.

Com muita relutância, Nina foi se aproximando da mesa.

– Eu nunca pensei muito no assunto.

– É claro que pensou – rebateu Mungo. – Todo mundo já pensou no assunto.

– Bom, é que é uma coisa meio boba. Ainda mais na conjuntura atual.

– Aqui nada é bobo – respondeu ele. – Afinal, passamos esse tempo todo caindo de costas.

Nina subiu na mesa. O resto do grupo a encarava, cheio de expectativa. Sua garganta ficou seca e deu branco em sua mente.

– Bem... – começou ela, sentindo o rosto ruborizar daquele jeito horroroso e engolindo em seco com dificuldade. – Bem... é que… Hum. Eu sempre... eu sempre sonhei que um dia, quem sabe, eu teria a minha própria livraria. Uma bem pequenininha.

Silêncio. E então a sala irrompeu em frases como "Ah, eu também!", "Isso aí!" e "Que lindo!".

– Feche os olhos – falou Mungo, de forma delicada.

E assim, Nina fechou os olhos com força, inclinou-se para trás e caiu nos braços que já estavam a postos para aparar sua queda e devolvê-la ao chão.

Quando abriu os olhos de novo, chegou a imaginar...

– Uma LIVRARIA? – Griffin, é claro, tinha que fazer uma crítica. – Uma livraria que vende LIVROS? Você PIROU?

Nina deu de ombros.

– Sei lá, sabe? – respondeu ela. – Eu poderia vender os seus quadrinhos.

Sentia-se curiosamente inspirada. Durante o intervalo, Mungo a chamara de lado e os dois haviam discutido o assunto. Nina manifestara sua falta de habilidade para lidar com as despesas e com o estoque e com os funcionários e com todas as paralisantes tomadas de decisão que ser dona de loja implicaria e com as quais achava que não seria capaz de lidar. Ele assentiu com empatia. Por fim, ela acabou confessando que já estava com o acervo de uma loja inteira enfiado no carro, e Mungo riu e ergueu a mão.

– Sabe, existem versões móveis desse tipo de comércio – comentou ele.

– Como assim?

– Bem, em vez de ter uma loja, com todos os custos fixos e tudo o mais, você poderia fazer algo diferente.

Então Mungo abriu um site e mostrou a Nina a foto de uma mulher que tinha uma livraria em uma barca. Ela já conhecia a história da tal mulher, e deu um suspiro de inveja.

– Não precisa ser uma barca – disse ele, procurando outras histórias na internet. – Uma vez conheci uma mulher na Cornualha que tinha uma padaria dentro de uma van.

– Uma padaria completa?

– Completa. As pessoas vinham de longe para conhecê-la.

Nina ficou atônita.

– Uma van, é?

– Por que não? Você sabe dirigir?

– Sei.

– Acho que você poderia se virar muito bem, não?

Nina preferiu não comentar que tinha levado um tempo absurdo para aprender a dar ré em curva. O entusiasmo efervescente de Mungo era tão contagiante que parecia mais fácil apenas concordar com ele.

Nina mostrou a Griffin um anúncio no jornal que tinha encontrado durante o intervalo do workshop, encorajada pela admiração de Mungo.

– Olha só.

– O que é isso?

– Uma van.

– Uma van velha e fedida de vender comida na rua?

– É, uma van velha e fedida – concordou Nina, com relutância. – Tá, acho que essa não ia servir. Mas olha aqui, tem essa outra.

– Tá achando que uma van vai ser a resposta para todos os seus problemas? – resmungou Griffin. – Imagina só os insetos!

– Já falei que uma van de comida não vai servir!

A resposta levemente exasperada fez com que Griffin erguesse os olhos de sua cerveja, surpreso, como se tivesse acabado de ouvir um ratinho rugir.

– Anda, responde direito. Olha.

– É uma van – respondeu Griffin, exagerando no sarcasmo. – Não sei o que quer que eu diga.

– Quero que diga "Uau, Nina, que incrível, imagina só como seria legal se você tomasse as rédeas da sua própria vida e fizesse isso acontecer".

– O que foi? Ficou a fim do Mungo?

– Não, Griffin, ele é quase um bebê. Mas gostei da postura dele.

– Não estou entendendo nada – falou Griffin. – Uma van? Achei que seu sonho fosse ter uma livraria.

– Isso mesmo! – disse Nina. – Mas não tenho como arcar com os custos do aluguel, não é?

– Realmente – concordou Griffin. – Nenhum banco ia querer correr o risco de te dar um empréstimo. Você não entende nada sobre administração de lojas.

– Não – respondeu Nina. – Mas eu entendo tudo sobre livros, não é?

Griffin olhou para ela por um instante.

– É verdade – admitiu ele, a contragosto. – Você entende muito de livros.

– E vou receber a indenização pela demissão – acrescentou Nina. – E poderia vender o Mini Metro. Então, eu acho... acho que consigo comprar uma van... por pouco, mas dá. E ainda tenho todo o acervo da biblioteca. E da minha vida. E tenho todo o tempo do mundo, no fim das contas. Quer dizer, eu poderia começar por aí: encher a van de livros e ver o que acontece.

– É verdade que você tem livros demais – falou Griffin. – E olha que eu nunca achei que diria isso a alguém.

– Bem, se eu já tenho o acervo... e se dá para comprar a van...

– Hum.

– Então não vejo o que me impede de viajar por aí vendendo livros.

A empolgação estava tomando conta de Nina, e seu peito palpitava. Por que não? Por que todas as outras pessoas do mundo podiam correr atrás de seus sonhos e ela não?

– Em Edgbaston?

– Não – respondeu Nina. – Teria que ser em algum lugar sem restrições para estacionar.

– Ah, tá, um lugar que não existe, então...

– Tem que ser um lugar em que as pessoas não se incomodem. Onde eu possa apenas vender meus livros.

– Acho que a coisa não funciona assim.

– Bom, então tipo uma feira, aonde você vai um dia por semana para vender suas coisas.

– Então seu objetivo é trabalhar um dia na semana e passar o resto do tempo cuidando da plantação de livros?

– Para de jogar areia em tudo que eu digo.

– Não é isso, só estou sendo realista. Eu seria um péssimo amigo se só ficasse aqui dizendo: "Isso aí, Nina, larga a sua vida inteira antes de saber se está mesmo desempregada, joga tudo pro ar e, quase aos 30, vai atrás de um sonho alucinado."

– Hum.

Nina estava ficando desmotivada.

– O que eu quero dizer – prosseguiu Griffin – é que não é muito da sua natureza se arriscar desse jeito. Nesses seis anos em que eu te conheço, nunca vi você voltar atrasada do almoço, nem uma única vez. Você nunca fez uma sugestão de mudança na biblioteca, nunca reclamou de nada, nunca ficou mais tempo na rua durante um treinamento de incêndio para tomar um cafezinho... nada. Sempre foi a Rainha da Perfeição Corporativa, Miss Bibliotecária Exemplar... e agora quer comprar uma van e sair por aí vendendo livros? Para se sustentar?

– Parece tão louco assim?

– Parece – respondeu Griffin.

– Sei... E o que *você* vai fazer? Vai tentar arrumar um emprego numa loja de quadrinhos, ou numa editora pequena ou algo do gênero?

Por um momento, Griffin ficou um pouco constrangido.

– Ah – falou. – Ah, não, de jeito nenhum. Acho que vou só me candidatar a uma das vagas novas. Sabe? Só por via das dúvidas. Uma das vagas de facilitador de conhecimento.

Nina assentiu, com tristeza.

– É, eu também.

– Se você vai se candidatar, eu não tenho a menor chance – falou Griffin.

– Deixa de ser bobo, é claro que tem – respondeu ela, voltando a olhar para o papel e sendo tomada por uma estranha onda de calor. Concentrou-se no anúncio e acrescentou: – De qualquer forma, a van deve estar a milhares de quilômetros daqui.

Griffin olhou o anúncio por cima do ombro de Nina e começou a gargalhar.

– Ah, Nina, você não pode comprar essa van!

– Por que não? É essa que eu quero! – Então se corrigiu: – É essa que eu iria querer.

O veículo era branco, grandalhão e meio antigo, com faróis imensos. Em um dos lados havia uma porta de correr, com uma escadinha de metal que dobrava para fora. Era uma graça, com um aspecto meio retrô, e a melhor parte era que o interior tinha espaço de sobra para as prateleiras, já que antes funcionava como um carro de pão. Era lindo.

– Boa sorte, então – falou Griffin, apontando para as letras miúdas. – Olhe aqui. O vendedor é da Escócia.

Capítulo três

Cathy Neeson chamou cada funcionário individualmente para analisar o "desenvolvimento de competências principais". Não era uma entrevista. É claro que não. Na verdade, era pura tortura a sangue-frio, mas é claro que ninguém podia dizer isso. Nina tremia de nervoso ao entrar na sala.

A mulher ergueu os olhos como se não a reconhecesse (o que era verdade, considerando que Cathy estava com um filho doente em casa e só conseguira dormir às três da manhã), o que não deixou Nina nem um pouco confiante. Cathy deu uma olhada rápida nas anotações.

– Ah, Nina – disse ela. – Como vai, tudo bem? – Olhou de novo para a papelada e franziu o cenho de leve. – Então, você gostava de trabalhar na biblioteca, não é?

Nina assentiu.

– Sim, gostava muito.

– Mas deve estar animada com a nova direção que estamos tomando, certo?

– O workshop de trabalho em equipe me ajudou bastante.

Na verdade, desde então ela não conseguia pensar em outra coisa. Só imaginava a van estacionada na calçada, convidativa e radiante, e no que iria pôr lá dentro, e no tamanho do acervo que poderia manter para aumentar as chances de sempre ter o tipo de coisa que as pessoas procurassem, e onde poderia encontrar outros livros usados quando acabassem os que resgatava da biblioteca, e...

Notou que tinha ficado perdida em pensamentos e que Cathy Neeson a encarava.

(Cathy Neeson odiava tanto aquela parte de seu trabalho que queria poder esfaqueá-la. A ideia era dissuadir sutilmente os candidatos que não tinham a menor chance de sequer se candidatar para a vaga, economizando tempo no processo seletivo. Mas a verdade era que Cathy não tinha muita certeza se os jovens barulhentos tipo *O Aprendiz*, que estavam conseguindo todas as vagas de emprego ultimamente, eram o tipo que realmente precisavam. Achava que ser educado e razoável constituía um perfil muito mais promissor. Mas isso não enchia os olhos dos figurões que adoravam um conjunto missão-visão-valores bem chamativo e se encantavam com afirmações assertivas e atraentes.)

– Então ainda está pensando em se candidatar?

– Por quê? – indagou Nina, com um olhar de pânico no rosto. – Eu não deveria?

Cathy Neeson suspirou.

– Apenas reflita sobre como a sua competência principal se encaixaria aqui – respondeu ela, sem muito entusiasmo. – E... boa sorte.

"Mas que raios isso quer dizer?", pensou Nina, levantando-se de qualquer jeito para ir embora.

Enquanto deveria estar se preparando para a entrevista, Nina só pensava na van dos classificados, e não conseguia encontrar nada que fosse tão legal quanto *aquela*. Parecia ser o carro certo, com seu narizinho engraçado e o teto abaulado. Não tinha mais jeito. Teria que ir até a Escócia.

Griffin surgiu atrás dela, semicerrando os olhos.

– Você não pode estar falando sério – disse ele.

– Só quero dar uma olhada – protestou Nina. – Ainda estou pensando.

– Acho que não é hora para ficar perdida em pensamentos – respondeu Griffin. – Hum, posso te pedir um favor?

– O que foi? – Ela se ressabiou no mesmo instante.

– Pode revisar esse formulário de inscrição para mim? – Ele parecia constrangido.

– Griffin, você sabe que eu estou concorrendo à mesma vaga!

– Sei, claro. Mas você é muito melhor nessas coisas do que eu.

– E não acha que eu poderia te dizer para escrever só as coisas erradas para te tirar da jogada?

– Não, porque você é boazinha demais para fazer isso.

– E se eu passei esse tempo todo fingindo, só para te dar uma falsa sensação de segurança?

– Durante todos esses anos?

– É possível!

– Duvido! – falou Griffin, com um olhar tão complacente que ela quis derramar o café nele. – Você é boazinha demais. Boazinha demais para se recusar a me ajudar e boazinha demais para dirigir uma van.

– Você acha? – indagou Nina.

– Acho. – Ele enfiou o formulário nas mãos dela. – Será que pode só dar uma olhadinha? E aí você me fala? Vai, por favor, vão entrevistar nós dois de qualquer maneira. Por que não dar uma mãozinha ao seu amigo ignorante?

Nina o encarou. Sabia muito bem que sua sessão com Cathy não tinha ido bem. Se ajudasse Griffin, estaria basicamente se autossabotando. Por outro lado, ele precisava mesmo de ajuda...

Suspirando, pegou o formulário e mergulhou de cabeça nos parágrafos impenetráveis sobre multimídia, evolução e conteúdo de contribuição colaborativa. Quanto mais lia, mais triste ficava. Era aquilo que o mundo queria agora? Porque, se era, Nina já não tinha tanta certeza de que se encaixava na vaga. Enquanto tentava ajudar Griffin com algumas das partes mais incompreensíveis, não pôde deixar de pegar aquela baboseira toda sobre paradigmas e superação de limites e metas de sustentabilidade e comparar ao próprio formulário, composto de parágrafos curtos e bem ordenados sobre como as bibliotecas eram peças-chave nas comunidades e como a leitura era essencial para que as crianças atingissem seu pleno potencial. As palavras de Griffin mostravam ambições muito maiores.

Nina suspirou e olhou de novo para o anúncio.

A van era comprida, não muito diferente de um caminhão de sorvete, com uma fachada vintage. As fotos mostravam um interior totalmente vazio, com espaço suficiente para prateleiras em ambos os lados – ela chegara até a rascunhar uma planta do projeto –, além de um cantinho que podia transformar em espaço de leitura, botando um sofá e talvez uns livros infantis... uns pufes... Quando se deu conta, estava perdida em pensamentos mais uma vez, olhando para o nada pela janela que se abria para a tarde barulhenta de Birmingham.

Lá fora havia dois homens em uma discussão acalorada sobre alguém que teria passado a perna em alguém a respeito de um carro; um bando de adolescentes descia a rua gritando e gargalhando alto; no cruzamento, quatro ônibus buzinavam por algum motivo; e ainda havia o rumor infinito dos carros passando no viaduto próximo. Mas Nina não ouvia nada daquilo.

Já via tudo com muita clareza. Ah, sim. Já estava imaginando a coisa toda. Um pouco de combustível, seu acervo – uma boa parcela dos livros que trouxera para casa ainda estavam novos em folha. E com tantas bibliotecas fechando... Será que ela conseguiria extrair algo positivo de uma situação tão terrível?

Olhou o endereço outra vez. Kirrinfief. Começou a pesquisar como chegar lá. As maneiras rápidas não eram baratas, e as baratas...

Ainda tinha algumas semanas de folga para tirar, no banco de horas. Se não conseguisse outro emprego, perderia tudo de qualquer maneira, não era? Então era melhor aproveitar os últimos dias de folga remunerada que teria em muito tempo.

Quando deu por si, já tinha terminado de revisar o formulário ambicioso de Griffin – e comprado uma passagem de ônibus.

Capítulo quatro

Nina deixou o livro cair no colo, notando que começava a adormecer.

Já era quase noite e ela tinha passado o dia inteiro no ônibus, contando apenas com paradas rápidas em postos de gasolina – que não eram lugares muito relaxantes – para esticar um pouco as pernas e dar uma volta. A tarde estava no fim, mas o sol continuava alto no céu – ali só escurecia bem mais tarde do que em Birmingham –, e seus raios entravam com toda a força pela janela em que estava apoiada. Estavam passando pela ponte Forth Road, e o estuário silencioso emanava um brilho cor-de-rosa; por um instante, parecia que o ônibus estava flutuando acima dos cabos brancos da construção imensa.

Nina nunca fora à Escócia. Na verdade, enquanto comprava a passagem (que custara menos do que a conta de uma noite no bar), notara que, aos 29 anos, havia muitos lugares que nunca tinha visitado. É claro que já tinha visitado Nárnia e a pequena casa na pradaria de *Os pioneiros*, e o País das Maravilhas, mas, ao se aproximar de Edimburgo, essas experiências empalideciam diante do cheiro pungente, rico e acre das cinzentas ruas históricas. O antigo calçamento de pedra lhe dava vontade de saltar do ônibus ali mesmo para ver melhor o céu de ferro refletido nas janelas das casas altas e os arranha-céus mais antigos do mundo. O cenário era tão convidativo que Nina estava sentada na pontinha do assento, extasiada com o caos das ruazinhas sinuosas que surgiam aqui e ali, enredando-se nas vias mais amplas e largas, e com o castelo austero no alto de um penhasco que parecia ter caído de paraquedas ali, bem no meio da movimentada cidade.

Mas eles seguiram seu caminho: para o norte, cada vez mais. O céu se avolumava conforme o ônibus atravessava a grande ponte ferroviária à direita, e os veículos eram cada vez mais esparsos na estrada que cortava extensas plantações, paisagens escarpadas e charnecas a perder de vista sob o imenso céu nublado.

Também havia menos gente no ônibus. Houvera bastante entra e sai em Newcastle, Berwick e Edimburgo, mas àquela altura restavam apenas ela, alguns idosos e uns homens que pareciam petroleiros, aguardando pacientemente a chegada; homens que viajavam sozinhos, empedernidos, grunhindo um para o outro, o rosto sempre voltado para o que quer que estivesse à frente.

Em determinado momento, Nina ergueu os olhos do livro e viu uma grande planície ocre, tingida de dourado pela claridade que brincava na urze; pouco tempo depois, levantou a cabeça bem a tempo de ver, com um sobressalto, uma águia-pesqueira atravessando a estrada em um rasante e mergulhando em um lago; por fim, no pico de mais uma montanha, o sol saiu de repente, o que fez com que ela fechasse o livro de vez.

Se naquele fim de semana primaveril estivesse chovendo, talvez tudo tivesse sido bem diferente.

Nina teria passado a viagem inteira lendo, encolhida e aninhada no casaco; teria trocado algumas palavras com os proprietários da van, agradecido com educação e voltado para casa a fim de pensar melhor.

Se o vento estivesse soprando a partir do mar; se a ponte estivesse fechada para veículos mais altos devido à ventania. Se um milhão de pequenas coisas tivesse acontecido de outra forma...

Porque a vida é assim, não é mesmo? Se pensarmos em cada pormenor que pode influenciar nosso caminho de mil maneiras, umas boas e outras ruins, nunca faremos mais nada.

E algumas pessoas não fazem mesmo. Algumas pessoas passam a vida inteira sem conseguir tomar muitas decisões, sem querer se comprometer, sempre com medo das consequências de tentar algo novo. É claro que essa própria postura é, em si, uma decisão. Sempre chegamos a algum lugar, por resultado do nosso esforço ou pela falta dele. Contudo, fazer algo novo é muito difícil. E algumas coisas podem ajudar nesse processo.

Naquela tarde em que Nina chegou à Escócia pela primeira vez, o tempo não estava feio, não chovia e não estava repleto de nuvens tão pesadas e densas que pareciam abraçar a copa das árvores. Em vez disso, era como se toda a paisagem estivesse se exibindo para ela. Fazia uma tardinha dourada, e havia certa estranheza na beleza da luz setentrional. Para onde quer que olhasse, Nina via castelos de pedra acinzentada e campos a perder de vista, carneiros travessos brincando na grama e cervos disparando para dentro de bosques distantes a fim de se esconder do ônibus que se aproximava. Os dois senhores que tinham embarcado em Edimburgo começaram a conversar em gaélico, e Nina se concentrou nos sons – parecia que não estavam falando, e sim cantando. Surpresa e estupefata, ela se deu conta de que ainda estava no Reino Unido, lugar em que passara toda a vida, mas que, de alguma forma, ainda conseguia se mostrar tão diferente.

A estrada continuava em uma subida interminável pela paisagem intocada, sempre avançando com leveza pelos campos de urze, e Nina percebeu que estava torcendo para que o caminho não terminasse antes de chegar a um lugar onde as cidades e as pessoas rareassem cada vez mais, onde não houvesse carros.

Chegou a se sentir culpada por um momento, como se estivesse traindo sua amada Birmingham, com suas ruas circulares e seus prédios residenciais altos, suas sirenes da polícia e seus pubs fervilhantes, suas festas barulhentas e seu tráfego intenso. No geral, ela amava aquelas coisas. Quer dizer, gostava. Na verdade, só tolerava.

Ali, por outro lado, Nina começava a entender por que os escoceses viam a si mesmos e suas terras como outra coisa. Ela já tinha viajado dentro da Inglaterra – Londres, é claro, e Manchester, e ido de férias aos condados bem-cuidados de Dorset e Devon. Mas aquele ambiente trazia uma proposta completamente diferente, com os campos que se desdobravam diante de seus olhos, muito mais amplos do que poderia ter imaginado – se tivesse, algum dia, tentado imaginar algo assim. Cidadezinhas e vilarejos apareciam aqui e ali, com nomes peculiares como Auchterdub, Balwearie, Donibristle, travando a língua em um idioma estranho. Era impressionante.

Apesar de já ser outono, o céu ainda estava claro quando, às nove da noite, o ônibus enfim chegou a Kirrinfief.

Nina foi a única que desceu ali, sentindo-se meio desnorteada e muito longe de casa. Olhou ao redor. Havia duas ruas estreitas que desciam a encosta das colinas que cercavam a cidade; um pequeno pub, um restaurante de paredes cinza com mesas de madeira escovada, um mercadinho, uma padaria, uma agência dos correios minúscula e uma loja de artigos de pesca. Não se via vivalma.

Nina começou a ficar nervosa. Nos livros, um cenário como aquele costumava prenunciar que a primeira pessoa que surgisse a mataria e o resto da comunidade faria de tudo para encobrir o crime, ou então todos virariam lobisomens. Ralhou consigo mesma por ser tão ridícula. Griffin e Surinder sabiam onde ela estava. Nina só ia dar uma olhada em uma van para ser seu plano B caso tudo continuasse tão terrível no trabalho. Só isso. Eram negócios. Pessoas normais faziam negócios o tempo todo. Ainda assim, olhou a tela do celular. Sem sinal. Mordeu o lábio, dizendo a si mesma para seguir logo com o plano.

O pub se chamava Rob Roy e tinha o exterior coberto de belos vasos de planta pendurados. Não havia ninguém sentado nas mesas externas; a noite estava esfriando, apesar do sol fraquinho que ainda baixava no horizonte sem a menor pressa. Nina respirou fundo e abriu a porta.

Lá dentro havia antigas mesas de madeira muito polida e uma grande lareira de pedra cheia de flores secas, decorada com ornamentos equestres. O salão estava praticamente vazio, mas, assim que ela entrou, dois senhores que estavam no balcão bebendo cerveja se viraram e a observaram atentamente. Nina teve que agarrar a coragem com as duas mãos para conseguir sorrir e continuar. Afinal, o ônibus já tinha ido embora e o próximo só passaria no dia seguinte. Não tinha como fugir da situação.

– Hã... olá. – De repente, percebeu que soava absurdamente inglesa. – O, hã... o proprietário está?

– Foidar massaidja volta.

Nina nunca tinha sentido tanta vergonha na vida. Uma quentura lhe subiu pelo pescoço para o rosto, porque não entendeu uma única palavra do que o homem disse. Levou a mão à garganta.

– Hum, perdão?

Parecia que, quanto mais tentava se fazer entender, mais ela falava parecido com a rainha. Nina foi tomada por um desejo repentino de estar muito, muito longe dali; ou até mesmo de desaparecer por completo.

Os senhores estavam dando risadinhas quando, graças aos céus, a porta se abriu e um homem de rosto corado entrou no pub, carregando um barril de cerveja como se pesasse o mesmo que uma pluma.

– Ah, a mocinha! – falou ele, alegremente. – Olá! Eu já estava começando a me perguntar se o ônibus tinha passado.

– Passou, sim – confirmou ela.

O alívio era indescritível. Era só se concentrar bem que conseguia entender tudo o que o sujeito dizia.

– Alasdair, prazer. E aí, o que está fazendo aqui nessa época do ano? A neve mal acabou de derreter dos picos.

Nina sorriu.

– Pois é... e como é lindo por aqui!

Ao ouvir isso, a expressão dele se iluminou.

– Ah, mas é mesmo. Quer beber alguma coisa?

Nina não reconheceu nenhuma das cervejas nas torneiras, então pediu uma água mineral. Quando viu os homens balançando a cabeça com tristeza, mudou o pedido para um *half pint* da cerveja local. Tinha um gosto adocicado e gasoso.

– Boa, bota tudo pra dentro, garota – comentou Alasdair.

– A cozinha ainda está aberta? – perguntou Nina, e todos riram.

– Nossa, não, imagina, a essa hora da noite – respondeu Alasdair. Mas então ergueu os olhos muito azuis por baixo dos cabelos louro-escuros. – Mas acho que ainda dá pra te fazer um sanduíche, se quiser.

Nina estava morrendo de fome. Nas paradas do ônibus a comida nunca tinha uma cara muito boa, além de custar uma fortuna, e sabia muito bem que podia ficar sem emprego em breve. Estava torcendo para conseguir uma torta de carne ou alguma outra coisa quentinha para saciar a fome. Na verdade, sua fantasia envolvia a esposa simpática de um fazendeiro e uma torta caseira de maçã com chantilly, e então se deu conta de que estava pensando em um livro de Enid Blyton, não no verdadeiro lugar para o qual se dirigia.

– Hum, aceito, por favor – disse Nina.

Então o homem desapareceu nos fundos do bar, um espaço que parecia ser uma cozinha minúscula, enquanto Nina ficava olhando o celular, como se isso fosse fazê-lo voltar a funcionar, com vontade de pegar o livro outra vez.

Um dos homens fez uma pergunta, e, embora não tivesse entendido muito bem, achou que ele queria saber o que Nina estava fazendo ali. Então ela contou que tinha ido dar uma olhada numa van.

Ambos caíram na risada e então a levaram para o lado de fora. Na pequena praça do vilarejo, sob a luz crepuscular que ainda deixava ler os nomes no memorial de guerra – MacAindra, MacGhie, MacIngliss –, eles a conduziram a uma rua lateral totalmente tomada pela van do anúncio.

Nina a encarou. Estava bem imunda, mas, mesmo por baixo de toda a sujeira e de um pouco de ferrugem na grade frontal, dava para ver o belo teto curvo e a frente simpática que a haviam encantado na foto. Contudo, o que mais a impressionou foi que o veículo era muito, muito maior do que imaginava. Na verdade, chegava a ser preocupante. Será que daria conta de dirigi-lo?

Ao ficar de cara com a van, algo real em vez de um objeto de suas próprias fantasias, Nina se sentiu ansiosa de repente. Aquela ideia de ter um trabalho sem a segurança de um salário fixo, licença médica e férias remuneradas, de alguém que fizesse toda a administração e a logística da empresa... Se fosse começar em qualquer lugar, era para começar ali, naquela pequena praça de pedra cinzenta banhada pelos últimos raios do sol poente sobre as montanhas e recendendo ao cheiro pungente do pinheiro e ao aroma doce do tojo, na presença do vento frio que vinha do vale, com um ar tão limpo que ela podia enxergar a quilômetros de distância.

– Nem acredito que a gente vai finalmente se livrar dessa lata-velha! – comentou um dos homens, rindo, enquanto o outro olhava Nina com atenção.

Nina notou que seus ouvidos começavam a se acostumar ao sotaque deles.

– Não está mesmo pensando em comprar a van do Findhorn, está? – indagou o outro, incrédulo. – Essa coisa tá aí pegando poeira desde 1900 e lá vai fumaça.

– Mas você é tão magrinha, vai conseguir dar conta dessa banheira? – questionou o primeiro senhor.

A pergunta ecoou o pensamento infeliz que a própria Nina estava tendo, pois a van que parecia normal nas fotos era, na vida real, gigantesca, antiga e apavorante.

– O que vai fazer com esse troço? – perguntou o mais velho, curioso.

– Hum... ainda não sei – respondeu Nina, sem querer se comprometer demais.

Mas uma vez que estava ali, diante do veículo, tudo parecia assustador e real. Os homens se entreolharam.

– Bom, o Wullie vai chegar daqui a pouco.

No caminho de volta para o pub, Nina não parou de olhar por cima do ombro para a van. Era grande, bizarramente grande. Foi tomada pela dúvida. Afinal, toda aquela história não era do feitio dela. Agora entendia. Não era apropriado. Nina ia voltar para casa e fazer um currículo parecido com o de Griffin e juraria de pés juntos para Cathy Neeson que faria qualquer coisa, sacrificaria qualquer coisa, faria acrobacias motivacionais, tudo o que fosse preciso para salvar seu emprego. Sim, era isso que iria fazer. E aí poderia voltar a trabalhar o dia inteiro e ler a noite inteira e sair de vez em quando para beber com Surinder, porque sua vida não era tão ruim assim, era? Era perfeita. Era razoável. Aquela aventura absurda, por outro lado – ninguém acreditaria se ela contasse. Tudo não passaria de um equívoco, uma loucura, e Nina poderia apenas voltar para casa bem quietinha e nunca mais tocar no assunto; ninguém ia saber.

O dono do pub sorriu quando Nina voltou.

– Ah, olha ela aí! – exclamou ele, entregando-lhe um prato pesado.

Era um sanduíche gigantesco de pão branco bem fresquinho com uma casca grossa e crocante, recheado com camadas generosas de manteiga e um queijo local de gosto forte que derretia com facilidade, um queijo que Nina nunca havia experimentado antes, coberto de picles caseiro, acompanhado de um picles de cebola. Ela sorriu ao ver a comida; estava mesmo morrendo de fome, e Alasdair tinha uma expressão amigável e gentil no rosto.

A refeição harmonizava perfeitamente com a atmosfera do lugar e com a cerveja suave, e Nina devorou tudo sentada ao balcão do bar, com o livro ao lado.

Alasdair sorria, radiante.

– Gosto de garotas que gostam de comer – disse ele. – Esse queijo é nosso, sabia? Temos umas cabras lá na charneca.

– É muito gostoso mesmo – comentou Nina, satisfeita.

A porta rangeu atrás dela, e Nina se virou. Era outro homem mais velho, rechonchudo, com rugas profundas no canto dos olhos azuis, usando um chapéu velho. Parecia meio rude.

– O ônibus passou? – indagou o recém-chegado.

– E se passou, Wullie! – exclamou um dos outros homens. – Aqui está a mais nova compradora da sua van!

Wullie olhou para Nina e seu rosto alegre ficou sério de repente.

– Vocês estão de brincadeira com a minha cara? – perguntou aos companheiros, que estavam se divertindo.

– Hum, olá? – disse Nina, nervosa. – É o Sr. Findhorn?

– Hum – respondeu Wullie. – Sou.

– Eu respondi ao seu anúncio.

– É, eu sei... Só não tava esperando uma mocinha tão jovem.

Nina mordeu o lábio, meio irritada.

– Bom, a mocinha já tem carteira de motorista – rebateu ela.

– Imagino, mas... – Ele franziu o cenho. – Eu não... Quer dizer, eu estava esperando alguém um bocadinho mais velho. Talvez de uma transportadora.

– E como sabe que eu não sou de uma transportadora?

Fez-se silêncio no pub. Do outro lado, embaixo da torneira de chope, vinha uma espécie de grunhido, e Nina percebeu que devia haver um cachorro ali.

Wullie parou e pensou.

– Você é de uma transportadora? – perguntou por fim.

– Não – respondeu Nina. – Sou bibliotecária.

Os dois velhos começaram a rir de rachar o bico, até que Nina os encarou com seu olhar especial de "silêncio na biblioteca". Estava começando a perder a paciência. Não havia nem dez minutos que estivera prestes a desistir daquilo tudo e ir para casa, mas agora queria mostrar àquele homem idiota que era perfeitamente capaz de fazer qualquer coisa que ele duvidasse que ela fosse capaz.

– Afinal, a van está à venda ou não? – questionou Nina, em tom alto.

Wullie tirou o chapéu e assentiu para Alasdair, que serviu para ele um *pint* de algo chamado 80 Shilling.

– Tá, sim – respondeu ele, com uma voz resignada. – Pode fazer um test drive pela manhã.

Nina percebeu que estava exausta assim que Alasdair a levou até o quarto pequenino e básico, mas muito limpo e bem-arrumado, de paredes brancas e chão de tábua corrida. A janela dava para os fundos do pub, longe da frente do vilarejo, e era possível ver as grandes montanhas mais ao longe, e só naquele momento o sol começava a sumir no horizonte.

Havia uma porção de pássaros chilreando ao redor da janela, mas, fora isso, não se ouvia o menor ruído; talvez um carro bem ao longe, mas nada do som de trânsito, nem sirenes, nem caminhões de lixo, nem pessoas gritando, nem vizinhos festeiros.

Nina respirou fundo. O ar era tão fresco e limpo que a cabeça dela chegou a girar. Tomou um copo de água da torneira; estava bem gelada e muito refrescante.

Ela achava que passaria um bom tempo deitada nos lençóis brancos e confortáveis sem conseguir dormir, e já pensava que precisaria fazer uma lista de prós e contras, rabiscando também outras coisas que pudessem ajudá-la a decidir o que fazer. Em vez disso, porém, com os pássaros ainda cantando perto da janela, caiu no sono assim que encostou a cabeça no travesseiro.

– Que tipo de salsicha você quer?

Nina deu de ombros. Não sabia quantos tipos de embutido havia na casa.

– Pode ser a que você gosta mais.

O dono do pub sorriu.

– Certo! Então vai ser uma Lorne feita com os porcos do Wullie. Acho que é bem apropriado.

Nina tinha dormido que nem uma pedra até as sete da manhã, quando algo a acordara como um alarme. Ao espiar pela janela, ainda cheia de sono, percebeu que era um galo. Ela se vestira e descera, pronta para manter as aparências e fazer um test drive antes de pegar o ônibus de volta para casa e deixar sua pequena aventura escocesa para trás. Tinha que ter alguma livraria e outros lugares precisando de funcionários. Era um bom ponto de partida. O salário não seria tão bom quanto o que ela tinha antes, mas sempre achara os livreiros pessoas muito agradáveis. Desde que estivesse cercada de livros, estava bom para Nina.

Quando chegou, o café da manhã era um assunto sério, uma refeição a ser tratada com respeito. Ela estava sentada à mesa polida junto à janela, para poder ficar observando as idas e vindas da cidadezinha – criancinhas de casaco vermelho-vivo correndo livres, leves e soltas; tratores puxando reboques cheios de maquinários misteriosos; cavalos rumo ao apronto matinal; e uma infinidade de pessoas em Land Rovers saindo para cuidar da própria vida.

Alasdair pôs na mesa uma enorme tigela de mingau com mel e *crème fraîche* espesso, ainda um pouco quente. Isso foi seguido por um prato de salsicha Lorne, que era um embutido quadrado, crocante e simplesmente delicioso; ovos com gema dourada mais gostosos do que qualquer outro que Nina já provara (supôs que fossem cortesia das galinhas que viviam nos fundos do pub); bacon crocante, morcela e umas coisas triangulares que a princípio achou que fossem torradas, mas que, no fim, eram um tipo de bolo de batata bem fininho. Depois de ter jantado apenas o sanduíche do dia anterior, Nina percebeu que estava faminta e limpou os pratos. Foi uma refeição divina.

– Boa, bota tudo pra dentro – disse o taberneiro, satisfeito, voltando a encher a xícara dela de café. – O Wullie fica ocupado na fazenda até umas onze da manhã, então não tem pressa.

– A comida está maravilhosa – falou Nina, toda feliz.

– Parece que você está precisando de umas boas refeições – opinou Alasdair. – E também de um pouco de ar fresco.

Desde criança, Nina sempre ouvia que precisava de mais ar fresco. Então pegava um livro e subia a macieira que ficava no fundo do maltratado jardim de casa, bem longe do carro em que o pai vivia mexendo e nunca chegara a dirigir, durante toda a infância de Nina – por um momento, ela se perguntou o que teria acontecido com o carro. Assim, ficava escondida lá, encostada no tronco com os pés balançando para fora, absorta em Enid Blyton ou Roald Dahl até que pudesse voltar para dentro de casa. Era um bom lugar para ficar. Nina logo aprendera que, quando as pessoas vinham procurá-la, nunca olhavam para cima, o que significava que os dois irmãos nunca a encontravam quando queriam arrastá-la para mais uma daquelas brincadeiras idiotas de guerra. Assim Nina não precisava se recusar a participar e não precisava ouvir as provocações dos irmãos, que caçoavam dela por gostar tanto de ler e chegavam a arrancar o livro de suas mãos para ficar jogando de um para o outro por cima da cabeça dela, o que a frustrava ao ponto das lágrimas. Por isso, ela respondeu a Alasdair apenas com um sorriso educado.

Nina amava os dias úmidos e frios de inverno; gostava de se sentar perto do aquecedor e ficar ouvindo a chuva lá fora fustigando o vidro da janela. Gostava da sensação de não ter nenhuma obrigação para a tarde, de saber que tinha um bom pão para torrar e comer com cream cheese ao som de uma música tranquila. Nesses dias, ela adorava ficar em casa, bem confortável e quentinha, a mente viajando para a Londres vitoriana ou para uma distopia cheia de zumbis, ou para onde quer que desejasse. Na maior parte da vida, o mundo lá fora era apenas algo do que se proteger enquanto ficava em casa com um livro.

Já naquela manhã, ela parou à porta do pub. O ar lá fora estava revigorante, o sol brilhava e a brisa fria era refrescante. Respirou bem fundo. E fez uma coisa que, para ela, era muito incomum.

– Posso deixar isso aqui? – perguntou, e, quando o dono do pub assentiu, pousou na mesa o imenso volume de capa dura. – Daqui a pouco eu volto.

O taberneiro acenou e Nina saiu, pela primeira vez em muito tempo, sem um livro na mão.

Capítulo cinco

Lá fora fazia um dia lindo, bem diferente do que Nina esperava. Parecia que o céu tinha acabado de ser lavado: estava de um azul-celeste intenso e vivo, com nuvens fofas passando para lá e para cá. Ela pensou que era uma vergonha que passasse tão pouco tempo fora da cidade, já que na Grã-Bretanha o que não faltava era campo. Vivia com asfalto sob os pés, pois quase nunca pisava na grama, e o céu era sempre recortado pelos postes e pelos arranha-céus que não paravam de pipocar a cada semana no centro de Birmingham.

Olhou ao redor. A luz do sol tremulava pelas árvores que se acumulavam nos sulcos dos campos. Do outro lado da estrada havia um mar de canola amarelo-brilhante e um trator passeava alegremente pela plantação, espantando os pássaros à frente – uma cena que parecia ter saído de um antigo livro infantil sobre a vida na fazenda. Espelhando as nuvens acima, um bando de cordeirinhos corria pela grama, saltitando e tentando morder o rabo uns dos outros em um campo tão verde que parecia tecnicolor. Nina ficou observando, incapaz de conter um largo sorriso.

Estar ali era tão atípico para ela que Nina tirou uma selfie com os carneiros ao fundo e mandou a foto para Griffin e Surinder. A amiga respondeu na mesma hora, perguntando se ela tinha sido abduzida por alienígenas e se precisava de ajuda. Dois segundos depois, chegou uma mensagem de Griffin perguntando se Nina sabia o que eram "metodologias de interface e conectividade aplicadas a bibliotecas", mas ela o ignorou, fazendo um esforço para conter a ansiedade que a mensagem lhe provocara.

Após explorar o vilarejo, Nina percebeu que não havia nenhuma biblioteca ali. Subiu uma trilha que levava ao topo da colina, de onde era capaz de ver o mar, que estava mais próximo do que imaginava. Avistou uma pequena enseada lá embaixo, acessível por um caminho um pouco pedregoso, mas possível de percorrer. Balançou a cabeça. Aquele lugar era o paraíso. E onde estavam as pessoas? Por que todo mundo resolvia se acotovelar em um único pedacinho da Inglaterra, buzinando na cara uns dos outros no engarrafamento, respirando toda aquela fumaça e aquele cheiro de comida, espremendo-se em bares e boates? Viu uma imensa nuvem negra de chuva surgindo ao longe. Será que era por causa daquilo?

Além do rumor distante do trator, não se ouvia nada. Nina foi tomada pela repentina sensação de que não respirava direito havia muito tempo. Era como se estivesse expirando com o corpo inteiro. No alto da colina, ficou admirando a paisagem. A vista alcançava quilômetros e quilômetros. O terreno era respingado de vilarejos que se pareciam muito uns com os outros, feitos de pedra e ardósia de um cinza-claro, e o vale que se descortinava à frente dela era uma pintura em verde, amarelo e marrom que se estendia até as bordas brancas do mar.

Era uma sensação bem peculiar. De repente, Nina inspirou fundo, bem fundo, e sentiu os ombros se abrirem, como se tivessem passado meses contraídos, quase tocando as orelhas.

"E talvez tivessem mesmo", pensou. Afinal, já fazia um ano desde o início dos boatos sobre o fechamento da biblioteca. Sete meses desde que descobriram que uma consultoria havia sido instaurada. Dois meses desde a descoberta de que o desastre ia mesmo acontecer, e três semanas desde que descobrira que, se não passasse naquela entrevista, estaria no olho da rua. Mas já fazia muito mais tempo que Nina precisava conviver com a incerteza, com a inaptidão em planejar a etapa seguinte da vida.

Ficou com o olhar perdido no horizonte enquanto tentava pensar, com seriedade e sinceridade, na própria vida: lá em cima, onde tudo era mais claro e era mais fácil respirar, ela não estava cercada de um milhão de pessoas cheias de pressa, correndo, puxando, empurrando, berrando ou conquistando coisas que eram prontamente postadas no Facebook e no Instagram, fazendo com que todas as outras pessoas se sentissem incapazes.

Nina sabia que uns recorriam à comida para aplacar os medos; outros, à bebida; e havia ainda os que se entregavam ao planejamento de casamentos e festas e demais eventos que tomavam cada segundo do tempo livre, para não dar oportunidade ao menor pensamento desagradável. Ela, por sua vez, recorria aos livros sempre que perigava se confrontar com a realidade – ou melhor, com seus aspectos mais sombrios. Quando ficava triste, os livros eram seu consolo; quando se sentia só, eram eles seus amigos. Eram eles que cuidavam do seu coração partido e a encorajavam a manter a esperança quando estava na pior.

Entretanto, por mais que relutasse, era hora de admitir que os livros não eram a vida real. Por mais que tivesse conseguido passar boa parte de seus 30 anos fugindo da realidade, sentia que estava sendo alcançada por ela a uma velocidade assustadora. Nina teria que fazer alguma coisa, qualquer coisa. Fora exatamente isso que Surinder lhe dissera quando Nina perguntara sua opinião sincera sobre a ideia da van.

– O importante é fazer alguma coisa. Se cometer um erro, é só consertar. Mas se você não fizer nada, nunca terá nada para consertar. E a sua vida pode acabar virando um arrependimento sem fim.

Subitamente, tudo aquilo começou a fazer sentido. De repente, tudo o que pensara no trajeto – "Não vou conseguir", "Não sou assertiva o bastante", "Nunca seria capaz de ter meu próprio negócio", "Não vou ter sucesso", "Não vou conseguir dirigir aquela van enorme", "Não vai dar certo", "É melhor me agarrar com unhas e dentes à segurança do meu trabalho" – parecia fraco e patético.

De onde estava, observando o vale lá embaixo, os vilarejos cheios de gente que vivia sem ligar para tendências ou moda ou o ritmo da cidade ou conceitos abstratos sobre vencer na vida, Nina foi tomada por sensações que até então lhe eram desconhecidas. Nascera na cidade, crescera na cidade, sempre trabalhara e vivera naquele mundo. Porém, em algum lugar lá no fundo, sentiu que tinha encontrado seu verdadeiro lar.

Uma nuvem cobriu o sol, e Nina estremeceu. Naquele lugar, o frio chegava de repente, e ela desceu a colina para voltar ao pub, perdida em pensamentos. Os dois senhores do dia anterior já estavam lá outra vez, empoleirados no balcão. Um deles estava com o livro dela aberto e parecia imerso na leitura.

– Está gostando? – perguntou ela, sorrindo.

Era um thriller que se passava no Ártico, nos confins da Terra, a história de um homem enfrentando sozinho a natureza, os ursos-polares e uma presença misteriosa sob o gelo.

O homem ergueu os olhos do livro com uma expressão culpada.

– Ah, desculpe, moça – falou ele. – Só peguei para dar uma olhadinha e... sei lá, a história meio que me fez mergulhar com tudo.

– O livro é ótimo – comentou Nina, e acrescentou: – Se quiser, quando eu acabar de ler, você pode ficar com ele.

– Ah. Não, não, menina, o que é isso, um livro grande e caro como esse... – De repente, os olhos úmidos dele se encheram de tristeza. – Sabe, a gente tinha uma livraria e uma biblioteca. Agora não tem mais nada.

O outro homem assentiu.

– Era um passeio bem bacana, ir lá na biblioteca grande. Pegar o ônibus. Escolher um livro. Tomar um chazinho.

Os dois se entreolharam.

– Ai, ai. Bem, as coisas mudam, né não, Hugh?

– Pode apostar, Edwin. Mudam mesmo.

As portas duplas do velho pub se abriram com um rangido, e lá estava Wullie, franzindo os olhos para enxergar na escuridão. Olhou para Nina e depois ao redor, na esperança de encontrar alguma pessoa que ainda não tivesse visto para adiar mais um pouco o momento em que teria que interagir com ela. Por fim, voltou a olhar para Nina, a decepção evidente no rosto.

– E aí, Wullie? – falou Alasdair, já deixando um *pint* de cerveja escura no balcão. – Como vamos nessa manhã, tudo bem?

Wullie parecia chateado ao se encaminhar para se sentar ao balcão.

– Aham – respondeu ele.

– A garota já está pronta para o test drive! – anunciou alegremente o proprietário do pub. – Ela é meio tampinha, mas...

– Aham – repetiu Wullie. O salão ficou em silêncio, até que Wullie tirou o chapéu muito gasto e disse: – Puxa vida, achei que dessa vez eu ia conseguir vender, juro por Deus.

– Hum, olá – disse Nina, aproximando-se dele. – Lembra de mim? Nina. Vim ver a sua van.

– Aham – falou Wullie. – Mas é uma van bem grande, sabe? – Ele tomou um longo gole de cerveja. – Eu tava achando, de verdade, que a gente ia conseguir vender... – repetiu ele. Balançou a cabeça. – Não consigo entender por que ninguém quer comprar.

– Talvez eu queira, oras – falou Nina, impaciente.

– Aquilo não é carro pra uma garota miúda – falou Wullie.

– Bom, eu não sou uma garota miúda, seja lá o que queira dizer com isso – rebateu Nina. – Sou perfeitamente capaz de dirigir aquela van e fiz uma viagem longa demais só para fazer um test drive.

Edwin e Hugh estavam dando risadinhas. Nina achava que já devia fazer alguns anos desde que o vilarejo vira uma comoção daquelas.

– É uma baita de uma van – repetiu Wullie.

Nina suspirou, exasperada.

– Pode me emprestar as chaves, por favor? Nós combinamos isso por e-mail!

– Sim, mas eu não sabia que você era mulher.

– Mas o meu nome é Nina.

– Sim, mas é um nome estrangeiro, né? Quer dizer, podia ser...

– Wullie – intercedeu Alasdair, e seu rosto normalmente simpático ganhou uma expressão austera –, a mocinha fez uma longa viagem pra vir ver a sua van. Quem tá vendendo é você. Não estou entendendo por que está criando caso.

– O caso é que eu não quero que ela bata – falou Wullie. – Se a garota morrer, eu vou ter ainda mais dor de cabeça do que já tenho agora, e olha que não é pouca.

– Eu não vou bater! – exclamou Nina.

– Quantas vans você já dirigiu?

– Bem, não muitas, mas...

– Qual é o seu carro?

– Um Mini Metro...

Wullie grunhiu com sarcasmo.

– Wullie, se você não parar de ser tão rude com a garota, não vai ganhar sua cerveja – ameaçou Alasdair.

– Ah, que isso, estou de pé desde as cinco.

O taberneiro ameaçou levar a cerveja embora. Wullie fez cara feia e começou a remexer nos bolsos, que eram muitos e bem fundos. Por fim, pegou um chaveiro grande e o atirou em uma mesa próxima.

– Vou precisar de alguma garantia – resmungou ele.

Nina pegou o passaporte.

– Pode ser isso aqui?

Wullie franziu o cenho.

– Você não precisa disso pra entrar na Escócia. Pelo menos, ainda não.

Os homens no bar deram risadinhas, aprovando.

Tudo o que Nina queria fazer era jogar os braços para o alto e desistir, pois detestava qualquer tipo de conflito, mas não conseguia esquecer – nem se quisesse – a sensação daquela manhã. Queria ser durona como Katniss Everdeen, inflexível como Elizabeth Bennet, corajosa como Hermione. Disse a si mesma que só precisava dar uma volta na praça com a van e depois poderia ir embora. Dar as costas àquilo tudo. Voltar para casa. Torcer para dar tudo certo na biblioteca. Sua coragem tinha sido abalada por aquele sujeito, mas ela ainda não havia sido derrotada.

Pegou as chaves.

– Já volto – falou.

Saiu do pub e atravessou a praça. Sentia-se meio trêmula. Estava acostumada a lidar, aqui e ali, com uma criança mais pirracenta ou com gente irritada por ter que pagar multa de atraso, mas nenhum daqueles conflitos era pessoal, especificamente contra ela. Aquela situação era diferente; estava sendo hostilizada por alguém que deixava bem claro que a achava irritante.

Os homens também saíram do pub, e ela sentia o olhar deles às suas costas. "Cadê as mulheres dessas bandas?", pensou, enquanto atravessava o pavimento de pedras e chegava à rua lateral onde o Leviatã branco a aguardava. Deteve-se por um instante, olhando os faróis retrô.

– Escuta aqui, van – disse ela –, eu não sei muito bem o que estou fazendo neste lugar, mas você também está perdida, não é? Já faz anos que está largada aqui nessa rua. Deve estar se sentindo sozinha. Então me ajude a te ajudar, está bem?

Destrancou a porta, o que já era alguma coisa.

O passo seguinte era entrar na cabine. Havia uns dois degraus, mas eram bem altos. Nina segurou a saia acima do joelho e subiu. Não foi um gesto muito elegante, mas funcionou. Perdeu um pouco o equilíbrio ao abrir a porta e achou, por um instante, que fosse cair. Mas não caiu, e logo se acomodou no imenso banco de couro rachado, remendado com uma fita adesiva resistente.

A cabine recendia um pouco a feno e grama, mas não era um odor desagradável. Nina olhou para trás. Parecia imensa, mas lembrou a si mesma outra vez que uma van não era um caminhão. Não era preciso uma permissão especial para dirigir aquela coisa, qualquer pessoa habilitada podia fazê-lo. E muita gente fazia mesmo, o tempo todo.

Mas o troço parecia grande como um ônibus. E estava estacionado em uma rua muito estreita, com casinhas de pedra em ambos os lados, quase tocando o veículo.

Nina engoliu em seco e então voltou a olhar o painel, inspecionando os controles. Era semelhante ao painel de um carro comum, tirando o fato de que tudo parecia mais distante. Tateou embaixo do banco até achar a alavanca para ajustar a distância, chegando mais perto do imenso volante. O câmbio era enorme e meio desajeitado. Não havia retrovisor no meio, e os laterais a deixaram apavorada.

Ela ficou ali em silêncio durante alguns momentos. Então olhou para o pub, onde os homens ainda a observavam, e sentiu uma firmeza renovada lhe encher o peito. Inclinou-se para ajustar os retrovisores e certificou-se umas cinco vezes de que estava no ponto morto, então pôs a chave na ignição e girou.

O carro produziu um ronco estrondoso, muito mais alto que o motor do Mini Metro. Muito mais alto do que qualquer outra coisa. Nina viu um bando de pássaros fazer uma revoada por cima das casas e ganhar o céu. Prendendo a respiração e fazendo uma prece silenciosa, engatou a primeira, pôs o pé com muito cuidado no acelerador e soltou o pesado freio de mão.

A van deu um tranco para a frente e morreu na mesma hora. Nina teve a impressão de ver os homens rindo na frente do pub, e estreitou os olhos, com raiva. Girou a chave e tentou de novo. Dessa vez, o carro partiu com suavidade, e ela começou a avançar pela praça, quicando por causa do pavimento de pedras.

Sem saber muito bem que direção tomar, Nina virou à esquerda na primeira rua mais larga que encontrou e em pouco tempo estava subindo a colina na direção das charnecas. A direção era mais macia do que parecera a princípio. Ela passou a segunda com facilidade e se concentrou. Nunca tinha dirigido um carro tão alto. Dava até para ver o mar por cima da escarpa da colina; havia enormes cargueiros chegando – da Holanda, da Escandinávia e da China, supôs, trazendo brinquedos, móveis e papel, e levando petróleo e uísque na viagem de volta.

Um imenso caminhão vermelho passou ao seu lado e buzinou alto. Nina levou um tremendo susto antes de perceber que se tratava apenas de um cumprimento amigável entre caminhões. Ao fazer uma curva inesperadamente fechada, um carro esportivo minúsculo a cortou e partiu em disparada, o que também a sobressaltou. Um tanto nervosa, ela estacionou no primeiro acostamento que apareceu e se agarrou com força ao volante. Suas mãos tremiam.

Abriu a janela e inspirou fundo o ar fresco e revigorante até começar a se sentir um pouco melhor. Então saltou para dar uma boa olhada na van.

O problema, pensou Nina, chutando os pneus, era que não entendia nada de vans, então como iria avaliar? Ela nem sabia se devia ou não chutar os pneus, embora tivesse sentido certo prazer ao chutar pneus tão imensos. Aliás, eles não pareciam carecas. E Nina conseguiu abrir o capô, embora não soubesse ao certo o que olhar. Não havia nada enferrujado e o óleo estava bom; até ela sabia olhar o óleo.

Quanto ao interior, a parte de trás precisava de uma limpeza, tinha ainda um bocado de feno, mas tudo bem. Era fácil imaginar como ficaria com as prateleiras, e a ideia de pôr uns pufes no fundo daria certo; a porta de correr deslizava perfeitamente, e os degraus se desdobravam com facilidade.

Na verdade, enquanto fazia sua inspeção, Nina começou a ficar animada outra vez. De repente, já conseguia imaginar tudo. Estacionar em algum lugar como aquele belo acostamento. Quer dizer, talvez não um acostamento. Algum lugar na cidade, onde as pessoas pudessem vir até ela. Pintar por dentro com cores vivas; encher as prateleiras com o melhor de tudo o que conhecia. Ajudar as pessoas a encontrar aquele livro que mudaria a vida delas, ou que as faria se apaixonar, ou superar uma decepção amorosa.

E, para as crianças, poderia ensinar que era possível nadar em um rio infestado de crocodilos, ou voar entre as estrelas, ou abrir um guarda-roupa e...

Sentou-se para admirar a própria fantasia, imaginando a van ganhando vida e se enchendo de pessoas que chegariam dizendo: "Nina! Graças a Deus você chegou. Estou precisando de um livro para salvar a minha vida!"

Bateu a porta, entusiasmada.

Sim! Ia conseguir! Voltou a pensar na sensação daquela manhã. O velho do pub ia ver só! Ela ia comprar a porcaria da van e transformá-la em sucesso, e tudo daria muito certo. Estava tão animada que só deixou o motor morrer quatro vezes na volta, só se perdeu uma vez e assustou um cavalo, o que irritou tanto a mulher elegante que o montava que ela xingou Nina de uma maneira nada elegante. O impropério ficou ecoando em sua mente durante todo o caminho de volta a Kirrinfief, e Nina apostava que o cavalo ficara mais traumatizado com a grosseria do que com o barulho da van.

– Mudei de ideia – disse Wullie assim que Nina estacionou, com cuidado, em frente ao pub. – Não vou mais vender.

Ela o encarou, boquiaberta.

– Mas eu consegui dar ré e tudo!

Isso não era bem verdade, mas Nina tinha olhado para a alavanca e mentalizado que iria conseguir, desde que não tivesse ninguém gritando com ela sobre maus-tratos aos equinos.

– Eu não quero mais vender.

– Mas isso é machismo!

– Não importa. A van é minha e ponto final.

Wullie lhe deu as costas e se encaminhou para a saída do pub.

– Por favor – pediu Nina. – Já tenho planos para essa van e não encontrei nenhuma outra à venda que atenda tão bem as minhas necessidades, e vim até aqui de tão longe, e prometo que vou cuidar muito bem dela.

Wullie se virou, e o coração de Nina se encheu de esperança.

– Não, esquece – respondeu ele.

E saiu deixando a porta bater.

Capítulo seis

Nina olhou de relance para Cathy Neeson, que estava sentada na ponta da banca de entrevistadores com os braços cruzados e o rosto impassível. "Puxa vida, sorrir não tira pedaço", pensou Nina. Estava dando o seu melhor, tentando deixar as mãos calmas e relaxadas em vez de ceder ao impulso de retorcê-las de nervosismo. Tinha até feito uma extravagância: comprado uma calça preta nova. Será que não receberia nem um pingo de incentivo? Embora não tivesse se matado de estudar para a entrevista, ninguém conhecia os livros tão bem quanto ela, a aquisição de novas obras, o sistema de arquivamento e todos os aspectos para manter uma biblioteca funcionando de forma apropriada.

(O que Nina não tinha como saber era que Cathy Neeson tinha 46 entrevistas naquela semana para apenas duas vagas que, segundo ordens superiores, deveriam ser preenchidas por pessoas jovens e animadas que sabiam falar bem alto, tivessem boa aparência e estivessem dispostas a trabalhar por uma miséria, e não havia nada que Cathy Neeson pudesse fazer a respeito, apesar de ter manifestado sua discordância inúmeras vezes. Os escalões mais altos da administração estavam seguros disso. Também não faltavam jovens dispostos a fazer qualquer trabalho. O problema eram os mais seniores, profissionais do livro inteligentes e capazes, que simplesmente não eram mais necessários.)

– Assim, posso dizer que a minha maior prioridade é fazer com que a biblioteca consiga prever a necessidade dos leitores através de reuniões presenciais – prosseguiu Nina.

Sentia que suas palavras estavam flutuando sozinhas no ar, sem que ninguém prestasse muita atenção. Teve uma vontade ridícula e enervante de dizer algo que não fazia o menor sentido, só para ver se os entrevistadores continuariam assentindo daquele jeito.

– Certo – disse outra mulher com cara de poucos amigos, que usava um tailleur e um batom muito rosa, inclinando-se para a frente. – Mas e quanto às necessidades dos nossos *não* leitores?

– Hã... perdão? – falou Nina, achando que não tinha entendido muito bem. – Como assim?

– Bem, você tem planos para atender às necessidades de toda a nossa base de consumidores, não é?

– Hã... sim? – disse Nina, sabendo muito bem que estava em um terreno instável.

– Então qual é a sua proposta para os não leitores?

– Bom, já temos contação de histórias duas vezes por semana... eu proponho aumentar para três, porque as mães gostam de ter um lugar para se reunir e conversar um pouco. E eu conheço a seção de literatura infantojuvenil de trás para a frente, então sempre tenho algo para recomendar aos mais relutantes. Há muitos outros livros excelentes para os meninos, que são, é claro, um pouco mais difíceis de convencer... Além disso, a prefeitura oferece aulas de letramento para adultos e nós sempre indicamos isso às pessoas. Melhorar o nível de leitura da população é a melhor coisa que podemos fazer.

– Não, não, você não entendeu. O que propõe para os *não* leitores? Não as pessoas que não *sabem* ler, mas a clientela adulta que apenas não *gosta* de ler?

Nina hesitou. Era possível ouvir os sons do trânsito intenso na rotatória lá fora. O escandaloso alarme de ré de um caminhão de lixo. Fez-se um estrondo quando o caminhão esvaziou uma das lixeiras de reciclagem de garrafas nos fundos da biblioteca.

– Hã... – Nina corou de forma abrupta sob o olhar dos quatro entrevistadores, um dos quais (Cathy Neeson, é claro) já estava vendo no celular o nome do candidato seguinte. – Eu poderia recomendar um livro MUITO bom...

A mulher de batom rosa pareceu mais desapontada do que irritada.

– Acho que você não entendeu o que estamos procurando aqui.

Nina não tinha como discordar. Não entendia mesmo.

– Você devia ter falado de interfaces! – sibilou Griffin.

Estavam no café da esquina tomando frappuccinos de consolação, uma extravagância justificável, considerando-se as circunstâncias.

Lá fora caía uma chuva pesada e deprimente de primavera que apagava as cores da cidade e fazia com que os carros que passavam pelas ruas atirassem água das poças nos pedestres. Todo mundo estava irritado, com expressões tão carregadas quanto as nuvens no céu. Birmingham não estava em seu melhor momento.

O café estava entupido de sacolas de compras, casacos molhados, carrinhos de bebê, pessoas com fones de ouvido gigantes olhando feio para outras que tentavam compartilhar a mesa ou paravam no meio do caminho, crianças dividindo muffins e dando risadinhas e implicando umas com as outras. Nina e Griffin estavam sentados à mesa coberta de farelos de pão perto dos banheiros, ao lado de um advogado e sua cliente, absortos nas minúcias do divórcio iminente da moça. Era difícil não prestar atenção na conversa alheia, mas Nina sentia que os próprios problemas já eram suficientes.

– Que tipo de interface? – perguntou ela.

Depois daquela última pergunta, a entrevista de Nina não durara muito.

– Não importa: computadores, *peer-to-peer*, confluência integrada – falou Griffin. – Eles não estão nem aí, desde que você use uma das palavras-chave que estão procurando. Eles vão ticando essas palavras da lista até você completar bingo e pronto, consegue voltar para seu antigo trabalho, só que com um salário reduzido. – Ele bebeu um gole do frappuccino com uma expressão amarga no rosto e acrescentou: – O que eu devia fazer mesmo é mandar esse pessoal ir se ferrar. Burocratas ignorantes e iletrados.

– E por que não faz isso? – indagou Nina, interessada. Ela tinha recebido tantos conselhos das pessoas que não custava nada repassar. – Você é inteligente. Capacitado. Não tem nada que o prenda. Poder fazer qualquer coisa. Viajar pelo mundo, escrever um livro, dar aula de inglês na China, surfar na Califórnia. Quer dizer, você é jovem, é solteiro. O mundo é seu. Por que não manda esses caras para o inferno se odeia tanto essa situação?

– É bem possível que eu faça todas essas coisas – respondeu Griffin, emburrado. – Não vou ficar preso aqui para sempre. A propósito, quem está solta por aí viajando quilômetros para comprar uma van doida é você. Acho que está mais perto de alcançar isso tudo do que eu.

Nina já sabia que, no fundo, Griffin ficara satisfeito ao vê-la voltar de mãos abanando da Escócia. Ressentia-se por saber o que o colega pensava de verdade: se a medíocre Nina conseguisse encontrar uma saída, o que isso diria sobre ele mesmo?

– Eu sei – disse ela, suspirando. – Foi um sonho absurdo. – Olhou ao redor. – Sei lá... Quer dizer, depois de tudo isso...

Estremeceu, lembrando-se do sorriso de Cathy Neeson quando se levantara para ir embora, um sorriso que nem chegara perto dos olhos. O tempo reservado para a entrevista ainda não tinha terminado, mas já havia ficado claro que não daria em nada.

Desde que voltara da Escócia, Nina vinha dormindo mal. Sentia-se oprimida pela inclemente atmosfera abafada e cinzenta. Tudo aquilo que sempre gostara na cidade, todo o barulho e o agito, estava começando a se tornar claustrofóbico. Já tinha lido uma infinidade de livros sobre pessoas que reinventavam a própria vida, mas não ajudava em nada o seu humor. Nina só se sentia mais e mais aprisionada à própria condição, como se todo mundo menos ela estivesse fazendo coisas interessantes.

Tinha vasculhado os sites de ofertas de emprego, mas parecia que não havia mais espaço para bibliotecários. Profissionais de TI, sim. Consultores e assessores de imprensa e analistas de marketing, sim. Mas não havia nada que sequer chegasse perto do que ela fizera a vida inteira, o único trabalho que queria ter: o de encontrar o livro certo para a pessoa certa.

Nina se pegou sentindo saudade do ar fresco, da paisagem desimpedida, dos raios límpidos de sol que banhavam os campos amarelos, do verde exuberante das colinas e do cintilante, lépido e sedutor Mar do Norte. Era muito estranho que um lugar em que passara tão pouco tempo – uma jornada que terminara tão mal – a tivesse impactado de maneira tão profunda.

Olhou de novo para o próprio café. Uma mulher grandona passou colada nela e por pouco não acertou a cara de Nina com sua gigantesca bolsa de grife.

– Sei lá – repetiu Nina.

– Olha, tenho certeza que você conseguiu a vaga – comentou Griffin, sem um pingo de sinceridade.

Nina percebeu, pela primeira vez, que ele tinha cortado o rabo de cavalo.

O celular dela tocou. Os dois se entreolharam, paralisados.

– Eles vão ligar primeiro para quem passou na entrevista – falou Griffin na mesma hora. – Parabéns. É mesmo você. Mandou bem. Parece que, no fim das contas, queriam alguém mais tradicional, das antigas.

– Não estou reconhecendo o número – respondeu Nina, olhando o aparelho como se fosse uma cobra pronta para dar o bote. – Mas não é de Birmingham.

– Faz sentido – disse Griffin. – A sede deve ficar em Swindon ou algo assim.

Nina pegou o celular com desconfiança.

– Alô?

A ligação estava ruim e distante. A princípio, ela não conseguia ouvir nada naquele café barulhento.

– Alô? Alô?

– Oi, alô – disse a voz. – É Nina quem tá falando?

– Sim, sou eu.

– Oi, Nina. Aqui é o Alasdair McRae.

Não conhecia aquele nome, mas o sotaque escocês era familiar. Nina franziu o cenho.

– Sim...?

– O dono do pub, sabe? O Rob Roy.

Nina não conseguiu conter um sorriso.

– Ah, oi! Eu esqueci alguma coisa aí? O livro é para ficar com vocês mesmo.

No fim das contas, ficara com dó de levá-lo embora.

– Ah, sim, e que livro maravilhoso. Quando o Edwin terminou, ele passou pra mim.

– Que bom. Fico feliz.

– Então eu passei pro Wullie.

– Ah, é?

– Sim. Bom, ele estava sentado aqui com uma cara de poucos amigos.

– Bem, livros servem para todo mundo – falou Nina, tentando ser altruísta.

– Enfim, escuta, moça. Eu e os meninos ficamos pensando numa coisa depois que você foi embora.

Nina levou um instante para entender que "os meninos" eram os dois velhos que pareciam morar no bar.

– Hum, sim...

– Bem, o Wullie... sabe como é, às vezes ele não bate muito bem. Teve uma vida difícil pra burro.

"Que pena, porque a minha também não está nada fácil", pensou ela, escandalizada por ter sequer pensado algo tão mesquinho.

– Hum – fez Nina.

– Bem, a gente tava pensando... se juntarmos nós três, podemos comprar a van do Wullie e depois vender para você. Quer dizer, se você quiser.

Houve uma pausa. Nina ficou sem palavras. Que inesperado.

– Mas não para ganhar nenhum lucro nem nada. Quer dizer, acho que a gente deve até conseguir um preço melhor do que você conseguiria. Só pra ele mudar de ideia em relação a vender pra uma mocinha.

– Hum, isso é... – Nina ainda estava sem palavras.

– Nós três ficamos com a impressão de que você era uma boa garota que estava precisando de uma ajudinha. E a gente gostou muito do livro que você deixou. E, para falar a verdade, a gente bem que gostaria de ter mais livros por aqui. – Nina contara seu plano a Alasdair e ele nunca mais desapegara da ideia. – E ninguém aguenta mais ver essa van velha parada no meio da cidade. E, sabe, foi errado do Wullie não querer vender pra você.

Tinha ficado bem claro que Alasdair não estava acostumado a fazer discursos tão longos, e começava a parecer meio encabulado. Nina se apressou em responder:

– Mas tem certeza? Isso seria muito...

– Quer dizer, só se você ainda não tiver encontrado nenhuma outra...

– Não, não encontrei não.

Nina ergueu o rosto. A chuva castigava as janelas do café. Toda vez que alguém abria a porta, o vento uivante entrava junto. O lugar estava apinhado de gente, havia uma fila barulhenta diante do balcão, criança chorando, gente irritada e pouco lugar para passar. Ela olhou para Griffin, que estava pegando o celular. De repente ele deu um salto na cadeira, felicíssimo, e deu um soco vitorioso no ar.

Nina ficou atônita.

– Então, Alasdair, obrigada. É muito gentil da sua parte. Preciso pensar um pouco. Eu ligo de volta em breve, pode ser?

– Ora, mas é claro.

Ele passou para ela o preço que achava que conseguiria pagar pela van, que era muito menos do que Nina esperava, e então ela desligou.

– Consegui o emprego! – exclamou Griffin, com o rosto corado de animação. – UHUL! – Ao ver o rosto de Nina, ele foi abaixando os braços bem devagar. – Hã, quer dizer... Quer dizer, sinto muito. Deve ter sido um erro deles, com certeza. Você teria sido muito melhor.

Nina olhou de soslaio para o celular. Um e-mail tinha acabado de chegar. Não precisava nem abrir. A primeira linha da notificação já dizia tudo: "Lamentamos informar que..."

– Parabéns – disse ela a Griffin, quase com sinceridade.

– Vou ser chefe de uma "equipe dinâmica e multifuncional" – comentou ele, animado. – Tudo bem que eu já sei que vai ser bem ruim... Sinto muito mesmo, Nina – disse Griffin.

– Está tudo bem – respondeu ela. – De verdade. A vaga tinha que ser de alguém. Que bom que você conseguiu. E eu não saberia nem por onde começar a chefiar uma equipe "multi" qualquer coisa.

– É – concordou Griffin. – Você teria odiado. Tenho certeza que vou odiar também.

Os dedos dele corriam pela tela furiosamente, e Nina percebeu que Griffin tinha acabado de postar a novidade no Facebook. Já dava para ouvir os alertas de "curtir" chegando.

– Olha, tenho que ir – falou Nina, baixinho.

– Não, não vá – pediu ele. – Por favor. Vamos para outro lugar, deixa eu te pagar uma cerveja.

– Não, obrigada – recusou Nina. – Eu estou bem, de verdade. Estou ótima.

Griffin olhou o celular outra vez.

– Ah, Nina, vamos lá, uns amigos meus estão em um bar aqui do lado. Venha tomar uma cerveja com a gente. Vamos pensar juntos no seu próximo passo. Eu devo conhecer alguém que pode ajudar você.

Fazia meses que Nina não o via tão disposto. E tudo o que ela mais queria era se sentar em um lugar silencioso com uma xícara de chá para pensar na vida.

– É sério, eu preciso ir. Mas parabéns, mais uma vez.

Griffin se levantou junto com ela, enquanto Nina vestia o casaco para ir embora. Ela lhe deu um breve sorriso enquanto os dois esperavam uma procissão de carrinhos de bebê acabar de passar.

– Nina – chamou Griffin, com uma coragem repentina, assim que ela se adiantou.

Ela se virou.

– Oi.

– Agora que não trabalhamos mais juntos... bom, não somos mais colegas de trabalho, e eu terminei com a minha namorada... quer sair comigo um dia desses? Sabe... para tomar um drinque. Por favor?

Nina olhou o rosto pálido e ansioso de Griffin, sentindo-se repentinamente desconfortável e um pouco mais determinada. Parou para pensar por um único segundo. Então tomou uma decisão.

– Desculpe, mas eu tenho que... tenho que ligar para um homem para tratar de um assunto.

Passou pelos carrinhos e pelas sacolas de compras e pelas janelas embaçadas e pelas criancinhas atirando coisas umas nas outras e pelos sachês de açúcar amassados e pelos pratos descartados e pelas canecas sujas, até enfim abrir a porta e sair para a rua encharcada. Vestiu o capuz do casaco e pegou o celular, sabendo muito bem que era agora ou nunca.

– Alasdair – disse quando ele atendeu –, obrigada pela sua oferta maravilhosa. Eu aceito.

Capítulo sete

Até a empolgação de Surinder em relação ao plano havia começado a evaporar, uma vez que Nina tinha consultado as autoridades e descoberto que era quase impossível conseguir uma licença para vender livros numa van. Parecia que seria muito mais fácil se quisesse vender hambúrguer, chá ou cachorro-quente.

Ela dissera ao homem da prefeitura que um hambúrguer meio suspeito representava uma ameaça muito maior à saúde pública do que um livro, ao que ele respondera, muito sério, que ela claramente nunca tinha lido *O capital*. Nina fora obrigada a admitir que de fato nunca tinha lido, e a conversa morreu ali.

Ainda assim, lá estava ela no ônibus outra vez, munida da trilogia *Lark Rise to Candleford* e da série inteirinha de *Outlander* para entrar no clima.

Quanto mais seguia para o norte, mais frio ficava, porém o céu continuava limpo. Ao passar por Edimburgo, a impressionante luz do leste fazia a cidade brilhar como Moscou. Mais uma vez, a grande ponte parecia um portal rumo ao desconhecido. Quanto mais seguia para o norte, mais as cidades grandes e o trânsito e as pessoas ficavam para trás, dando lugar a trens compridos e vermelhos serpenteando pelas vias sinuosas, a vilarejos minúsculos onde uma infinidade de pássaros sobrevoava os vales, a vistosas pradarias verdejantes com ovelhas para todos os lados, tudo sob os raios do sol que se punha já tarde da noite.

Nina fez uma refeição em uma das paradas do ônibus enquanto se perdia nas páginas do livro, e ao descer, enfim, em Kirrinfief, sentiu-se como se tivesse acabado de chegar em casa, uma sensação que foi reforçada assim que entrou no pub e foi recebida com sorrisos por Edwin e Alasdair.

– A garota do livro! – exclamaram eles, contentes.

Alasdair já foi lhe servindo um *half pint* de lager sem esperar que Nina pedisse. Devia ter percebido que ela se enrolara um pouco com a seleção de cervejas locais da última vez.

– O que trouxe para nós?

Nina, é claro, viera bem preparada. Abriu a mala e mostrou aos dois uma seleção de thrillers e romances policiais, para a felicidade dos homens.

– Então – falou Edwin, por fim –, vai mesmo seguir com a ideia de encher a van de livros?

Alasdair procurava alegremente as chaves do carro. Nina tinha acabado de lhe entregar o cheque no valor que era mais ou menos toda a rescisão que recebera da biblioteca.

– Esse é o plano.

Ir ao trabalho já não era mais tão penoso agora que tinha um novo projeto. Ainda precisava cumprir algumas semanas de aviso prévio, mas ninguém se importaria se ela demorasse no almoço, chegasse atrasada ou fosse para casa todas as noites com a mala do carro abarrotada de livros, que era o que estava fazendo. Sentia como se estivesse salvando órfãos do abandono.

Griffin começara a trabalhar de camisa de botão e gravata. Também tinha feito a barba. Chegava cedo todos os dias e passava um tempão em reuniões, e sua expressão entediada e irritada começava a dar lugar a um semblante atribulado. Certo dia ele abordara Nina na saída e dissera que ela precisava entregar um formulário de requisição para cada um dos livros que estava levando embora. Nina apenas respondera: "Sério mesmo, Griffin?" Ele só fizera uma cara aborrecida, e ela se sentiu mais satisfeita do que nunca por estar indo embora.

– Ah, vai ser ótimo – falou Edwin. – Você tem que ir lá no vilarejo de Carnie. E Bonnie Banks. Ah, e Windygates. É onde a minha irmã mora. Tinha um ônibus-biblioteca por lá, mas agora não tem mais. Você vai ser melhor do que nada. Será que não dá para ser uma biblioteca em vez de loja?

– Receio que não – falou Nina. – Eu preciso pagar minhas contas. – Então ela os encarou. – Mas vocês sabem que a van não vai ficar aqui, não é? Vou levá-la para Birmingham.

Os homens fizeram uma cara confusa.

– Não, mas tem que ficar aqui! – protestou Edwin. – Foi por isso que a gente comprou!

– Não, eu vou levá-la para a Inglaterra – explicou Nina, pacientemente. – É lá que eu moro.

– Mas a Inglaterra está cheia de cidades que não precisam de livros – reclamou Alasdair. – Eles têm um monte de livrarias e bibliotecas e universidades! Livro não falta por lá! Nós é que precisamos deles.

– Eu entendo, mas a minha casa é lá – insistiu Nina. – Birmingham é o meu lar. Eu preciso voltar.

Fez-se silêncio.

– Você bem que podia se mudar para cá – comentou Alasdair. – Seria bom ter uma cara nova por aqui.

– Eu não posso me mudar para cá! – exclamou Nina. – Nunca morei no campo.

– Tá, mas você também nunca teve uma livraria numa van – argumentou Edwin.

– Puxa, e eu que achei que a gente estava ajudando para que você pudesse ficar por aqui... – disse Alasdair. – Já tinha contado a novidade para toda a minha clientela.

– Achei que só o Edwin e o Hugh fossem a sua clientela – falou Nina.

– Pois é. Então. Como eu disse, todos eles adoraram a ideia.

– Eu adoraria – comentou Nina. – Mas não posso, de verdade. Preciso voltar, organizar tudo e começar a ganhar o meu sustento de novo.

O silêncio tomou o pub. Nina se sentiu péssima pelo mal-entendido, realmente não fora sua intenção.

– Mas... – insistiu Edwin.

– Sinto muito – falou Nina, com firmeza.

O plano era buscar a van e levá-la de volta para Birmingham no mesmo dia. Não tinha dinheiro para passar a noite, mesmo em um lugar barato e alegre como o pub. Além do mais, Surinder tinha sido muito clara: se não encontrasse logo uma nova casa para os livros, o teto ou a amizade delas ruiria. Então, estava decidido.

– Preciso ir agora – disse Nina, com tristeza.

Todos olharam as chaves no balcão.

– Vocês fizeram uma boa ação – repetiu ela. – Muito obrigada.

Os dois homens grunhiram e se afastaram.

Enfim havia escurecido lá fora, e os últimos raios rosados estavam se dissipando por cima das montanhas a oeste. Esfriou assim que o sol se pôs, e Nina estremeceu de frio no caminho até a van. Apertou o casaco contra o corpo e olhou para aquele colosso estacionado na silenciosa pracinha de pedras. Respirou bem fundo. Nunca se sentira tão sozinha. Ainda assim, estava fazendo o que deveria ser feito. Havia se comprometido. Teria que dar um jeito.

Olhou o celular. Enquanto ainda estava no pub, o aparelho devia ter achado sinal, porque a caixa de e-mail dela atualizou. O primeiro era um aviso da prefeitura.

Prezada Srta. Redmond,

Informamos que sua solicitação de permissão de estacionamento Classe 2b (Vendas e Comércio, Gêneros Não Alimentícios) foi negada devido a restrições de altura de veículo que se aplicam à área. A decisão é final, sem direito a apelação.

Nina soltou um palavrão. Bem alto.

A mensagem ainda tinha mais informações, mas ela já não conseguia terminar de ler, pois estava com os olhos cheios d'água. Sentiu que, não importava o que fizesse, não tinha como vencer. Estacionar a van na calçada de casa era a única coisa que esperara conseguir sem maiores incidentes. Agora, olhando o veículo sob o restinho da luz do dia, percebeu como era, de fato, enorme. Bloquearia toda a luz que entrava no primeiro andar da casa delas – e também na dos vizinhos. Onde estava com a cabeça?

Havia acabado de gastar todo o dinheiro da rescisão e não conseguia imaginar, nem por um segundo, voltar para o pub e dizer àqueles homens que mudara de ideia. Não tinha mais emprego e sabia que não havia se preparado para a entrevista tão bem quanto deveria só porque estava distraída demais pensando em outras possibilidades. E agora tinha acabado de tropeçar no obstáculo mais básico e óbvio.

Teria que se mudar. Para algum lugar onde pudesse estacionar a van. Teria que dar a notícia a Surinder. Mas e se não tivesse dinheiro para isso? Quem alugaria um imóvel para uma pessoa desempregada? Céus, ela ia acabar tendo que morar na van.

As lágrimas escorriam pelo seu rosto e Nina começou a entrar em pânico. Olhou ao redor. É claro que não havia ninguém. O vilarejo estava deserto, e fazia muito frio. Nina se sentiu completamente sozinha.

Tentou imaginar o que Nancy Drew faria. Ou Elizabeth Bennet, ou Moll Flanders. Mas achou que nenhuma delas estaria preparada para um momento como aquele. Não conseguiu pensar em nenhuma heroína que já tivesse enfrentado uma situação como aquela, agachada no meio do nada ao lado de uma van gigantesca que não podia ser revendida, sem saber se teria um lugar para morar e tremendo de frio.

Levantou-se com cuidado, sentindo dores no corpo todo. As mãos dela tremiam. Não sabia para onde ir. Tentou pensar em lugares onde poderia estacionar a van e então se perguntou se poderia ficar ali ou se deveria apenas abandonar aquela coisa.

Na falta de uma ideia melhor, entrou e girou a chave na ignição.

Todos sabem que não se deve dirigir quando se está cansado. Nina sabia muito bem disso e normalmente era uma motorista muito cuidadosa. Normalmente.

Mas naquele momento estava estupefata e preocupada, e ainda mais apavorada por estar dirigindo um veículo imenso ao qual não estava acostumada. Sabia que o melhor a fazer era parar o veículo, mas onde? Não podia gastar dinheiro com uma diária de hotel, isso se conseguisse encontrar algum lugar para passar a noite ali, no meio do nada.

Não tinha GPS, o celular estava sem sinal e, para piorar, a bateria estava acabando. Deixou o farol alto e prosseguiu pelas infindáveis estradas rurais, que pareciam não levar a lugar nenhum. Estava com o tanque cheio e, por ora, isso teria que bastar. Enxugou as lágrimas das bochechas e tentou não entrar em pânico. Precisava achar algum lugar. Tinha que achar.

Mais à frente, viu as luzes sinalizando um cruzamento ferroviário, mas seguiu adiante. As cancelas ainda não haviam descido, então teria tempo de sobra para atravessar. Só viu o cervo quando já era tarde demais. O animal se assustou com as luzes do cruzamento e correu direto para a frente da van. Nina viu os imensos olhos negros, lindos e apavorados. Sem nem pensar, meteu o pé no freio. A van travou as rodas e derrapou, parando bem em cima do trilho que cruzava a estrada.

O cervo saltou para longe do veículo, raspando as patas nas laterais, e desapareceu entre as árvores sem sofrer um arranhão. Enquanto tentava se acalmar, Nina ouviu o tilintar de um alarme. Ergueu o rosto e acompanhou, horrorizada, a cancela descendo na estrada adiante.

Apavorada, girou a chave na ignição sem se lembrar de pisar na embreagem. Em meio ao pânico, não conseguia entender por que o motor não pegava.

As luzes do trem já estavam visíveis, aproximando-se cada vez mais. Sabia que deveria sair dali, mas, por mais que tentasse, a porta parecia trancada. Com dedos desesperados, tentou a ignição de novo e mais uma vez o motor não ligou.

O rádio não calava a boca. As mãos não funcionavam direito. Seu mecanismo de luta ou fuga falhara: só conseguia olhar para o trem que se aproximava e, quando um barulho altíssimo de frenagem preencheu o ar, foi tomada pelo pensamento mais ridículo e bizarro: sua mãe, envergonhada, tendo que explicar às pessoas que sua filha, uma adulta diplomada, tinha realizado a façanha de ficar presa no meio de um cruzamento ferroviário e morrera atropelada por um trem.

Um trem.

Sua boca se abriu devagar e ela notou que estava gritando. O chão tremia sob seus pés e, conforme o trem se aproximava, rugindo e guinchando, Nina fechou os olhos e esperou o inevitável.

Capítulo oito

Fez-se um silêncio sombrio e mortal. Parecia que o rádio tinha desligado – ela não sabia como. Os faróis também haviam se apagado. Nina piscou, confusa. Será que estava no além? Não tinha sentido nada: nenhum impacto, nenhuma dor. Talvez aquele fosse o fim. Uma escuridão onipresente.

Mas não: ainda estava na van. Viu a maçaneta da porta, esticou o braço e puxou. Estava destrancada. Estivera destrancada o tempo todo. O que tinha acontecido?

Com cuidado, pôs o pé no chão. Então desceu, cambaleante, para o trilho do trem. Suas pernas não queriam obedecer, e, no mesmo instante, vomitou em uma moita.

Encontrou na bolsa uma garrafa de água pela metade e bebeu um pouco, mas logo parou, com medo de vomitar de novo. Não parava de tremer. Aos poucos, depois de tentar recobrar o fôlego, Nina se atreveu a olhar ao redor.

A meros centímetros da van, intacta em cima dos trilhos, estava a locomotiva de um imenso trem de carga, bufando como se fosse um animal monstruoso. Nina achou que ia vomitar outra vez.

Havia um homem apoiado na lateral da locomotiva, também sem fôlego. Ao notá-la, ele se adiantou em sua direção.

– O que... – começou o homem, com uma voz tão trêmula que mal conseguia falar. – Mas que mer... – Fez um esforço tremendo para não xingar.

– Que... que diabo... – A garganta dele soltou um chiado. – MAS O QUE DIABO ACONTECEU AQUI?

– Eu... – A voz de Nina falhou. – Apareceu um cervo... e eu freei...

– UM CERVO? Você quase matou a gente por causa de um CERVO? Sua DESGRAÇADA, SUA.... Onde você tava com a cabeça?

– Eu não estava... Não estava conseguindo pensar...

–Ah, mas é claro. É CLARO que não pensou! OLHA AÍ, tem uns dez metros...

De repente, ouviram-se passos correndo ao largo dos trilhos. Surgiu outro homem resfolegante, e a fumaça da locomotiva o envolvia como uma névoa.

– O que aconteceu? – indagou ele.

Tinha um sotaque. "De algum lugar da Europa", pensou Nina.

– O que aconteceu foi que essa IDIOTA quase causou um baita acidente que teria matado eu, você, ela e metade da população dessa área se o combustível tivesse explodido! – gritou o primeiro homem, lívido de fúria.

O segundo homem olhou para Nina.

– Tá tudo bem com você? – perguntou.

– Se está tudo bem com ela? Ela quase matou...

– Sim, Jim. Já entendi.

Jim balançou a cabeça, ainda trêmulo.

– Isso não vai acabar bem. Não vai acabar nada bem.

As luzes do cruzamento voltaram a piscar, e as cancelas começaram a subir.

– As cancelas não podem subir desse jeito – falou o segundo homem. – Ainda não passamos. Você está bem? – perguntou outra vez.

Nina então percebeu que não conseguia se levantar e de repente apoiou com tudo o corpo na van.

– Vou avisar ao controlador – falou o primeiro homem.

Quando o segundo chegou até Nina, ela reparou que ele tinha cabelos escuros cacheados, um pouco longos demais, e olhos negros de cílios longos com ares de cansaço. A pele era morena, os malares altos e bem-definidos. Tinha altura mediana e era um pouco corpulento.

– Tá tudo bem, não tá?

Nina encarou o homem, confusa. Estava chocada demais para conseguir falar.

– Respira – orientou ele. – Bebe mais água, tá?

Ela tentou tomar um pouco mais, mas acabou engasgando. Pôs as mãos nos joelhos até conseguir respirar direito outra vez.

– Eu achei... – começou Nina, batendo o queixo de forma descontrolada. – Achei que eu tinha morrido.

– Ninguém morreu – disse o homem. – Ninguém morreu. Eu tô bem e o Jim tá bem e a lã, o uísque, o combustível e o gim tá tudo bem também. Ninguém vai morrer. – Ele olhou outra vez para Nina. – Você tá congelando. Vem, vem.

Ele a ajudou a chegar até a locomotiva. O primeiro homem estava na cabine falando no rádio. Enfiou a cabeça para fora.

– Não sei o que dizer a eles.

– Não tem nada pra dizer! Está tudo bem. O gim, o uísque, o combustível, a lã, tá tudo bem. Ninguém se machucou.

– Se eu contar a eles, vai ter uma investigação daquelas. Polícia e tudo. Vai levar meses. – Ele lançou um olhar severo a Nina. – Ela vai se encrencar feio.

– Hum. Isso é. Não fala nada não – pediu o segundo homem.

– Eu não... eu não... – Nina mal conseguia falar.

O rosto de Jim ficou menos sisudo, e ele disse:

– Eu preciso contar, eles já acionaram aqui. Ninguém vai embora agora. – Olhou outra vez para Nina. – Ah, pelo amor de Deus. Agora já foi. Vem, entra aí, vamos tomar um chá.

– Isso, chá – disse o outro homem, conduzindo-a com delicadeza para a frente. – Chá resolve todos os problemas. Sobe aí na cabine. Depressinha! Quentinho, chega desse frio aqui fora.

Sem saber o que fazer, Nina cambaleou em direção à cabine e então percebeu que não tinha forças para subir. Seus braços estavam moles como gelatina.

O homem subiu com destreza e então se voltou para puxá-la.

– Vem – disse ele.

Sua barba por fazer era escura e espessa, e o braço peludo e musculoso estava sujo de óleo. Pegou a mão pequenina de Nina e a puxou para dentro da cabine como se ela fosse uma pluma.

O espaço apertado era quentinho e aconchegante. Jim estava sentado ao lado de um painel de controle de plástico, e o segundo homem indicou que Nina também deveria se sentar ali, mas ela caiu no chão e começou a chorar.

Os dois homens trocaram olhares.

– Chá? – sugeriu o segundo, por fim.

Jim se esticou e pegou uma garrafa térmica. Serviu uma caneca e a entregou a Nina, que aceitou de muito bom grado.

– Não chora, moça – pediu. – Toma, bebe isso.

O chá estava quente e muito doce, e Nina começou a se sentir melhor.

– Desculpa. – Nina soluçou. – Mil desculpas, de verdade.

– Ah, Deus – falou Jim. – A papelada. A polícia já deve estar a caminho. Vai ter burocracia e investigação, uma trabalheira danada.

– Mas ninguém se machucou – falou o segundo homem. – Jim, você é um herói.

Fez-se uma longa pausa. O condutor não disse nada. Então falou, enfim:

– Sabe que eu não tinha pensado nisso?

– É mesmo – concordou Nina, sentindo-se melhor. – É um herói de verdade. Achei que fosse morrer. Eu devo minha vida a você. O que fez foi incrível, conseguiu parar bem a tempo.

A raiva do condutor já estava quase sumindo, e ele também tomava chá.

– Na verdade foi só instinto – disse Jim, com modéstia.

– Você vai sair no jornal – comentou o segundo, sorrindo e dando uma piscadela para Nina. – Vai fazer foto no jornal.

– Acha mesmo?

– Você salvou a minha vida – insistiu Nina, feliz e aliviada por Jim não estar mais irritado. – Você me salvou.

Jim tomou mais um gole de chá e sorriu.

– Ora... – disse ele. – Ora. Acidentes acontecem.

A polícia veio mesmo, e colheu longos depoimentos de todos: do condutor, Jim, que já tinha se recuperado quase totalmente e estava em polvorosa com o incidente, descrevendo para quem quisesse ouvir seu uso rápido do freio, salvando vidas; do segundo homem, que se chamava Marek, era o maquinista, e só queria que a vida continuasse; e de Nina, que ficou horrorizada ao saber que podia acabar sendo indiciada criminalmente pelo ocorrido.

Marek interveio e explicou com calma que, se havia alguém que deveria ser indiciado, era o cervo. Após fazerem o exame do bafômetro e chamarem paramédicos para examinar Nina e Jim, os policiais concordaram que o procedimento a adotar seria apenas tirar a van do caminho e deixar tudo seguir seu curso, graças a Deus.

O trem noturno que vinha de Inverness também havia parado, e o condutor estava ficando ranzinza com a demora. Não havia outro para substituir Jim até Darlington, então Marek se ofereceu para assumir a direção.

Mas havia um grande problema. Nina não estava em condições de dirigir a van, e o seguro não cobria mais ninguém. Um dos policiais tinha feito a gentileza de levar o veículo para um acostamento perto de um campo aberto e colara um adesivo que indicava que a polícia estava ciente da localização da van e que ninguém deveria encostar nela, mas a situação ainda não estava resolvida.

O policial se ofereceu para levar Nina de volta ao pub, que era para onde iam levar Jim, ainda meio aturdido. Mas eram duas da manhã, e ela não tinha um empregador bacana para cobrir seus custos de acomodação, nem sequer dinheiro para o pernoite. Piscava com força, torcendo para não cair no choro outra vez, desejando desesperadamente saber o que fazer. Por fim, Marek se adiantou:

– A gente vai passar em Birmingham, sabia? – indagou, baixinho.

Nina olhou para ele. Os policiais se entreolharam, sem saber se aquilo era permitido ou não, mas conscientes de que a sugestão tiraria um baita problema da mão deles. Jim já estava se despedindo do grupo.

– Está bem – falou um dos policiais, enfim, entregando a ela um registro de ocorrência. – Tome mais cuidado com os cruzamentos ferroviários de agora em diante, está bem?

Nina assentiu.

– Com certeza, senhor – respondeu.

E então todos foram embora, as luzes azuis desapareceram e logo Marek e Nina estavam sozinhos na cabine. Ele se comunicou com o controlador e as cancelas desceram de novo, sem ninguém no caminho dessa vez, e o trem seguiu tranquilamente.

Marek insistiu para que Nina se enrolasse em um cobertor e se sentasse. Depois de tudo o que acontecera, ela estava quase com sono, mas não conseguiria dormir. Nunca havia entrado na cabine de uma locomotiva, a não ser uma vez no trem metropolitano, quando criança. As janelas da frente eram imensas. Nina ficou surpresa ao ver que eram limpadores de para-brisa normais, embora isso não fosse nada surpreendente. A grande composição começou a avançar e foi ganhando velocidade. Ela se inclinou para a frente, interessada. Assim que passaram pelas árvores e chegaram ao campo aberto, o céu noturno não estava tão escuro. O negrume se concentrava na grande curva dos campos e das colinas, mas o próprio céu estava mais próximo de uma paleta escura e aveludada, cravejada de estrelas, a lua quase cheia. Os bustos ladeando a linha do trem se acenderam com pequenos olhos atentos. Havia vultos de movimento saindo da folhagem, e então um bando de coelhinhos começou a atravessar o trilho na frente do trem, tão rápido que Nina ficou assustada, mas eles sempre conseguiam fugir.

– Que nem você, hein? – comentou Marek com sua voz grave, parado diante das alavancas, conduzindo com atenção o trem noite adentro.

– Eles me deram um susto – falou Nina.

– Acho que você quase matou o Jim – disse Marek. – De susto.

– Foi sem querer.

– Eu sei, eu sei – respondeu Marek.

A cabine estava às escuras para melhorar a visibilidade do caminho. Nina só conseguia ver o perfil dele, o queixo coberto com a barba por fazer, delineado pelo luar que entrava pela janela enquanto o trem passava a toda a velocidade pelas cidadezinhas e pelos vilarejos fechados em direção à madrugada.

– Então, o que estava fazendo aqui tão tarde da noite? – questionou Marek. – Você não é escocesa, certo?

– Não, sou de Birmingham. Quer dizer, nasci em Chester, mas moro em Birmingham. E você, de onde é? – perguntou ela, curiosa.

– Letônia – grunhiu ele.

– Então estamos os dois bem longe de casa, hein? – falou Nina.

Marek não respondeu.

– Eu... eu estava levando a van para casa – continuou ela. – Para o meu trabalho.

– Em que você trabalha? Dirigindo a van?

– Não exatamente – respondeu Nina. – Eu estava... eu queria abrir uma livraria.

Marek se virou para ela por um instante.

– Ah! – exclamou ele. – Livraria. Muito bom. As pessoas gostam de livrarias.

Nina assentiu.

– Espero que sim. Eu queria... sabe, queria levar os livros às pessoas. Encontrar o livro certo para cada um.

Marek sorriu.

– E onde fica sua loja? Em Birmingham?

– Não – disse Nina, balançando a cabeça. – Era para isso que eu queria...

– Ah, é? Uma livraria dentro da van?

– É, eu sei. Talvez seja uma ideia bem ruim. Até agora eu não tenho dado sorte.

– Então você sai dirigindo atrás de gente que precise de livro?

– Isso.

– De qual livro eu preciso, hein? Nada em russo.

Nina olhou para ele e sorriu.

– Bem, para você eu recomendaria algo com pessoas que trabalhem à noite. Algo como *Noite nas trincheiras*. É sobre um homem na guerra que fica de guarda a noite inteira esperando que soe o sinal de avançar pela manhã, e fala sobre o que se passa na mente dele antes de todos terem que sair das trincheiras e lutar. Ele pensa na família e se lembra da infância, e a história é divertida e meio triste, e tem um atirador do outro lado que o protagonista acha que está tentando matá-lo. E o atirador está *mesmo* tentando matá-lo. O livro é muito bom, meio triste e empolgante, e parece que se vive uma vida inteira em uma noite.

– Eu entendo. Às vezes é assim pra mim também – respondeu Marek. – Só que o tempo é o atirador. Não tem um atirador de verdade. Me pareceu um bom livro. Vou comprar. Muito bom.

Nina sorriu.

– Sério?

– Sério. Acho que vou. Você me convenceu. A gente podia pegar esse trem e transformar em livraria, não? Um trem da leitura.

– Amei a ideia! – exclamou Nina. – Mas, hã, talvez seja melhor começar com algo pequeno.

– Mas você mora em Birmingham e a sua van está na Escócia.

– É, eu sei. Vou pensar em uma maneira de resolver isso em breve.

– Não parece uma maneira muito boa de ter uma livraria.

Nina o olhou, tentando entender se Marek estava implicando com ela, mas a expressão dele era insondável.

– Não. Não mesmo. – Suspirou. – Mas não consegui a licença para estacionar a van em Birmingham. E agora eu não sei mais o que fazer nem para onde ir. Minha vida é só problema.

Marek deu um sorriso triste na escuridão, e ela viu os dentes dele brilharem.

– Ah, então você acha que tem muito problema, é? – indagou ele.

– Bom, eu estou desempregada, todos os meus recursos estão estacionados em um acostamento que eu nem sei bem onde fica, a amiga com quem eu divido o apartamento vai me botar para fora se o teto desabar por minha causa, e eu quase fui atropelada por um trem. Então sim, acho que tenho muitos problemas.

Ele deu de ombros.

– Acha que foi por diversão que torrei todas as minhas economias em uma van? – continuou Nina, e enrolou-se ainda mais no cobertor. – Como pode achar que eu não tenho problemas?

Marek deu de ombros de novo.

– Você é jovem. Saudável. Tem uma van. De onde eu venho, as pessoas chamam isso de sorte.

– É, talvez – admitiu Nina, baixinho.

Passaram por uma ponte e o estrépito assustou um bando de garças que lotava um lago. Elas ergueram voo na noite, desenhando silhuetas entrecortadas contra a lua.

– Uau! – exclamou Nina. – Olha só aquilo.

– A gente vê muita coisa no trem noturno – falou Marek. – Olha ali.

Ele indicou um pequeno vilarejo, todo tomado pela escuridão exceto por uma única luz em um quarto.

– Aquela luz está sempre acesa, não toda noite, mas quase. Quem fica ali? Uma pessoa que não consegue dormir? Que tem um bebê? Eu me pergunto isso todo dia. Quem são essas vidas todas, passando uma depois da outra? E como são gentis por deixar a gente dar uma olhada lá dentro, como são generosas.

– Na verdade, acho que as pessoas não gostam muito de morar perto da linha do trem – opinou Nina, sorrindo.

– Ah, então elas são ainda mais gentis – falou Marek, e os dois ficaram em silêncio.

Quando chegaram a Newcastle, Marek pediu que Nina se sentasse no chão para que ninguém a visse, pois não deveria estar ali. Ouvia-se um grande estrondo na plataforma de descarregamento, que estava tão iluminada quanto uma árvore de Natal no meio do dia. Havia homens gritando e acoplando polias e guindastes aos contêineres do trem: lã para a Holanda e a Bélgica, explicou Marek; uísque, é claro; petróleo, gim. Por outro lado, carregavam o trem com produtos vindos da China para lojas de 1,99 e de artigos de cozinha e decoração: brinquedos, saleiros, porta-retratos; além de banana, iogurte, encomendas dos correios, e toda a sorte de coisas que chegavam pelas docas movimentadas de Gateshead e eram carregadas em caminhões e trens que as distribuíam pelo país inteiro durante a noite, como um sistema circulatório. Um mundo misterioso da madrugada no qual Nina nunca pensava ao pegar um palitinho de mexer café, um pote de mel ou uma lixa de unha. O estrépito e a gritaria continuaram, e ela acabou dormindo no cantinho da cabine. O dia e a noite tinham sido absurdamente longos.

Acordou com um susto, desorientada e com sede, quando passavam por Peak District. Marek sorriu.

– Ah, achei que ia ficar o caminho todo apagada – falou ele. – Acho que trabalho noturno não serve pra você, viu? A biblioteca não pode ser noturna.

– Sim, mas até que era uma boa ideia – comentou Nina, em um tom sonhador. Não tinha dormido pesado, fora um sono tranquilo, como se os trilhos do trem estivessem deslizando pelo céu. – Poderíamos trocar os livros das crianças todas as noites enquanto elas dormem. Assim todo dia ao acordar, elas encontrariam uma história nova. – Esfregou os olhos para espantar o sono e olhou ao redor. – Desculpa. Estou falando besteira.

O chá na garrafa térmica já estava frio, mas Marek o ofereceu mesmo assim e Nina aceitou.

– Qual o seu sonho? – perguntou Marek, por cima do ruído do motor e dos ocasionais barulhos do rádio.

– Ah, eu não dormi tão pesado assim, não sonhei – respondeu ela.

– Não, estou falando da sua vida. O que quer fazer? Para sempre. Qual é o seu sonho?

Nina endireitou o corpo.

– Bom… Eu acho... Eu quero estar entre livros, tê-los à minha volta. E recomendá-los a outras pessoas: livros para quem está feliz e para quem está triste, para quem está animado para sair de férias, para quem precisa saber que não está sozinho no mundo, livros para crianças que gostam de macacos, enfim, para todas as pessoas. E quero ir aos lugares onde as pessoas precisem de mim.

– E não precisam de você onde estava? Onde a gente estava mesmo? Escócia?

– É, bem, sim, talvez, mas eu nunca morei lá, então...

– Vai ser melhor em Birmingham?

– Hum, acho que não. Quer dizer, eu sei que não vai. É uma cidade muito engarrafada e não tem onde parar, e lá meio que já tem livrarias e bibliotecas e tudo mais... Não tantas quanto antes, mas ainda tem bastante.

– Hum – falou Marek. – E você não gosta da Escócia?

A mente de Nina voltou ao dia em que estava no alto da colina admirando os campos, os antigos muros de pedra, os raios de sol surgindo e se escondendo por trás das nuvens escuras e desenhando listras imensas pelos campos ermos.

– Gosto, sim – respondeu ela. – Gosto muito. Mas não conheço ninguém lá.

– Você tem os seus livros – retorquiu Marek. – E tem a mim. Quer dizer, eu passo um tempinho na Escócia. Não toda noite, mas quase.

Conforme o trem descia cada vez mais para o sul, começavam a surgir os primeiros traços da aurora: estrelas se apagando, uma fina linha dourada no horizonte. As cidades iam ficando maiores e mais compridas, e a passagem por elas parecia interminável, ainda mais considerando que, tirando o nome das estações, não havia mais nada que as distinguisse umas das outras. O trânsito também começou a aumentar conforme o mundo ia despertando.

– Onde você mora, Marek? – indagou Nina.

– Ah, no mesmo lugar que você – respondeu ele. – Birmingham.

Marek disse o nome da cidade de uma maneira tão britânica que ela não conseguiu deixar de sorrir.

– Dá para notar – brincou Nina, surpresa com a coincidência de que ambos moravam na mesma cidade.

– Eu não gosto, não – confessou ele. – É cara demais pra mim, muito tumulto e muita correria. Eu gosto mais de lugar quieto e calmo e aberto e que dá pra pensar com calma e respirar ar de verdade, como a Letônia. Eu gosto da Escócia. A Escócia me lembra a Letônia. É lindo, e nunca fica quente demais.

– Então por que não se muda para lá?

– Eu também não conheço ninguém lá – respondeu Marek, e sorriu.

Em Birmingham, ele a ajudou a descer e apontou a direção da saída. Eram cinco da manhã, mas já estava bem claro e fazia um frio de rachar.

– Muito obrigada, de verdade.

– Agradece o Jim – respondeu, apenas. – Ele que não te atropelou. Por causa dele você não virou mingau nos trilhos. E toma cuidado. Se virar mingau nos trilhos aqui, bom, tudo vai ter sido em vão.

Nina sorriu.

– Prometo que vou tomar cuidado.

Os dois se entreolharam.

– Bem... – começou Nina.

À luz da manhã, a barba dele parecia mais pronunciada, e Marek passou a mão pelo queixo com cuidado, como se estivesse lendo os pensamentos de Nina. Seus olhos escuros brilhavam no rosto de malares definidos.

– Boa sorte, garota dos livros – disse ele.

Nina precisava muito de um banho quente e uma longa noite de sono. O aço do trem cintilava ao sol. Percebeu que a locomotiva tinha nome: *Senhora de Argyll*. Virou-se para contornar o final do trilho: era repentino, só uma barreira de madeira como sinal para não prosseguir.

– Garota dos livros! Espera! – gritou uma voz atrás dela.

Nina se virou. Era Marek, acenando com um papel na mão. Ela franziu o cenho. Ele estava meio corado, como um grande urso desengonçado. Marek baixou os olhos timidamente.

– Olha – disse ele –, se quiser... Posso levar você de volta até sua van. Uma noite dessas. Não é sempre que a viagem é com dois maquinistas. Costuma ser um só. E eu sei onde tá sua van.

Nina arregalou os olhos

– Mas isso é permitido?

– De jeito nenhum – respondeu Marek.

– Ah. Bom, então, eu acho... Quer dizer, obrigada pela oferta generosa, mas eu acho que eu não... bem, você vai... não quero que se prejudique por minha causa.

– Não se preocupa – falou Marek, ruborizando ainda mais enquanto lhe entregava o papel com um e-mail indecifrável. – Leva mesmo assim.

Nina sorriu e aceitou.

– Obrigada.

Ouviu-se uma buzina alta vinda de outro trem, e Nina contornou depressa o fim da linha – "o próprio fim da linha", pensou. Então passou por uma abertura na cerca de arame. Saiu em uma rua qualquer em uma parte de Birmingham que não conhecia. Para sua alegria, já ali na esquina havia um pequeno café, com janelas embaçadas pela condensação, e gastou suas últimas 5 libras em um sanduíche de bacon e uma caneca bem quente de chá. Comeu olhando para a *Senhora de Argyll*, agora bem menos carregada, saindo do armazém e seguindo sua grande jornada em direção a Londres.

Capítulo nove

Surinder não estava com a cara mais amigável quando foi abrir a porta, morrendo de sono.

– Fez boa viagem? – perguntou. – Por que voltou tão cedo?

Nina pensou em contar tudo, mas logo desistiu.

– É uma longa história – respondeu.

– Então vamos lá – falou Surinder. – Reservei o dia para ajudar você a tirar esses malditos livros daqui. Podemos começar?

– Bem – falou Nina, perguntando-se se daria tempo de fazer um bom café antes de encarar aquela confusão. – Tem um problema. É que... Bem. A questão é a seguinte: não posso estacionar a van aqui.

– Como assim?

– O pedido de licença foi negado. Aparentemente, a van é alta demais para Edgbaston.

– Ah, então foi por isso que você voltou tão rápido. Veio de avião.

– Não foi bem assim.

– Bem, pelo menos você não chegou a comprar a van. Mas, Nina! – Surinder pôs a xícara de café vazia em cima de uma pilha instável de romances de época, que ruiu no mesmo instante. – O que vai fazer com isso tudo?

No mesmo momento, com uma clareza ofuscante, Nina rebateu:

– Mas eu comprei a van, sim.

– Você não... O quê? – Confusa, Surinder olhou ao redor, derrubando uma coleção de George Orwell novinha em folha.

Nina estremeceu.

– Cuidado, olha o George!

– “Olha o George”? Nina, onde você estava com a cabeça? POR QUE fez isso? Por que não esperou conseguir a permissão de estacionamento antes de comprar a maldita van?

– Não sei. Só achei que fosse dar tudo certo.

– Por que deu o dinheiro sem saber direito o que estava fazendo?

– Já disse que não sei. Mas é que... eu achei que, se esperasse demais, ia perder a coragem.

– Nina...

Ela nunca vira a amiga tão furiosa. Lamentou estar tão exausta, pois já sentia as lágrimas nos olhos.

– Nina, eu tentei ser paciente. Tentei te ajudar quando algo dava errado e você comprava um livro, e algo ia bem e você comprava um livro, e chovia e você trazia alguns livros para casa, e quando fazia sol e aí você ia comprar mais livros. Mas...

Mais tarde, Nina concluiria (baseada mais na esperança do que na expectativa) que o tom esganiçado na voz de Surinder fora o que desencadeara toda a tragédia. Talvez não tivesse sido tudo culpa de Nina.

Porém, não era assim que se sentia no momento em que Surinder fez outro gesto exasperado e acertou o corrimão, que estava meio frouxo e ondulou ainda mais, deslocando uma pilha de livros no topo da escada. E assim, inevitavelmente, como um horrendo filme em câmera lenta, os livros derrubaram a pilha de baixo, que acertou a pilha seguinte, e a avalanche de exemplares veio rolando escada abaixo, atingindo, por sua vez, um grande vaso ornamental que tombou no chão com tanta força que chegou a causar uma pequena rachadura no teto do corredor, da qual se desprendeu uma nuvenzinha de poeira.

Tudo pareceu acontecer muito devagar. Nina ficou olhando o redemoinho de poeira descendo da rachadura no teto, dançando em um raio de luz, apenas uma minúscula nuvem branca. Mas, apesar do tamanho diminuto, ela sabia que aquilo fora a gota d’água. Olhou para Surinder.

E então o copo enfim transbordou. Ambas sabiam que aquele momento estava para chegar.

– Está bem – falou Nina. – Está bem. Eu vou embora.

Uma vez tomada a decisão – ou melhor, uma vez que Nina anunciou que iria se mudar e as duas amigas se acalmaram –, Surinder ficou triste de verdade. Já fazia quatro anos que elas dividiam aquela casa, e foram quatro anos bem felizes, no geral. Surinder aceitou o pagamento pelo aluguel do restante do mês para custear o conserto do teto, mas torrou parte dele em duas garrafas de espumante e um saco imenso de doce, e as duas passaram a noite sentadas na sala conversando.

– Onde você vai morar? – perguntou Surinder.

– Não sei – respondeu Nina. – Acho que não é muito caro por lá. Com certeza é mais barato do que aqui, o que é ótimo, já que eu não vou ter dinheiro.

– Quanto vai cobrar pelos livros?

– Depende. Acho que vou dar o preço de acordo com a pessoa que for comprar.

– Acho que isso não é permitido – comentou Surinder. – Será que você não vai esquecer que é bibliotecária? Acho que corre o risco de sair distribuindo os livros de graça...

– Acho que isso vai passar assim que eu me vir sem dinheiro para comer – falou Nina, enchendo a mão de ursinhos de gelatina.

– Já contou para a sua mãe?

Nina fez uma careta. A mãe vivia preocupada por besteira. Em geral, o alvo da preocupação era o irmão mais novo de Nina, Ant, o que era conveniente.

– Assim que estiver no endereço novo, eu mando um e-mail para ela.

– Vai se mudar para outro país sem contar para a sua mãe?

– Com você falando desse jeito, parece uma coisa horrível.

– Eu sei.

Surinder via a mãe quase todo dia e era raro chegar em casa sem uma marmita com alguma comida muito deliciosa, e achava que Nina tinha um relacionamento muito suspeito com a mãe.

– Está bem, está bem, vou falar com ela – cedeu Nina. – Mas preciso de um tempinho para me situar. Tudo está acontecendo rápido demais.

Surinder se inclinou para a frente e completou as taças.

– Você já pensou – disse, em um tom conspiratório – no tipo de pessoa que tem lá?

– Gente velha – respondeu Nina na mesma hora. – Eu sei, já os conheci.

– Não! – falou Surinder. – Não, não é disso que estou falando. Lá só vai ter homem!

– Ah, é?

– É claro! Fica no meio do nada. Quem vive lá? Fazendeiros. Veterinários. Talvez tenha uma base militar por perto. Aventureiros. Praticantes de *mountain bike*.

– Acho que eu não me daria bem com alguém que faça *mountain bike*. Não sou muito fã de atividades ao ar livre. Além do mais, ciclistas sempre se vestem de maneira meio estranha.

– É só um exemplo. Geólogos. Estudantes de agronomia. Arboristas. Homem homem homem! Você vai estar em total desvantagem numérica.

– Acha mesmo?

Na biblioteca só havia dois homens – Griffin e o velho Mo Singh – para oito mulheres. E na nova sede havia umas quarenta mulheres, jovens em sua maioria. Nina sabia disso por causa do e-mail muito animado que recebera de Griffin.

– É claro! E aqui quase não tem homens!

– Isso nunca prejudicou você.

Surinder revirou os olhos. Sempre havia vários homens interessados nela, e era ela quem não via graça neles, reclamando que eram todos urbanos demais e que não gostava de barba.

– Não estamos falando de mim – retorquiu a amiga, fazendo um gesto. – Você vai ver. Vai ter homem para todo lado.

– Não estou indo para lá por causa dos homens – argumentou Nina –, e sim por causa dos livros.

– Mas você bem que não vai achar ruim se aparecer um ou outro carinha no seu caminho, não é?

– Eu já disse, todos os caras lá têm uns 102 anos e moram no pub. E pare de assobiar a música de *Outlander* para mim!

Capítulo dez

Estava chovendo. Depois de morar em Birmingham, Nina achava que entendia alguma coisa de chuva. Mas estava enganada. Muito enganada. Em Birmingham, quando chovia, o melhor a fazer era se enfiar em um café ou ficar em casa, onde tem aquecimento central, ou ir para o shopping, para poder perambular sem perder o conforto.

Já nas Terras Altas, quando chovia, chovia e chovia e chovia até parecer que as nuvens pretas viriam rolando pelos campos na sua direção, cada vez maiores, até derramar baldes inclementes de água na sua cabeça e na sua cara.

Nina não teria se incomodado tanto se não tivesse a necessidade urgente de voltar para buscar a van. Já fazia cinco dias que estava no mesmo lugar. Ela colocou o máximo que pôde na maior mala que tinha e enfiou caixas e caixas de livros na traseira do Mini Metro até mal conseguir enxergar o retrovisor. Na verdade, ainda havia pilhas infinitas de livros que ficariam em Birmingham, mas Surinder estava de ressaca e resolvera ser generosa, então Nina partira, com muitos abraços e beijos e uma marmita para comer na viagem e uma promessa de voltar para visitar a amiga assim que conseguisse resolver tudo (isto é, assim que conseguisse vender o carro e arranjar um lugar para morar).

Mas primeiro precisava buscar a van. Ao chegar a Kirrinfief, cometera a idiotice de pedir a Alasdair o número de uma empresa de táxi local. Ele fez uma expressão confusa e lhe disse que, se ela estivesse precisando de carona para algum lugar, Hugh poderia levá-la no trator. Nina recusou, agradecendo. Então ele ofereceu emprestada sua velha bicicleta, que estava nos fundos do pub.

Era antiquíssima, uma monstruosidade de metal com três marchas e uma cestinha marrom muito gasta. A única vantagem era que, de tão absurdamente difícil que era andar na bicicleta, Nina logo deixou de sentir frio e de prestar atenção na chuva, pedalando com vontade em direção ao lugar onde achava que estava a van.

Quando se aproximou do topo da colina, ofegante, viu uma pequena abertura entre as nuvens que corriam pelo céu. De repente, e por um único instante, um intenso raio de sol dourado passou pela brecha, inundando tudo ao redor, e Nina ergueu o rosto na direção da luz como se fosse um girassol. Já no alto da colina, parou e olhou para as nuvens. Em Birmingham, nunca as via, por causa de todo o vidro e metal que escondia o céu. As pessoas só olhavam para o chão, ou para o celular, e tocavam a vida. Limpando as gotas de chuva dos olhos e balançando o cabelo – ia ficar todo arrepiado, cheio de frizz, mas, se não havia ninguém para ver, que diferença fazia? –, ela foi recompensada pelo fim repentino da chuva, quase como se fosse um presente, e a luz dourada voltou a banhar tudo ao redor, fazendo cintilar cada pingo cristalino, cada folha úmida e cada raminho nos campos de canola dali até a pequena enseada. Um arco-íris imenso foi se anunciando por entre as frestas nas nuvens, que ainda corriam pelo céu como se estivessem em uma competição, transformando as plantações em uma colcha de retalhos.

Nina inspirou o ar incrivelmente fresco e olhou para a direita, onde o trem vermelho corria paralelo à estrada. Sabia que Marek não estaria nele – era um trem de passageiros –, mas mesmo assim voltou a subir na bicicleta e começou a descer a colina, apostando corrida com o trem enquanto ele seguia seu caminho rumo a Perth, Dundee... talvez Edimburgo, Glasgow e ainda mais longe. Pela primeira vez, a Grã-Bretanha não parecia aquele país pequeno, caótico e apertado que Nina conhecia: aquele cantinho, formado por Londres e a região sudeste, que estava sempre esticando seus dedos cada vez mais longe para agarrar o mundo à volta, tentando engoli-lo por inteiro, tentando passar asfalto por cima dos campos, tentando transformar tudo em uma imensa conturbação escura e imunda, com um café em cada esquina e todos os moradores trancados em apartamentos minúsculos que custam uma fortuna, conectados ao wi-fi, vendo o mundo através de uma tela enquanto logo ao lado constroem mais nove arranha-céus que bloqueiam ainda mais luz e nuvens e ar e vista sem que ninguém se importe, pois tudo é em prol do progresso.

Nina tirou os pés dos pedais e deixou a bicicleta descer a colina cada vez mais rápido, sabendo que, mesmo sem emprego, sem economias, sem parceiro, sem nada além de uma van antiga e barulhenta, nunca tinha se sentido tão livre em toda a vida.

No fim das contas, conseguiu chegar ao cruzamento ferroviário, que não ficava onde ela esperava – na verdade, era bem mais longe –, e, ao chegar, estava morrendo de fome. No acostamento logo ao lado, intacta a não ser pelo adesivo da polícia (que, se ainda estivesse em Birmingham, Nina se sentiria tentada a não arrancar na esperança de conseguir estacionar sem problemas), estava a imensa van, muito menos intimidadora à luz do dia do que parecera da última vez que a vira, no meio da madrugada.

Enquanto descia da bicicleta, as luzes vermelhas voltaram a piscar e as cancelas começaram a descer. Ela ficou tensa no mesmo instante. Era horrível pensar que quase ficara presa ali. Foi tomada outra vez pela sensação apavorante de impotência de quando tentara abrir a porta da van, e se forçou a observar a passagem do trem – um pequeno trem local de serviço, mas que já parecia imenso e estrondoso. Estremeceu quando uma nuvem cobriu o sol mais uma vez, então se encostou em uma árvore. Estava tudo bem. Estava tudo bem. Tudo certo. Teve que repetir as palavras para si mesma, para que sua imaginação não tomasse as rédeas da situação. Fora só um acidente infeliz, o trem havia parado a tempo, e não aconteceria outra vez.

Será que não havia outro caminho, um que evitasse aquele cruzamento? Tinha que ter. Dali em diante, por via das dúvidas, só pegaria o caminho alternativo. Mas então mudou de ideia: sabia que não podia fazer isso. Teria que encarar aquele cruzamento de frente e ponto final.

As cancelas não subiram. Nina olhou para os trilhos, atenta. De fato, passando muito mais devagar do que o trem de passageiros – graças a Deus, graças a Deus –, um imenso trem de carga se aproximava. Perguntou-se se a locomotiva estaria mais devagar por causa do ocorrido.

De repente, em um impulso, Nina chegou mais perto da cancela. Ainda não tinha escrito para Marek – não conseguia decifrar os hieróglifos estranhos do e-mail –, embora tivesse pensado nele. Fora muito gentil com ela em um momento em que teria tido o direito de ficar irritadíssimo, e ainda tinha lhe dado uma carona, mas é claro que Marek só estava sendo legal. Ele era um pouco mais velho e com certeza tinha esposa e filhos, no Reino Unido ou na Letônia. Ainda assim, como Nina estava lendo um romance com um herói misterioso de olhos negros, permitira que os pensamentos se voltassem – muito brevemente – aos olhos caídos, escuros e gentis de Marek.

Inclinou-se por cima da cancela para tentar ver dentro da cabine. O trem estava mesmo reduzindo a velocidade. Deviam ser instruções novas. Esticando o pescoço, viu uma cabeça careca e um corpanzil, vestindo um macacão azul-claro de maquinista. Para sua surpresa, era Jim. Decerto havia pegado o turno do dia. Erguendo a mão, Nina acenou sem parar.

O trem desacelerou ainda mais, e Jim enfiou a cabeça para fora da janela. Nina ficou aliviada ao ver que ele sorria. Jim gritou algo quase inaudível por cima do barulho do motor, e ela mal conseguiu distinguir as palavras: "Agora a gente tem que passar mais devagar por sua causa!" Contudo, o homem continuava sorrindo, e o trem apitou três vezes enquanto seus muitos vagões atravessavam o cruzamento.

Nina esperou o trem inteiro acabar de passar – 55 vagões, ela contou –, mas não havia sinal de Marek. Bem que ele dissera que o trem nem sempre tinha dois maquinistas; dependia da carga que levavam. Ainda assim, pensou que ele talvez estivesse no final do trem, e ainda acenou um pouco. O último vagão tinha uma espécie de sacada. Era um bom lugar para ver o mundo. Mas Marek não estava lá.

Nina destrancou a porta da van. Tinha achado uma placa de imobiliária largada em uma vala, ainda boa e com o prego no lugar, e decidira guardá-la. Por impulso, tateou dentro da bolsa em busca de uma caneta – ela sempre tinha canetas; comprava itens de papelaria com a mesma frequência com que outras mulheres compravam batons – e escreveu na placa, com grossas letras pretas: OLÁ, JIM E MAREK! ETERNAMENTE GRATA, NINA. BEIJOS.

Sabia que a tinta iria escorrer assim que começasse a chover outra vez

– talvez nos próximos cinco minutos. Mesmo assim, prendeu a placa em uma árvore com o prego. Então, procurando outra vez dentro da bolsa, achou o livro que tinha separado – um livro de história dos Bálcãs que estava fora de catálogo, escrito por um aventureiro inglês –, enrolou-o em um saco plástico e o pendurou no prego. Por fim, deu uma palmadinha na lataria da van, fez uma pequena prece fervorosa e pegou as chaves.

Capítulo onze

Após transferir todas as caixas para a van (o que fez com que os livros parecessem minguar; ela precisaria de um acervo *muito* maior), Nina conseguiu vender o Mini Metro para a esposa muito bem-vestida de um fazendeiro, que precisava de um carro para dar umas voltas por aí. Por sorte – e, depois de tudo que havia passado, Nina sentia que já passara da hora de ter um pouco de sorte –, a compradora lhe recomendou uma casa para alugar cujo proprietário parecia não se incomodar em ter uma van gigantesca estacionada na frente.

Nina estava muito preocupada. Só poderia pagar um valor irrisório pelo aluguel. Até Surinder vinha cobrando um preço abaixo do mercado, porque Nina era uma companheira de apartamento excelente – isto é, quando não estava pondo a casa abaixo. Ainda tinha um pouco do dinheiro do carro e os últimos centavos da rescisão, e fora muito parcimoniosa com o último salário, que só costumava durar até a próxima visita a uma livraria, já que agora teria que viver um mês de cada vez, com base no que conseguisse vender.

Tinha ligado para a prefeitura local, que não parecia ver problema algum em deixá-la estacionar a van aqui e ali uma manhã por semana – melhor ainda, o atendente tinha também prometido enviar para o e-mail dela uma lista com todas as feiras e bazares onde poderia alugar uma barraquinha para vender. Parecia uma boa ideia. Mas antes Nina precisava se preparar, e, para isso, tinha que conseguir um lugar para morar.

A fazenda Lennox ficava perto do centro do vilarejo, um pouco mais afastada da estrada, e era uma linda casa de campo, pintada de um laranja chamativo. Porém, em vez de se sobressair, a cor combinava bem com as nuances das colinas à volta, até mesmo na primavera, e Nina pensou que o cenário devia ficar glorioso no outono.

De acordo com a mulher que comprara o Mini Metro, a esposa do fazendeiro tinha planos de alugar por temporada o pequeno chalé que ficava no terreno da casa principal, mas parecia que a mulher não morava mais lá (um escândalo e tanto, dissera a compradora, sem entrar em detalhes), de modo que o chalé estava para alugar em caráter um pouco mais definitivo.

– O lugar só deve estar meio às traças – comentou ela.

Estava claro que algo tinha dado muito errado naquela história, e Nina ficou torcendo para que o lugar não estivesse muito decrépito. Mas não tinha outra escolha.

Quando chegou, após seguir as instruções vagas da mulher, não encontrou ninguém à vista. Nina acreditara que as pessoas logo se dariam conta da aproximação da van, já que o veículo projetava uma sombra imensa ao passar, além do fato de que viera dirigindo a 30 por hora. Contudo, ao estacionar na frente da casa, a única presença foi a de uma galinha solitária que ciscava alegremente por ali, observando-a com seus olhinhos de contas.

Nina saiu do carro, sentindo-se muito encabulada, e chamou:

– Olá?

Tinha tentado procurar a fazenda no Google, mas só encontrara uma página muito antiga, com fotos que não abriam e links quebrados. "Um site defunto é uma coisa bem triste", pensou. A despeito de toda a esperança que certamente envolvera sua criação, o tempo passara e o site ia chegando, decrépito, cada vez mais perto do fundo do poço do Google. "Como o próprio chalé deve ser", pensou Nina, amarga. Uma ideia executada até a metade e então abandonada ao sabor das intempéries. No entanto, não podia dormir na van.

– Olá! – chamou outra vez, e foi bater à porta.

Soube, no mesmo instante, que não havia ninguém ali. Suspirou e deu uma olhada pela janela da cozinha. Era um lugar arrumado, limpo e muito, muito vazio. Não havia quadros nas paredes, nem pilhas de correspondência ou louça suja. Aquele lugar era claramente a casa principal, mas parecia que estava para alugar, que nem o chalé. Do outro lado do pátio de pedras, passando pela galinha, via-se a garagem. Não havia nada parecido com um chalé em volta. Suspirou de novo e conferiu o endereço. Era ali mesmo.

Olhou ao redor. Não sabia nada sobre fazendas. Podia jurar que tinha visitado uma fazenda um dia, em uma excursão da escola, mas era só isso. Sabia que havia porteiras, que tinha estrume para todos os lados, que não era um lugar para levar seu cachorro e que havia cercas elétricas. Todas essas coisas sempre haviam conspirado para que Nina pensasse que fazendas eram, na verdade, lugares bem assustadores. Mas não sabia o que fazer para encontrar um lugar para morar. Não tinha dinheiro para ficar hospedada no pub mais tempo.

As montanhas que rodeavam a fazenda brilhavam ao sol, apesar de estar um pouco frio. Nina ficou feliz por ter trazido seu anoraque de inverno, embora, tecnicamente, ainda estivessem na primavera. Puxou-o para mais perto do corpo enquanto pensava no que fazer.

Meia hora depois, Nina estava bem acomodada no banco da van, ouvindo rádio e completamente arrebatada pela leitura de *Fair Stood the Wind for France* quando se assustou com uma batida enérgica na janela. Ergueu os olhos, desnorteada, como sempre fazia quando saía do torpor hipnotizante de um livro.

Do lado de fora estava um homem de aspecto meio rude, com uma boina sobre os cabelos castanhos ondulados. Não estava sorrindo. Nina abriu a janela.

– Hã… olá.

De repente, estava se sentindo bastante encabulada.

– Você não pode estacionar aqui! Aqui não é um camping – rosnou o homem.

Nina o encarou, surpresa.

– É, eu sei.

Ela abriu a porta da van e o homem se afastou com certa relutância. Quando saltou, percebeu que o sujeito era muito alto e estava com um bastão imenso na mão. Era bem intimidador, na verdade.

– E não estou esperando nenhuma entrega. Está perdida?

Nina já ia dizer que ele não fazia ideia de como aquela pergunta era profunda, considerando o momento que ela estava vivendo, mas achou melhor apenas erguer a cabeça e responder:

– Disseram que eu poderia vir dar uma olhada em um chalé para alugar. Achei que o senhor soubesse disso.

Fez-se um instante de silêncio. Então o homem levou a mão à testa.

– Ah – grunhiu. – É mesmo. Tinha esquecido.

Houve mais um momento de silêncio enquanto Nina esperava que ele se desculpasse, mas isso não aconteceu.

– As pessoas costumam tentar acampar aqui? – perguntou ela, chutando uma pedrinha.

– Aham. – Geralmente eu não me incomodo, desde que me peçam permissão. Bem... Na verdade, depende.

– Depende se o senhor vai com a cara da pessoa? – indagou Nina, tentando fazê-lo sorrir.

Mas o homem não respondeu, só deu um leve suspiro.

– E aí, vai querer ver o lugar?

– Hã, sim, por favor. – Ela estendeu a mão. – Sou Nina Redmond.

O homem a encarou e a cumprimentou com uma mão forte, grande e maltratada: mão de trabalhador. Nina notou, então, que ele era mais novo do que achara a princípio.

– Lennox – falou o homem.

– Que nem o boxeador? – perguntou Nina, sem pensar.

O homem fechou a cara ainda mais, se é que isso era possível.

– Pode ser – retorquiu Lennox, em um sotaque forte e melodioso, e Nina se arrependeu do comentário no mesmo instante. – Tá bom, então – acrescentou ele. – Vamos lá.

O homem atravessou o pátio da fazenda a passos largos, espantando as galinhas que tinham aparecido para vê-lo.

A uns 20 metros, havia uma casinha de pedra escondida no fim de uma estradinha de terra batida que Nina olhou com suspeita, mas depois concluiu que conseguiria passar com a van por ali.

– Tem certeza de que não vai ser um problema se eu estacionar a van aqui? – perguntou, tensa.

– E por que você tem essa van tão grande? – questionou Lennox. – Você é tão pequena.

– E qual é o problema de uma pessoa baixa ter uma van? – rebateu Nina, irritada. – Além do mais, eu tenho um tamanho normal. O senhor que é alto demais.

– Ora, pelo menos eu não preciso de uma escada pra subir no meu próprio carro.

– E eu não preciso prender um travesseiro na cabeça para não bater o cocuruto no batente da porta – retrucou ela.

Nina percebeu que retribuir uma grosseria na mesma moeda podia ser libertador. Não estava acostumada a ser tão atrevida.

– Hum – grunhiu ele. – Pode estacionar aqui, sim. Se conseguir manobrar aquilo.

– Espero que não esteja prestes a fazer um comentário machista – falou Nina.

– Não – respondeu Lennox. – Hã… Talvez. Hoje em dia fica difícil saber a diferença.

Nina olhou para o aclive enlameado ao lado da casa.

– Bom, tenho certeza de que não terei problemas – disse ela, tentando parecer minimamente confiante.

– Ajuda se deixar a van engrenada. O que você já sabia, é claro, já que é bastante competente em tudo – falou Lennox.

Nina se voltou para a casa. Parecia um celeiro.

– Está com a chave? – perguntou ela.

– Ah, sim. A chave – falou Lennox, distraído. – Não tinha nem pensado nisso. Não costumo trancar as coisas por aqui.

– Porque se decidir alugar, acho que vou precisar de uma chave, não é?

Lennox estreitou os olhos por causa do sol.

– Eu devo saber onde coloquei... está em algum lugar, com certeza.

A porta do celeiro era de madeira e pesada. O lugar todo tinha uma atmosfera proibitiva. De repente, Nina ficou com medo de que o chalé não tivesse sido reformado, que fosse apenas um velho celeiro cheio de feno, com claraboias abertas para o céu e um único jogo de talheres – um cenário que sempre parecia idílico quando acontecia em *Heidi*, mas que ela não queria conhecer na vida real. Respirou fundo quando Lennox abriu a porta e tateou o lado de dentro, procurando o interruptor. As luzes se acenderam, e ele disse:

– Ah, graças a Deus. Não lembrava se a gente tinha ligado a eletricidade ou não. Parece que ligamos, sim.

Nina entrou atrás dele no celeiro. O ambiente tinha um leve cheiro de mofo e umidade, como se ninguém nunca tivesse morado ali, e o ar era um pouquinho frio. Mas ela não notou. Nem um pouco.

Em vez disso, ao entrar no chalé seu olhar foi direto para a parede dos fundos. Alguém mandara instalar caríssimas janelas panorâmicas na parede oposta à entrada, que ficava de costas para o caminho por onde tinham vindo, de modo que não era possível ver a casa principal, a estrada nem as montanhas ao norte. Em vez disso, a vista do chalé era um cenário de comercial de margarina: quilômetros e quilômetros de colinas emolduradas por paredões de pedra; uma pradaria com flores silvestres, rebanhos de ovelhas e, lá embaixo, um rio longo e calmo atravessado por uma pequenina ponte convexa.

Os vidros duplos só deixavam ouvir alguns mugidos baixinhos do rebanho, enquanto uma galinha ciscava na pequena área gramada que se formara na frente.

– Ai, meu Deus! – exclamou Nina. – Que incrível! – Então se lembrou de que não podia pagar muito de aluguel. – Quer dizer, é bem... A reforma deve ter dado bastante trabalho – acrescentou, mais contida.

Avançou mais no antigo celeiro. As luzes não se faziam necessárias, o lugar ainda estava banhado pela luz do dia, e Nina sentia vontade de ficar parada pegando sol, como um gato, sem ter que enfrentar o vento cortante lá fora.

Não era um espaço grande. Havia um fogão a lenha em um dos lados do cômodo e junto à parede dos fundos ficava uma cozinha com equipamentos modernos e elegantes. Uma escadinha em espiral levava ao mezanino, que tinha uma cama de casal bem grande e um banheiro, ambos com janelas amplas que davam para as colinas. Uma das paredes originais de pedra tinha sido guarnecida com estantes para livros.

Era incrível. Nina nunca teria imaginado um santuário tão perfeito. Desejava morar ali mais do que desejara morar em qualquer outro lugar em toda a vida. Alguém tinha reformado e planejado aquele celeiro com bastante cuidado, mas, embora mal conhecesse Lennox, não imaginava que o homem fosse muito chegado a decoração de interiores.

– Hã – começou, cautelosa, enquanto descia a escada em espiral. – Você aluga muito aqui?

Lennox olhou ao redor como se não entrasse ali fazia um ano inteiro (o que era verdade).

– Ah, não. Não, eu... eu nunca aluguei. Não tenho tempo para essa bobagem. Não, foi a... – Ele ficou em silêncio por um segundo. – Bem, quem cuidava disso era a minha mulher. Ex-mulher, na verdade.

Só de dizer aquelas palavras, a dor ficou evidente em seu rosto, e Nina teve receio de fazer mais perguntas.

– Ah, sim – falou baixinho. – Entendi.

Lennox deu as costas ao lindo e pequeno espaço.

– Bem – disse ele, fazendo um gesto abrangente com o braço longo que quase derrubou um abajur numa mesinha lateral. – Enfim. É isso, se estiver interessada...

– Hum – falou Nina. – Quanto custa...

Lennox suspirou.

– Ah, caramba, sei lá – respondeu, e então deu um valor muito menor do que Nina esperava.

Ela mal conseguiu esconder a euforia, mas logo se sentiu culpada por estar conseguindo um preço muito abaixo do que o imóvel valia. O valor não cobriria nem mesmo um quarto em uma república de estudantes em Birmingham. Então deu uma boa olhada ao redor e percebeu que o sujeito devia ter umas quarenta mil ovelhas e tantas galinhas que nem se preocupava com o paradeiro dos animais, e parecia ter uma condição de vida bastante boa. O que ele compraria com o dinheiro, uma boina nova?

– Hum, me parece razoável – disse Nina, com cautela, lembrando-se de repente da última vez que procurara apartamento em Birmingham: uma infinidade de lugares horrorosos com infiltração nas paredes e que custavam uma fortuna, para dividir com pessoas bem esquisitas, até que enfim tivera a sorte de encontrar Surinder. – Sim, estou interessada – falou com mais veemência.

– Ok. – Lennox deu de ombros. – Vou te dar as chaves assim que achar.

– Vou precisar mesmo.

– E vou ligar a água e tudo o mais... – Ele fez um movimento vago com a mão. – E qualquer outra coisa que você precisar. Vai querer lençóis, coisa e tal? Temos uma tonelada de roupa de cama e banho. Kate... Ela ia reformar todas as construções da fazenda para ficarem parecidas com essa. Estava muito animada com isso. – Ele engoliu em seco. – Até que se apaixonou pelo decorador. E eu que achei que ele nem gostasse de mulher... Enfim.

Nina viu um belo quadro na parede. Era uma tela pesada, soturna e sombria, que destoava da delicadeza do restante do ambiente. Ficou olhando para ela.

– Sinto muito – falou Nina, curiosa com o quadro.

– É a vida – retorquiu Lennox. – Está mais do que na hora de superar. Pelo menos é o que acha a Marilyn Frears, do vilarejo. Ficou me atazanando pelo maldito telefone, falando que era hora de seguir em frente, encontrar alguém... – Então ele pareceu se lembrar. – Ah, sim, era de você que ela estava falando.

– Obrigada – agradeceu Nina. – Prometo que vou cuidar bem do lugar.

De repente, Lennox estreitou os olhos para o lado de fora e levou a mão à testa.

– Aquela ali não é a sua van descendo a rampa?

– O quê? – gritou Nina. – Não pode ser, deixei o freio de mão puxado. Com certeza! Certeza absoluta!

– Acho bom esse troço não atropelar nenhuma das minhas galinhas.

– Ai, meu CARRO!

Nina saiu gritando rampa abaixo, correndo o mais rápido que as galochas permitiam.

– Volta aqui, menina! – gritou Lennox, correndo atrás dela com as pernas compridas e alcançando-a com facilidade. – Sai de perto!

A van estava começando a ganhar velocidade e se encaminhava direto para uma vala. Sem nem titubear, Lennox se lançou para a cabine com agilidade – sorte que ela não tinha trancado a porta, pensou Nina –, saltou habilmente para dentro e puxou o freio de mão com tanta força que o cheiro de queimado se espalhou pelo pátio da fazenda. Um momento de silêncio, e uma galinha saltitou para o lado, saindo da frente da van. Nenhum dos dois disse nada.

Então Nina se adiantou.

– Acho que a minha van tem uma pulsão de morte – lamentou-se. – Está tentando se matar. Com ou sem mim. Talvez seja amaldiçoada.

Lennox desceu, de cenho franzido.

– Você é que tem que cuidar melhor dela. O que significa deixar o freio de mão sempre puxado.

Nina ficou muito vermelha.

– Desculpe – disse ela. – É que eu tive um acidente... um quase acidente... eu não conseguia soltar o freio de mão, e é por isso que não gosto de puxá-lo.

– Acho bom você superar essa aversão ao freio de mão – comentou Lennox. – Se quiser estacionar aqui, vai ter que estacionar direito.

– Está bem. Desculpe.

Lennox olhou de novo para dentro da van.

– O que tem aí atrás? Livros?

– Isso.

– Você tem uma van cheia de livros?

– Ainda não está cheia. Mas esse é o plano. Gosta de ler?

Lennox deu de ombros.

– Não vejo muito motivo para ler.

Nina ergueu a sobrancelha.

– É mesmo?

– Olha, eu assino a *Farmers Weekly* e leio toda semana. Eu *sei* ler – esclareceu ele, como se ela o estivesse acusando de ser analfabeto.

– Eu imaginei, é claro – respondeu Nina. – Mas nunca lê por prazer?

Lennox olhou outra vez para ela. Seus olhos, com rugas nos cantos, eram muito azuis e contrastavam com o rosto bronzeado. Sua expressão era triste. Nina achou que talvez o fato de mostrar a casa, reformada com tanto amor e carinho durante tempos mais felizes, houvesse lhe causado sofrimento. Ele não parecia do tipo que fazia coisas por prazer.

– Nunca consegui entender – retrucou Lennox, balançando a cabeça – por que eu ficaria lendo coisas sobre gente inventada quando já não dou a mínima para bilhões de pessoas que existem no mundo de verdade.

Nina passou o resto do dia fazendo a mudança, depois de acertar o aluguel do mês. Lennox pegara o envelope com brusquidão e depois voltara ao trabalho, desaparecendo ao longe, enquanto Nina se perguntava até onde se estenderiam as terras da fazenda.

Arrumou os poucos pertences em armários embutidos – agora que parava para pensar, eram armários bons demais para um simples chalé de férias. Nem em cem anos os Lennox poderiam recuperar o investimento no celeiro. Nina ficou se perguntando se a misteriosa Sra. Lennox só queria arranjar uma desculpa para voltar a chamar o decorador.

Tocou as cortinas pesadas e deixou o olhar vagar pelos belos campos, imaginando como seria a esposa do senhorio. Talvez ela tivesse passado um bom tempo desejando ir para a cidade, da mesma maneira que Nina olhara pela janela de seu quarto minúsculo em Edgbaston, observando a longa parede de casas geminadas do outro lado da rua, e começara a sonhar com campos abertos e ar fresco. Talvez ambas estivessem levando a vida errada até aquele momento. Que pensamento mais estranho. Examinou o chão claro de carvalho de alta qualidade, o teto do banheiro com ripas de madeira, a banheira com pezinhos e a cama imensa, e sorriu. Sim, ela e a Sra. Lennox de fato eram muito diferentes. Mas, pela primeira vez em muito tempo, Nina tinha recebido a sorte que merecia.

Capítulo doze

Após desfazer as malas, Nina não sabia bem qual seria o passo seguinte. Então olhou para a van e percebeu que o veículo precisava de uma boa limpeza. O problema era que estava acostumada a andar por aí em um Mini Metro – que, como dizia o nome, era mini –, mas agora, se quisesse ir a qualquer lugar, a van tinha que ir junto, como se fosse um elefante grande demais para passar em metade das ruazinhas da cidade. Olhou-a de cara feia e considerou a ideia de ficar mais um tempo com a bicicleta de Edwin.

Contudo, tomou coragem e dirigiu até o vilarejo, a 20 quilômetros por hora – depois de tudo o que acontecera, sentia que ela e a van não tinham uma boa relação de confiança. Enquanto dirigia, ficou se perguntando como resolver o problema de buscar o restante dos livros em Birmingham. Na verdade, bastaria dirigir até a antiga casa para pegá-los, mas o caminho era muito longo, e ela não sabia muito bem se tinha coragem, ainda mais considerando a experiência quase fatal da vez que tentara levar o furgão para Birmingham.

O vilarejo tinha um pequeno mercadinho, com paredes em um tom bonito de azul-claro. Quando Nina entrou, o sino da porta anunciou sua chegada e uma mulher a cumprimentou. Apesar de minúscula, a loja parecia vender de tudo.

Nina viu costeletas de cordeiro embaladas em papel com a etiqueta "Fazenda Lennox". Em Birmingham, a carne vinha do supermercado, embalada em plástico: aquilo era novo. Também havia frango. Pensou na galinha feliz que vivia ciscando perto de sua nova janela. É claro que a vida dela era muito melhor do que a de todas as galinhas que Nina costumava comprar, mas mesmo assim, quando deu por si, estava comprando uma couve-flor para fazer gratinada, em vez de carne. Havia uma imensa variedade de queijos locais que nunca experimentara. A mulher percebeu a hesitação de Nina.

– Precisa de ajuda? – perguntou. – Sei que é um pouco confuso.

– É que eu sou nova aqui – respondeu Nina, e abriu um sorriso.

– Ah, eu sei! Meu nome é Lesley. Você comprou a van do Wullie por algum motivo que ninguém entende e não consegue dirigir, e se mudou para o palácio misterioso do Lennox.

A mulher abriu um sorriso, muito satisfeita. Era baixinha e arrumadinha, com o rosto bronzeado e um ar de severidade.

– Palácio misterioso? – estranhou Nina.

– Sim! Ninguém viu aquele lugar desde que a Kate foi embora. Como é lá? Ouvi dizer que ela gastou uma fortuna, chamou gente de Edimburgo e tudo, parece que até Inverness não era bom o bastante para a Kate!

– Sei – falou Nina.

– Mas e aí? – quis saber Lesley, cruzando os braços.

Já havia ficado claro que, para comprar ali, Nina teria que pagar um adicional em fofoca.

– É um lugar muito agradável – respondeu. – Tem uma janela bem grande na frente, um pequeno mezanino para a cama e uma vista bonita.

Lesley suspirou.

– Parece ótimo. E tem isolamento térmico?

– Não perguntei.

A mulher a encarou, atônita.

– Alugou uma casa sem saber se tem isolamento térmico? Dá para ver que você é estrangeira.

Nina nunca pensara em si mesma como uma estrangeira.

– Tem um fogão a lenha – disse, esperançosa.

Lesley a olhou por um instante.

– Então tá bom – respondeu, rindo de uma maneira que fez com que Nina se sentisse um pouco desconfortável.

Nina pegou o máximo de produtos e acessórios de limpeza que conseguia carregar.

– Pra que tudo isso?

Nina tinha jurado comprar do comércio local para contribuir com a economia e com as pessoas que trabalhavam por ali, mas aquela mulher estava quase fazendo com que mudasse de ideia.

– É para a van.

– Afinal, o que vai fazer com ela? Você não parece do tipo que poderia trabalhar com mudanças.

– Na verdade... – começou Nina, encabulada, forçando-se a falar mais alto.

Mas aquela seria sua vida dali em diante. Teria que se acostumar, embora estivesse bastante irritada, como uma criança mal-humorada, por ter que fazer absolutamente tudo sozinha. Respirou fundo e tentou de novo:

– Na verdade, vou abrir uma livraria itinerante. Vou até as cidades que não têm livrarias, como esta aqui.

Lesley ergueu a sobrancelha.

– Ah, é mesmo?

– Hã… é.

Nina deu uma olhada em volta, ansiosa, com medo de descobrir que Lesley já tinha uma pequena livraria nos fundos da lojinha azul e se ressentiria em ter qualquer tipo de concorrência.

– Tem o novo da E L James?

– Infelizmente não, mas posso arranjar! Na verdade, tenho algo que eu acho que você pode gostar ainda mais.

Lesley fez uma cara desconfiada.

– Duvido muito.

– Pode confiar em mim.

– Eu sei do que eu gosto – rebateu a mulher.

Nina baixou os olhos para a carteira.

– Bem, hum, em todo caso, espero vê-la na minha livraria um dia.

Ao sair, deparou com um amontoado de gente cercando a van, e as pessoas ficaram espiando quando Nina abriu a mala. Os livros ainda estavam dentro das caixas, mas as pessoas enfiaram a mão e os pegaram mesmo assim, para dar uma olhada.

– Hã, oi, pessoal – cumprimentou Nina, tímida, com as mãos cheias de produtos de limpeza.

– Essa é a nova biblioteca? – perguntou uma senhora com um carrinho de feira. – Precisamos de uma biblioteca nova.

As outras senhorinhas assentiram com entusiasmo.

– Infelizmente, não – respondeu Nina. – Será uma livraria.

– Mas é uma van.

– Eu sei. Uma van-livraria.

– Ah, eu sinto tanta saudade da biblioteca!

– Eu também.

Nina estremeceu.

– Bem, assim que eu estiver pronta para abrir as portas, terei muitos livros empolgantes para todas vocês.

Uma jovem com um carrinho de bebê parou ao lado do veículo.

– Olá! É você que vende livros? – indagou, animada. – Tem para crianças?

– É claro! – respondeu Nina, inclinando-se para olhar dentro do carrinho. – Olá, pequenino!

– O nome dele é Aonghus – explicou a mulher, estreitando os olhos. – Sei que o objetivo é ler os livros, mas ele logo fica entediado e sai engatinhando para longe, ou tenta morder alguma coisa. Na verdade, ele morde bastante.

Aonghus abriu um sorriso, mostrando uma gengiva cravejada de dentinhos.

– Todos os nossos livros estão rasgados e mordidos – prosseguiu a mãe. – Um dia me perguntaram se a gente tinha cachorro em casa e eu quase disse que sim.

– Já tentou livros de pano?

– Já – respondeu a mãe, desanimada. – Esses ele mastigava *e* engolia. Então voltamos aos de papel mesmo. Pelo menos têm um pouco de fibra.

Nina sorriu.

– Só um minuto. Conheci uma pessoa com o mesmíssimo problema.

Ela entrou na van e voltou com um exemplar quase novo de *Não me morda!*, um livro que tinha feito muito sucesso, pois seus vários animais de dentes grandes encorajavam as crianças a apontar para os próprios dentes em vez de usá-los para morder.

– Sobre o que é?

– Bom, o livro manda a criança apontar bastante para os próprios dentinhos. Se estiver apontando, talvez ele não sinta tanta necessidade de morder.

– Ou vai morder o próprio dedo – falou a mulher, esperançosa. – O que é melhor do que nada. Obrigada! Vou levar. Meu nome é Moira, a propósito.

– Muito prazer, Moira e Aonghus – disse Nina, percebendo que deveria colocar etiquetas com o preço nos livros. – E dê um afago no seu cachorro invisível por mim.

Moira pagou e estava com uma cara ótima ao entregar o livro a Aonghus, que logo o enfiou na boca.

– Talvez seja melhor deixar o livro na bolsa até que vocês tenham a chance de praticar a coisa de apontar em vez de morder – sugeriu Nina.

Ela ficou olhando Moira ir embora, sorrindo. E foi como se as comportas tivessem se aberto, pois vendeu todo o estoque de Georgette Heyer e Norah Loft para o bando de velhinhas que não paravam de tagarelar à sua volta, reclamando do fechamento da antiga biblioteca. Nina voltou para casa e foi preparar a couve-flor gratinada – fez uma nota mental para nunca mais cozinhar couve-flor enquanto não tivesse uma cozinha separada ou não estivesse quente o bastante lá fora para abrir todas as portas e janelas. Enquanto lavava a van, disse a si mesma que teria que arranjar uma forma de trazer o restante dos livros o mais rápido possível. Aquela ideia maluca até que poderia dar certo.

No dia seguinte, Nina se virou na cama e olhou os campos pela janela. Galinhas-d'água e até mesmo eventuais aves de rapina davam rasantes aqui e ali. Tinha pássaro para todo lado. E o céu era tão imenso! Uma grande massa de nuvens negras vinha do mar, apostando corrida umas com as outras. Um penetrante raio de sol conseguiu passar entre elas. Ao longe, via-se a chuva caindo, regando a plantação de outro fazendeiro e trazendo consigo a névoa. Mais à tardinha, uma linha cor-de-rosa bem clara se formou no horizonte, tingindo os campos de tons multicoloridos. Sempre que ia até o topo da colina Kirrin, parecia que as plantações de canola saltavam aos olhos, um tom de amarelo vivo demais para ser real, contrastando com o céu azul. Era como se o clima estivesse se reinventando diante de seus olhos e o céu servisse como uma imensa tela para todo aquele movimento fluido e rodopiante.

Isso significava que era prudente sempre levar uma blusa de manga comprida na bolsa. E um casaco. Mas valia a pena.

Chegara a hora de enfrentar o cruzamento ferroviário outra vez. Durante a última conversa que tivera com Surinder, regada a bastante vinho, a amiga deixara bem claro que Nina precisava enfrentar seus medos e encarar o recomeço. Ela sofrera um susto, mas não podia se deixar abater. Além disso, Nina estava curiosa – e disse a si mesma que era apenas uma mera curiosidade – para saber se Marek e Jim tinham pegado a sacola que deixara na árvore.

Fora uma ideia bem besta, e Nina não deveria ficar pensando tanto nisso. Qualquer um podia ter pegado a bolsa. Além do mais, não era nada aconselhável que os dois se arriscassem daquele jeito, debruçando-se para fora do trem. Ela já tinha causado problemas suficientes. Ainda assim, Nina diminuiu a velocidade e estacionou com cuidado no acostamento logo antes do cruzamento. A sacola de plástico não estava mais lá. Mas isso não significava nada. Porém, logo notou outra sacola, de um amarelo bem forte, pendurada bem alto em um galho.

Sorrindo sozinha, trepou na árvore, lembrando-se dos dias em que subia na macieira para ler em paz. Tateou o tronco bem devagarinho até conseguir pegar um galho mais baixo, suspendendo o corpo e seguindo com cuidado até onde a sacola estava pendurada. Ao se aproximar, viu claramente que dizia "Nina" em letras garrafais. Inclinou-se para a frente, sentindo a animação palpitar no peito, e pegou a sacola.

Nela havia um livrinho de poesia, em russo e em inglês, de um autor chamado Fiódor Tiútchev, de quem Nina nunca ouvira falar. Abriu um imenso sorriso, eufórica. Era uma edição antiga em capa dura revestida com tecido, muito usada. Não havia nada na capa.

Na primeira página havia um pequeno bilhete de Jim que dizia: *Espero que esteja bem depois de tudo. Desculpa de novo por ter gritado. É que você me deu um baita susto. Como pedido de desculpa, o Marek sugeriu a gente te ajudar a trazer os livros para a Escócia. É só falar.* Abaixo, havia um e-mail.

De repente, o sol saiu de trás de uma nuvem que corria pelo céu e atingiu em cheio o tronco da árvore. O calor que se espalhou pelas costas de Nina foi maravilhoso. Ela pegou o livro e voltou para perto do tronco da árvore, então se acomodou ali – era mestre em achar uma posição confortável em árvores – e começou a ler.

Ao silêncio te abalança,
guarda anseios e esperanças
em teu abismo de estrelas,
lá, onde brilham qual velas,
contempla na alma sagrada,
contempla sem dizer nada!

Ficou um tempão olhando para o primeiro poema, brincando com uma folha entre os dedos. Como era estranho que uma pessoa com quem se encontrara tão rápido e sob circunstâncias tão extraordinárias tivesse sido capaz de expressar exatamente como e o que Nina estava sentindo. Ou melhor: que tivesse pegado o que ela estava sentindo e transformado em algo menos angustiante.

A poesia em russo parecia encantadora, embora fosse completamente incompreensível.

Молчи, скрывайся и таи
И чувства и мечты свои –
Пускай в душевной глубине
Встают и заходят оне
Безмолвно, как звезды в ночи –
Любуйся ими – и молчи.

Leu o poema outra vez, refestelando-se na calidez deliciosa daquele confortável cantinho no grande carvalho. Sabia que corria o risco de adormecer e cair da árvore, mas estava tudo tão quieto em volta que se ouvia apenas o zumbido das abelhas nas flores e o canto de uma gaivota lá no alto, e Nina sentia uma paz interior inigualável.

FOM-FOM!

Uma buzina de carro soou tão alto que Nina se assustou e quase caiu de fato.

FOM-FOM!

Um Land Rover imensa e arrogante ocupava mais da metade da estrada. Nina tinha deixado espaço suficiente para que ele passasse, não tinha? Então qual era o problema?

– Pode passar! – gritou Nina lá para baixo.

Mas de nada adiantou, porque o Land Rover buzinou outra vez. Furiosa, Nina ficou tentada a atirar algo no capô do carro – talvez uma bolota, mas não estava na estação certa. Os pássaros se assustaram e voaram para longe, fugindo do som terrível, e o momento perfeito de calma e paz interior estava arruinado, tudo porque um motorista imbecil estava com medo de passar pela van e arranhar seu retrovisor caríssimo.

Ela desceu da árvore, irritada.

– Pode passar! – repetiu, bem alto, para a janela aberta. – Tem espaço! Não é tão grande assim!

O rosto que respondeu era severo.

– Bom, para começar, é bem grande, *sim*. É imensa.

Nina percebeu tarde demais que quem estava dentro do Land Rover era ninguém menos do que Lennox, o fazendeiro – seu novo senhorio –, o que só a deixou mais irritada por algum motivo. Afinal, aquela paisagem rural idílica era a terra dele. Por que estava tão determinado a arruiná-la?

– E, em segundo lugar, o galho que você escolheu para sua leitura relaxante está todo podre. Não percebeu?

Nina olhou para cima e viu que o tronco estava descascando e que esporos verdes já começavam a se espalhar pelo cerne sob o galho.

– Ele está morrendo – acrescentou Lennox, ainda sisudo.

– Ah. Não tinha reparado.

– Óbvio que não – respondeu Lennox, irônico. – Se o galho tivesse quebrado e você tivesse caído de novo na linha do trem, eu teria que tirar pontos de você por negligência. Mas, afinal, o que estava fazendo lá em cima?

Nina deu de ombros, apertando o livro junto ao corpo.

– Nada – respondeu.

– Quer dizer, o que não falta é árvore que não esteja podre.

– Ah, acho que eu fui com a cara dessa, só isso.

Fez-se um breve silêncio. Lennox parecia desconfortável. Ele coçou a nuca e perguntou:

– E então, está se adaptando bem?

Nina baixou os olhos para o livro e replicou, constrangida:

– Ah. Eu devia estar trabalhando mais... Quer dizer, não vou deixar de pagar o aluguel!

– Não era disso que eu estava falando – comentou Lennox, ruborizando na pontinha das orelhas. – Fiquei sabendo que as mulheres do vilarejo estão em polvorosa com a sua chegada. Parece que só eu acho sua ideia meio boba.

– Então acha que ler é coisa de mulher, é isso? – indagou Nina, ainda irritada. – Sabe, as mulheres acham muito atraente um homem que lê.

Assim que disse isso, ficou sentindo que tinha ido longe demais. Lennox desceu do carro e se colocou ao lado dela, sem encará-la. Então, suspirou e estalou os dedos. No mesmo instante, um cachorro preto e branco saltou da traseira do Land Rover e veio correndo até ele. Lennox começou a acariciar as orelhas do cão de modo automático. Nina pensou como seria útil ter uma fonte instantânea de consolo. O cachorro parecia bonzinho.

– Acham mesmo? – quis saber Lennox.

Ao mesmo tempo que ele perguntou isso, Nina disse:

– Gostei do seu cachorro. É muito fofo.

O cão veio até os pés dela e cheirou a mão de Nina.

– E esperto também – acrescentou ela. – Ah, mas que garoto lindão! Que cachorrinho fofo!

– Ele é um cão de serviço – rebateu Lennox. – Não é um cachorrinho fofo. E nós dois temos que voltar ao trabalho.

Nina ficou olhando o Land Rover partir e ganhar distância, os grandes pneus atirando lama para os lados. Suspirou. Irritar o senhorio não estava na sua lista de prioridades. Voltou a olhar o livro e o bilhete que ainda tinha em mãos. Bem, o dia não fora um desperdício total.

Enquanto dirigia de volta para a fazenda, deixou-se levar por um devaneio: um devaneio com o belo estrangeiro de olhos tristes, dono de um coração profundamente romântico, cruzando a noite em seu belo alazão – quer dizer, em seu trem gigantesco. Nina sabia que não deveria estar pensando dessa forma, mas não conseguia evitar. Ela era assim e ponto final. E agora tinha um e-mail legível.

Capítulo treze

Era empolgante ficar acordada até meia-noite esperando o trem da madrugada.

Jim ressaltara várias e várias vezes, por e-mail, que o que estavam fazendo ia contra o regulamento, de modo que Nina não podia dizer nada a ninguém, e ela cumprira a promessa com zelo, sentindo-se como uma personagem de um romance de espionagem.

Teria que estar no cruzamento exatamente à 0h12. Na primeira parte da viagem, Jim conduziria o trem rápido demais (o que jurava que nunca fazia) e então diria ao controle que teriam que parar um pouco para não saírem do horário marcado. Mas ela teria que ser muito rápida.

Para encarnar o papel, Nina se vestira toda de preto, incluindo um cachecol para cobrir a cabeça, e chegara até a tuitar uma selfie para Surinder, um tanto melancólica porque a amiga não estava ali para viver aquela aventura com ela. Mas Surinder nem chegou a responder, e Nina ficou um pouco magoada. Além do mais, o Facebook de Griffin era uma sucessão infinita de publicações mostrando como estava se divertindo na nova sede da biblioteca, um impressionante centro multimídia. Nina não sabia se era mesmo verdade ou se os novos chefes monitoravam todas as redes sociais, então era difícil saber o que o colega estava tentando mostrar. Seus outros amigos mandavam um oi de vez em quando, é claro, mas só. Consolou a si mesma dizendo que todos estavam muito ocupados, seguindo suas vidas. Ela é que estava fazendo algo totalmente novo.

Seguiu resoluta até a porta e apagou as luzes. Dava para ver que na casa de Lennox ainda havia uma luz acesa. Nina achava que, no geral, fazendeiros iam dormir cedo. Talvez Lennox fosse uma exceção. Talvez esse fosse o motivo para ele ser sempre tão rabugento. Talvez estivesse olhando o álbum de casamento, afogando as mágoas em um copo de uísque. Sentiu uma pontada de pena. Não queria pensar nele daquela maneira; em ninguém, na verdade. Era difícil. Passou pela casa principal em silêncio, mas não valeu de muita coisa, porque, assim que ligou a van, o motor fez um estrondo capaz de despertar os mortos.

Ao parar no cruzamento já tão familiar, desligou os faróis, sentindo como se fosse o único ser humano em um raio de quilômetros. Então, percebendo que devia *mesmo* ser o único ser humano em um raio de quilômetros, cobriu a cabeça com o cachecol e saiu da van.

Fazia frio. As corujas chiavam nas árvores, e o som de asas batendo se misturava ao farfalhar das árvores ao sabor do vento. Embora fosse madrugada, Nina não se via cercada de breu. A lua e as estrelas derramavam seu brilho na colcha de retalhos das plantações com uma intensidade que nunca seria possível na cidade, com suas fortes luzes halógenas. O frio lhe arranhava a garganta, e o mundo parecia muito estranho.

De repente, ao longe, escutou um tremor, seguido de um leve chacoalhar de rodas nos trilhos, diminuindo a velocidade. Logo depois, fazendo a curva, avistou uma luz atordoante. Foi como um rápido flashback, como se voltasse ao momento em que ficara presa nos trilhos, não conseguiu conter uma olhadela para trás, a fim de verificar que a van ainda estava a salvo do outro lado da cancela.

No vazio da noite, o trem era gigantesco e escuro, um grandioso dragão de metal. Não era de surpreender que tivesse havido um tempo em que as pessoas tinham medo deles. A locomotiva foi perdendo velocidade, mas ainda compunha uma silhueta obscura e soturna em contraste com os campos cinzentos ao fundo, até que a luz na cabine se acendeu e Nina viu o rosto alegre de Jim, com alguém ao lado.

Ouviu passos acompanhando os trilhos e ficou se perguntando quem seria a segunda pessoa na cabine. De repente, lá estava Marek, radiante à luz dos faróis do trem, os dentes brancos brilhando em contraste com a barba por fazer. Nina ruborizou ao vê-lo, como sempre fazia quando a mente lançava mão da literatura para construir a imagem de uma pessoa, alguém que estivesse à altura de suas fantasias românticas – que não eram raras. Sentiu-se tola no mesmo instante. Contudo, o sorriso dele era verdadeiro, e dava para notar que estava feliz em vê-la. Seus cachos pretos ainda caíam por cima dos simpáticos olhos caídos.

– Vem – chamou ele. – Vem pegar as caixas!

Nina abriu um sorriso tão grande que seu rosto quase se partiu em dois.

– Estou indo!

– E tem mais! – gritou ele, animado, apertando o passo. – Vem ver!

Jim pulou para fora do trem.

– Corre, corre! – falou. – Não podemos demorar, senão o trem noturno come nosso fígado.

– O trem noturno chega cedo demais – resmungou Marek. – Eles deviam era ficar felizes de ter mais uns minutinhos na cama. E tem mais! Olha!

Então, desceu do trem a outra pessoa que Nina vira de relance na cabine, atrás de Jim. Para sua surpresa, era ninguém menos do que Surinder.

– Suri! – gritou ela, correndo para abraçar a amiga. – Você está aqui! Por que veio? Estava morrendo de saudade.

Surinder deu um sorriso.

– Foi ideia do Marek. Quando os dois foram pegar os livros. Aliás, pode me explicar como conseguiu convencer esses dois homões a fazer todo o trabalho pesado para você?

– Fui contaminada pela confiança recém-adquirida do orgulho escocês – respondeu Nina.

Estava impressionada com a própria alegria por ver um rosto amigo (na verdade, *três* rostos amigos, ao que parecia) depois de apenas uma semana. Apesar de todas as novas sensações empolgantes que vinha experimentando – independência, liberdade –, Nina notou de repente que, desde que chegara, estava sentindo falta da familiaridade de estar com... bem, de estar com alguém que entendia e conhecia bem.

– Vamos! – falou Marek. – Vamos logo!

Todos correram para o primeiro vagão, e Jim soltou a trava da porta, olhando furtivamente ao redor. Por sorte, não havia ninguém à vista. Embaixo da lona, Nina sabia que devia haver umas setenta caixas de livros. Ela olhou para eles, sentindo-se culpada.

– Não fazia ideia de que era tanta coisa – mentiu.

– Ah, é? – indagou Surinder, erguendo duas de uma vez só. – Tem razão, como poderia saber? Eu só dei um milhão de avisos para você tirar toda essa tralha lá de casa.

Nina se sentiu péssima.

– Devo ter sido a pior colega de apartamento do mundo.

Surinder revirou os olhos.

– Na verdade, arranjei outra pessoa para ficar no seu lugar, mas fui meio precipitada. Ela chora no banho o tempo todo. E aí quando eu pergunto se está tudo bem, ela responde: "Estou bem, mas por que tem tanto livro aqui?"

Nina franziu o cenho.

– Que horror – falou. – Eu diria que ela está deprimida. Tenho alguns livros excelentes para recomendar.

Surinder enfiou as caixas na mala da van.

– Ótimo. Eu te pago quando a gente terminar.

– De jeito nenhum – contestou Nina, enquanto os dois homens tiravam caixas maiores do vagão. – Ah, estou tão feliz de ver você! Como se encontrou com eles?

– Fui de avião até Inverness e depois peguei uma carona. Na verdade, foi tudo bem emocionante. E ainda tenho alguns dias de férias. O escritório que desmorone sem mim. E eu já sei que isso vai mesmo acontecer. Preciso de uns dias de folga daquele lugar. – Surinder ficou olhando Marek abaixar, pegando uma pilha alta de caixas sem o menor esforço e colocando-as na van. – Mas a vista aqui é ótima, hein? – comentou de forma sugestiva.

– Surinder! – repreendeu Nina, chocada.

Ela própria tivera pensamentos mais românticos. Surinder olhou para a amiga por um instante.

– Ah, qual é, vai me dizer que não reparou? – rebateu, com malícia.

De repente Nina pensou no poema e, quando deu por si, estava ruborizando.

– Não seja ridícula – falou Nina. – Marek é só um cara muito legal que está fazendo um grande favor a nós duas.

– Um favor imenso, na verdade, já que está colocando o emprego em risco. – Surinder olhou para Marek de novo. – Você não acha que ele é um pouco parecido com o Mark Ruffalo?

– Já chega.

– Foi só uma pergunta.

– Se eu acho que um condutor de trem letão parece o Mark Ruffalo?

– Um pouquinho, vai...

– Ei, vocês duas, vamos logo, sim? Não quero ser demitido por fazer uma atividade extremamente ilegal em uma ferrovia federal.

As garotas se endireitaram, dando risinhos.

– Além disso, tem chá – acrescentou Jim, animado, mostrando a garrafa térmica. – Então vamos acabar logo de descarregar essas caixas antes que esfrie.

Voltaram ao trem para pegar mais caixas.

– Coisas assim devem acontecer o tempo todo, não? – O pensamento tinha acabado de ocorrer a Nina. – Tipo, artigos ilegais viajando de um lado para outro nos trens de carga? Tráfico, contrabando?

Jim e Marek sorriram.

– Não com a gente – respondeu Jim. – No lugar onde eu cresci, o que não faltavam eram exemplos do que as drogas são capazes de fazer com uma pessoa. Nunca quero ter nada a ver com essas coisas. De jeito nenhum. Já isso aqui... Isso é diferente.

Marek franziu o cenho.

– Sabe, quando meus pais eram pequenos, os livros na minha língua natal eram proibidos. Foi por isso que, infelizmente, aprendi a ler em russo primeiro e só depois na minha melodiosa língua. Enfim. É por isso que tudo que espalha livros, que ajuda a disseminar os livros, é algo que eu considero bom. Um bom remédio, não ruim.

Os quatro ficaram sentados durante um tempo sob o luar, conversando sobre livros e passando a garrafa térmica com chá quente e muito doce, e Nina poderia ter ficado ali até o dia raiar. Contudo, um telefone tocou dentro da cabine e ao mesmo tempo ouviu-se um apito bem alto em algum lugar – Nina presumiu que era o impaciente trem da madrugada. Hora da despedida.

Jim saltou para dentro da cabine e ligou o motor, provocando um rugido tão grave que fez o chão tremer. Surinder declarou que estava morrendo de frio e foi para dentro da van. Então Marek saltou de volta para dentro do trem, e Nina sorriu para ele.

– Nem sei como agradecer por tudo.

– Sabe, sim – afirmou ele, com delicadeza. – É só deixar um livro para mim de vez em quando. Sempre que pensar em nós.

– Vou pensar todos os dias – disse Nina, corando um pouco.

– Por mim está ótimo – respondeu Marek, também ruborizando de leve.

– Gostei muito do seu livro de poesia – comentou Nina. – Muito mesmo.

– Poesia é bom para quem está em terra estranha.

– Sim. É verdade.

O trem deu um longo apito e começou a andar, lenta e graciosamente, sob o céu estrelado.

Nina deu meia-volta e viu que Surinder, que devia estar exausta depois daquele dia cheio que tivera, dormia encolhida no banco do carona. Nina ainda ficou mais um tempo ao lado dos trilhos enquanto os sons do trem iam se afastando. Em seguida, passou o elegante trem da madrugada, comprido e pintado de belos tons de bordô e azul-marinho, com seu bar movimentado e cheio de estranhos conversando e se conhecendo, seus assentos reclináveis duros onde os viajantes menos afluentes e os trabalhadores tentavam descansar um pouco, e as janelas misteriosas e mal iluminadas das cabines de primeira classe. O trem reduziu a velocidade e passou suavemente pelo cruzamento, sem que ninguém a bordo notasse a garota ali sozinha no escuro, olhando para a frente.

E então, quando os trilhos pararam de trepidar, o silêncio reinou outra vez no vale amplo e escuro, e as Terras Altas voltaram a pertencer às corujas e aos esquilos de pés ligeiros e aos cervos delicados e ao vento que fazia farfalhar as folhas das árvores e à lua que brilhava lá no alto, restaurando a sensação de um mundo pleno de paz. Apesar do frio, Nina se sentia bastante tocada e grata ao universo pela sorte que tinha, e não se lembrava da última vez que se sentira assim.

Capítulo catorze

Surinder dormiu durante todo o caminho de volta para a fazenda, e só acordou durante um curto intervalo quando entraram no celeiro.

– É sério? Esse espaço é seu? Todo seu? Não tem ninguém morando no banheiro ou algo assim? Isso não é justo...

Então ela se atirou no sofá e desmaiou de novo.

Nina, por sua vez, estava muito desperta, apesar de já passar muito da uma da manhã. Olhou pela janelinha dos fundos e percebeu que ainda havia uma luz acesa na casa principal. Não era a única que estava acordada. Enquanto observava a casa, outra luz se acendeu, e depois mais uma, e a porta bateu com força quando Lennox saiu, pisando firme. Parecia estar praguejando. De um salto, Nina também pegou o casaco e as galochas e saiu.

– Deus do CÉU!

Nina não tivera a intenção de chegar de fininho e matá-lo de susto, mas foi o que acabou fazendo. Lennox se virou de repente, como se ela estivesse com uma pá na mão, prestes a acertá-lo na cabeça.

– Desculpa! Desculpa!

– O que... o que você está fazendo aqui? No meio da madrugada, caramba!

– Eu sei! Eu sei. Desculpe. Só fiquei me perguntando o que você estava fazendo.

– O que cargas d'água acha que eu estou fazendo?

Nina pensou que devia ser uma pergunta retórica, porque não fazia ideia da resposta.

– Hã… Não sei. Você podia ter ouvido um invasor em algum lugar.

– E ouvi mesmo – rebateu Lennox. – Mas no fim das contas, era só você.

– Ah.

Lennox suspirou.

– Você, garota da cidade, deve achar que cuidar de fazenda é um trabalho das nove às cinco, né? Pois saiba que não é. Se quer mesmo saber, Ruaridh acha que na colina tem uma ovelha em trabalho de parto que não está indo muito bem, e eu estava indo lá para ver se vou precisar chamar Kyle. Kyle é o veterinário. Veterinário é tipo um médico, só que cuida de animais.

– Tá bom, eu sei, já entendi – respondeu Nina.

Lennox ficou parado ao lado do Land Rover.

– Ainda está aí? – perguntou ele.

Nina não sabia o que dizer, mas se sentia encorajada pelas aventuras da noite e não estava com o menor sono. Então só deu de ombros.

Lennox hesitou.

– Quer vir? Talvez mãos pequenas possam vir a calhar.

– É claro! – exclamou Nina, mal reconhecendo a si mesma.

Ao entrar no carro, ficou surpresa, mas não tanto, ao descobrir que o cachorro também estava lá. Ele lambeu a mão dela.

– Qual é o nome do seu totó?

Lennox ficou estarrecido.

– Ele é um cão, não um totó. Um cão de fazenda profissional. Muito trabalhador e muito valioso também.

– Sei. E ele tem nome ou só um código de barras?

A mão de Lennox foi parar na cabeça do cachorro, como no outro dia, em um gesto que parecia automático.

– Salsinha.

Que inesperado. Estava esperando um nome bem objetivo, como Bob ou Rex, e não conseguiu conter um sorriso.

– Oi, Salsinha – cumprimentou Nina. – Que nome fofo!

O cão deu uma fungada e lambeu a mão dela.

– É um nome bobo – falou Lennox.

– Bom, *eu* acho uma graça – respondeu Nina. – Uma graça de nome para uma graça de totó. Quer dizer, de cão.

Enquanto o Land Rover subia a colina por uma estrada esburacada e enlameada, Nina notou que não estava preocupada em fazer um comentário errado e não se sentia constrangida. Havia algo de libertador nos modos rudes de Lennox. Dava para ver que ele agia assim com todo mundo, e ela se sentia autorizada a ser um pouco mais ousada que o usual. Virou-se para olhar para ele. Tinha um maxilar bem marcado, olhos azuis com rugas nos cantos de tanto franzi-los para olhar os campos, nariz e queixo fortes, uma leve sombra de barba por fazer cobrindo as faces e cabelos espessos que fugiam por baixo da boina. Parecia do tipo que nunca fica dentro de casa, e até mesmo o carro parecia um espaço confinado demais para ele. Aquele homem tinha nascido para caminhar a passos longos pelas charnecas, com o vento soprando às suas costas. Não havia nada de suave em Lennox; ele era todo marcado por ângulos duros.

De repente, no que parecia ser o meio do nada – não havia uma única luz no horizonte –, Lennox parou o carro. Pegou uma lamparina no banco de trás e a acendeu no máximo.

– Ruaridh – sussurrou para a noite escura.

– Tô aqui, chefe – disse uma voz atrás dele.

– Cadê você?

– No alpendre. Ela está aqui comigo, e a coisa tá feia. Pelo jeito, parecem gêmeos. Tudo embaralhado, parece um quebra-cabeça.

Lennox xingou baixinho e foi na direção do homem, com Nina em seu encalço.

– Ligou pro Kyle?

– Sim, mas ele está ajudando uma vaca em trabalho de parto do outro lado da colina.

– Ai, era só o que me faltava – comentou Lennox, deixando a lanterna no chão.

O alpendre, contíguo a um celeiro, não era um lugar aconchegante, mas ficava protegido dos ventos intensos, o que fazia uma grande diferença. No chão, havia uma ovelha prenha deitada de lado. Ela parecia estar sofrendo, seus balidos eram de cortar o coração.

– Calma, mocinha, calma... – aplacou Lennox. Era a primeira vez que Nina ouvia algum traço de suavidade na voz dele. – Vai dar tudo certo.

Perto da ovelha havia um grande pote de uma substância que parecia vaselina. Lennox dobrou as mangas da camisa e começou a lavar os braços em um balde. De repente, Nina entendeu o que estava para acontecer.

– Você... não vai enfiar o braço no útero dessa ovelha, vai? – disse ela, nervosa.

Ruaridh, com os cabelos muito ruivos, olhou intrigado para Nina.

– Não liga pra ela – rebateu Lennox.

– Quem é a garota? Arrumou uma jovem aprendiz, foi? – brincou Ruaridh, com um sotaque tão forte que Nina não entendeu quase nada.

Então ele disse outra coisa, dessa vez em gaélico, e Nina de fato não entendeu nada. O que quer que tenha sido, o comentário fez Lennox rir, e Nina achou muito injusto que os dois estivessem falando dela em uma língua que não entendia.

Lennox balançou a cabeça.

– Não, vamos ver o que acontece.

Ruaridh segurou a ovelha pelas pernas para que ela parasse de se debater, e Nina desviou os olhos quando Lennox enfiou o braço no animal.

– Ah, pelo amor de Deus – proferiu Lennox, meio aborrecido, meio achando graça da reação dela. – Uma coisa é ser da cidade, outra é ser alienada. Sinceramente, viu? Você quer ou não quer que essa ovelha consiga parir?

– É, eu sei – retorquiu Nina. – É que eu nunca vi nada assim na minha vida.

– Isso não se aprende em livro – provocou Lennox, e então franziu o cenho. – Ah, não tô conseguindo segurar. Droga, minha mão é grande demais. Vamos lá. Vamos lá, mocinha.

A ovelha soltou um balido de dor outra vez.

– Eu sei, eu sei. Desculpa – falou Lennox, esforçando-se para tentar pegar o filhote. – Droga. Tenta você, Ruaridh.

– As minhas são tão grandes quanto as suas – respondeu o mais novo, mostrando as mãos enormes. – Não ia dar pra tirar junto as pernas do bichinho.

– É. Eu sei. – Fez-se uma pausa. Então Lennox cravou os olhos em Nina. – Eu ia até ver se você conseguia ajudar a gente, mas você parece meio sensível demais pra isso.

Nina engoliu em seco. Já tinha lido muitas histórias de animais, não porque gostasse, mas só porque, quando criança, lia quase qualquer coisa em que pusesse as mãos. Caligrafia, decriptação, ventriloquia... não havia nada na biblioteca infantil que não tivesse devorado, nadinha de nada.

Porém, quando se tratava de animais de verdade, isso Nina nunca tinha cogitado, ainda mais se fossem selvagens. Nunca havia sequer chegado perto de um cordeiro, a não ser no almoço de Páscoa ou quando via pela janela do trem um rebanho no campo. Aquela criatura gigantesca, fedida e apavorada diante dela era outra história, e Nina não sabia se conseguiria atender o pedido de Lennox.

Nervosa, deu uns passos à frente. Sentiu o olhar de Lennox e percebeu que ele tinha certeza absoluta de que ela não conseguiria. Isso a encorajou um pouco. Ele já achava que Nina era uma garota da cidade inútil, e ela não queria confirmar suas suspeitas.

– Eu posso... posso tentar – disse, hesitante.

Lennox ergueu ligeiramente a sobrancelha.

– Tem certeza?

– Posso acabar piorando as coisas?

– É possível. Alguma notícia do Kyle?

Ruaridh ergueu os olhos do celular.

– Ainda no parto da vaca.

Lennox suspirou, exasperado, e olhou outra vez para Nina.

– Hum – fez ele.

– Quer que eu tente ou não? – indagou Nina, irritada e ansiosa.

– Bem, é que essa ovelha vale um pouquinho mais do que você, só isso – comentou Lennox.

A ovelha soltou um terrível ganido de dor que fez os três se encolherem.

– Ah, que seja. Vem cá – disse ele, ajoelhando-se ao lado do animal. – E vê se tenta não piorar as coisas.

Nina lavou os braços com cuidado em uma bacia com água e sabão, depois besuntou as mãos com vaselina e tentou se acostumar com o cheiro. Então tocou a ovelha uma primeira vez, com hesitação.

Lennox riu.

– É só uma ovelha. Não vai te morder.

– Tem um bicho vivo dentro dela – observou Nina. – Ele, sim, pode me morder.

– Bom, se você não andar logo, ele não vai sobreviver por muito tempo – rebateu Lennox, enquanto a pobre ovelha se encolhia e se retorcia.

Nina respirou fundo e enfiou a mão. Era canhota, então Lennox passou por cima da ovelha para se colocar do outro lado de Nina.

– Certo. O que está sentindo?

– Um monte de gosma – respondeu Nina, tentando não entrar em pânico ao sentir a mão e o braço sendo comprimidos. – Não estou conseguindo...

– Tudo bem, calma. Relaxe um pouco e tente se acostumar. Não é todo dia que você enfia o braço numa ovelha.

– É verdade.

– Tente fechar os olhos – sugeriu Lennox. – Assim vai conseguir tatear melhor.

Nina fechou os olhos por um instante e realmente fez uma boa diferença. Na ponta dos dedos, o filhote começou a ganhar contornos mais discerníveis: um focinho, orelhas, um amontoado de pernas.

– Ele está todo embolado! – exclamou. – Tem pernas demais! Ah, não!

– Certo. – Lennox tentava conter o riso.

– Por que ele tem pernas demais?

Nina estava ficando um pouco histérica. Parecia estar apalpando uma espécie de aracnídeo alienígena.

– Bom, primeiro a gente trabalha com a hipótese de que tenha mais de um cordeirinho aí dentro – falou Lennox.

– Ah, sim. – Nina respirou aliviada. – Gêmeos. É claro. Ruaridh bem que falou. Faz sentido.

Ruaridh deu uma risada no canto, e Lennox olhou feio para ele. O mais jovem foi buscar água limpa, ainda com uma expressão cética no rosto.

– Agora, o que você tem que fazer é pegar as quatro pernas que pertencem ao mesmo animal. Entendeu?

Nina assentiu. Dava para sentir as pernas, e, como dissera Ruaridh, a coisa parecia um quebra-cabeça. Começou a desembolar as pernas de cada cordeiro, com rapidez e cuidado, até que, em um momento de triunfo, conseguiu segurar as quatro patas do animal. Curiosamente, a tarefa era um pouco semelhante a trocar a capa de um edredom.

– Peguei um!

– Fantástico. Agora puxe um pouquinho. Com cuidado. Só um pouquinho – orientou Lennox.

Conseguiu puxar um pouco, até que o bichinho travou.

– Está preso – explicou ela quando a ovelha ganiu outra vez. – Está preso! Não consigo puxar mais.

– Não se preocupe – falou Lennox, com uma corda na mão. – Aqui. Tira a mão, pega isso aqui e amarra as quatro patinhas.

Nina o encarou.

– Vai arrancar o cordeirinho puxando com a corda?

– A não ser que você prefira fazer uma cesariana, vou, sim – resmungou Lennox, dando o laço com pressa e passando-o para ela.

As mãos de Nina estavam um nojo, e, embora fosse horrivelmente quente dentro da ovelha, ainda fazia um frio de rachar no alpendre, e ela tivera que tirar o casaco e dobrar as mangas, o que não a deixara nada feliz. Estava tremendo um pouco ao pegar a corda e enfiar a mão na ovelha de novo, mas, depois de algumas tentativas malsucedidas, enfim conseguiu laçar as quatro patas.

– Está bem – disse Lennox. – Pronta? Porque eu vou puxar agora, mas se o laço não estiver direito teremos que fazer tudo de novo.

– A vida na fazenda é muito diferente do que eu pensava – murmurou Nina, olhando ansiosa para o rolo de corda na mão de Lennox.

– Tem coisa que não dá pra aprender nos livros, né? – grunhiu Lennox. – Está pronta ou não?

– Puxe logo, por favor. Estou congelando.

– Está bem. Um... dois... três... e já!

Nina tirou a mão e então, com muito cuidado, sem trancos, Lennox começou a puxar a corda com jeitinho – primeiro devagar, depois mais rápido. E de repente, veio à luz um cordeirinho encharcado, coberto de gosma e piscando muito.

– AH! – berrou Nina. – Ah, meu Deus!

Lennox estreitou os olhos para ela.

– Como esperava que ele fosse sair? Limpinho e embalado em papel filme?

E então, em uma onda repentina, a ovelha empurrou com força e um segundo cordeirinho escorregou direto para o feno, levantando a cabeça e lançando um olhar cego e confuso à sua volta.

– Ah, CARAMBA! – exclamou Nina.

Nina foi lavar as mãos enquanto Lennox limpava os recém-nascidos com feno fresco, examinando a boca e as narinas deles, e a mãe paria a placenta. Então, a coisa mais extraordinária aconteceu: como se não tivessem acabado de vir ao mundo de forma traumática, os pequenos foram firmando as perninhas bambas e conseguiram se levantar, às cegas, balindo bem baixinho. Eram encantadores e apaixonantes, e Nina não conseguia tirar os olhos dos filhotes.

– Ah, meu Deus! – disse ela. – Olhe só para eles! Que incrível! INCRÍVEL!

Ficou olhando, fascinada, os recém-nascidos seguindo o instinto para se aproximar da mãe, que estava deitada e exausta, e encontrando o lugar exato para mamar. Nina ficou surpresa ao notar que estava com lágrimas nos olhos. A ovelha, que tinha acabado de passar por um sofrimento terrível, seguido de exaustão completa, arranjara forças de algum lugar para conseguir se sentar e agora lambia os filhotinhos.

– Você se saiu muito bem, garota – falou Nina. – Parabéns, mamãe.

Lennox sorriu.

– Não estou nem aí se está rindo de mim – afirmou Nina. – Isso tudo é muito incrível.

– Não estou rindo de você – esclareceu Lennox. – Eu concordo, na verdade. Vejo nascimentos de animais o tempo todo, e nunca deixa de ser incrível. É sempre incrível. E os pestinhas são uma gracinha. – Fez carinho nos filhotes, sem muita delicadeza. – Vem – falou ele. – Chá.

Quando se levantou, Nina percebeu que estava mesmo congelando. Do lado de fora, ficou surpresa ao ver que o dia já raiava.

– Nós não passamos tanto tempo lá dentro, passamos? – indagou ela.

Lennox assentiu.

– Passamos, sim. Esse parto foi bem complicado. Já passa das três.

– São três da manhã e já está clareando? Isso é um absurdo. Você mora logo acima do círculo Ártico. É a terra do sol da meia-noite.

De volta à casa principal, o aquecedor estava abastecido com lenha e crepitava alegremente. A sala estava bem quentinha, e Lennox atiçou o fogo, depois foi pôr uma chaleira para esquentar a fim de fazer um chá. Nina aproveitou a oportunidade para se lavar melhor, mesmo que já tivesse se resignado ao fato de que ia feder a ovelha para sempre.

O banheiro da casa era curioso. Tudo ali dentro era arrojado e novo em folha: superfícies de mármore polido, um chuveiro enorme e uma banheira de hidromassagem. Parecia o banheiro de um hotel muito chique, com grossas toalhas brancas penduradas aqui e ali.

– Seu banheiro é lindo – comentou ela, ao sair.

Lennox assentiu de leve, e Nina se deu conta de que aquilo com certeza era outra obra de Kate – algo que teria percebido sozinha se não estivesse tão exausta. Só podia ser.

A sala de estar não se parecia nada com uma casa de fazenda. Em estilo minimalista escandinavo, era repleta de madeira e superfícies planas. O ambiente não combinava com Lennox, cujas roupas, embora sempre limpas, eram tão velhas e desbotadas que pareciam ter sido herdadas. Ele era grande e anguloso demais para aquele estilo de decoração. Por mais que fosse austero, com suas pilhas artísticas de gravetos e chifres de veado pendurados como se por sarcasmo, o ambiente fora criado para *parecer* austero com tanta deliberação que tinha um ar artificial.

Procurou uma estante de livros, mas não achou nenhuma. O que havia era um revisteiro (branco, é claro) transbordando com edições da *Farmers Weekly* e, mais por baixo, uns volumes antigos de uma revista de decoração. Ficou se perguntando se Lennox deixara as revistas ali por engano ou se nem havia percebido.

Nina chegou mais perto do fogo. Salsinha já estava acomodado diante da lareira, todo estirado e bem confortável. Ela o empurrou um pouquinho e se sentou ao lado do cão, com o olhar perdido nas chamas. Lennox lhe deu uma caneca de chá que também continha uísque, o que Nina descobriu com uma tosse forte.

– O que é isso?

– *Hot toddy* – respondeu Lennox. – Esquenta que é uma beleza.

Ela bebeu mais e sentiu a quentura suave inundando o corpo.

– Uau! É muito bom.

– Você está com um olhar orgulhoso.

Nina o encarou.

– E estou mesmo. Salvei aqueles cordeirinhos, e agora estou aqui, plena, me aquecendo diante do fogo, bebendo uísque com um cachorro bem legal do meu lado. Isso é o que eu chamo de uma ótima noite!

Ela baixou a caneca. Lennox abriu um largo sorriso.

– Faz sentido – falou ele. – Só vê se não pega no sono aí, em frente ao fogo.

Mas era tarde demais. A cabeça de Nina já estava pesando, o queixo colado ao peito, e ela nem se deu conta de que já estava dormindo.

– Você se saiu muito bem hoje – acrescentou Lennox, mas Nina não ouviu.

Capítulo quinze

Nina acabou dormindo até quase a hora do almoço.

Acordou no sofá chique cor de creme, envolta em um cobertor de caxemira claro. O sol brilhava janela adentro e, ao acordar, ela não fazia a menor ideia de onde estava. Aos poucos, a noite anterior foi lhe voltando à memória, e, embora ainda estivesse zonza de sono, entendeu que tinha que se levantar e voltar para casa antes que Surinder saísse por aí gritando o nome dela.

Não havia nem sinal de Lennox ou Salsinha. Nina ficou se perguntando se eles tinham dormido, ao menos um pouco. Deu um leve sorriso, pensando no ranzinza Lennox cobrindo-a, mas logo ficou um pouco constrangida. Bastara um gole de uísque para ela apagar, dormindo como uma pedra. Ele devia estar pensando que Nina obviamente não tinha sido feita para a vida no campo.

Os raios de sol que entravam pela janela eram tão fortes que Nina chegou a sentir como se estivesse em um lugar quente, como a Espanha, até o instante em que abriu a porta e o vento gelado engolfou seu corpo. As nuvens corriam no céu como se estivessem com pressa para chegar a algum lugar mais importante. Ela sorriu.

– Bom dia, Escócia! – gritou.

Deixara as galochas na porta dos fundos. Calçou-as e atravessou o pátio, dando bom-dia às galinhas que ciscavam aqui e acolá e se perguntou como estariam os cordeirinhos do dia anterior. Ficou torcendo para que Lennox a deixasse batizá-los, até que se lembrou do motivo pelo qual as ovelhas eram criadas e se repreendeu por ser tão ingênua e sentimental.

À porta do celeiro havia uma pequena cesta. Abaixou-se para ver. Estava cheia de ovos, ainda quentinhos. Alguns tinham formatos curiosos, bem diferentes daqueles que compramos no mercado. Nina sorriu de imediato, pegando os ovos. Deviam ser um presente de Lennox.

Surinder estava cochilando no sofá: um desperdício tanto por conta da cama deliciosa do mezanino quanto do dia lindo que fazia lá fora. Nina foi fazer café.

– Já saiu e já voltou? – perguntou Surinder, sonolenta. – Isso não é do seu feitio. Nos fins de semana, você costuma precisar de umas três horas de leitura em casa antes mesmo de conseguir sair para comer um pouco de bacon na esquina.

– Hum. Em primeiro lugar, já passa das onze. Em segundo lugar, na verdade, eu não dormi em casa.

Surinder se endireitou no sofá com um salto.

– ME CONTA TUDO. Você saiu correndo atrás do trem e o alcançou em Edimburgo?

Nina balançou a cabeça, empurrou o êmbolo da cafeteira francesa e cortou algumas fatias de pão. Estava com uma fome atroz.

– Vai um ovo mexido? – ofereceu, feliz, surpresa por estar se sentindo menos cansada do que esperava. – Veio das penosas que moram no pátio.

Surinder estreitou os olhos, observando pelas janelas panorâmicas uma galinha muito gordinha que marchava de um lado para outro.

– Quer que eu coma algo que acabou de sair da bunda de uma galinha? – perguntou.

– Mas você come ovo! O tempo todo!

– Mas este aqui está quente! Porque veio da bunda da galinha!

– O ovo não vem da bunda da galinha. Ele vem...

– Do fiofó – completou Surinder, soturna. – Cara, consegue ser pior!

Nina começou a rir.

– Fala sério! Você é muito estranha. De onde achava que vinham os ovos? Pensou que fossem fabricados numa confeitaria?

– Não.

– Melhora se eu tirar logo da casca? – falou Nina. – Aí não vai ter nenhuma sujeira de fiofó neles.

– Sim. Melhora. – Surinder fechou os olhos de novo. – E eu não quero nem ver você cozinhando isso.

Nina dourou na frigideira umas fatias de bacon local, que tinham um cheiro incrível, torrou pão na torradeira cara e chique e levou, enfim, os dois pratos para a mesa de madeira escovada. Surinder deixou de lado o nojo de ovos frescos e começou a atacar a comida.

– Ah, meu Deus! – exclamou, de repente. – Eu passei a vida inteira comendo o quê?

Nina pôs mais um pouco do leite grosso no café.

– Como assim?

– Esses ovos! Esse bacon! Está tudo maravilhoso! A gente não encontra nada parecido na loja de conveniência!

– É verdade – falou Nina, olhando o prato vazio com certo arrependimento. Estava tão faminta que havia engolido o café da manhã sem nem prestar muita atenção ao gosto. – Sim. É bem gostoso.

– É mais do que gostoso! No café orgânico isso custaria os olhos da cara. Tudo é produto local, da roça?

– É claro – disse Nina. – Isso é o que as pessoas fazem aqui "na roça".

Surinder olhou para a amiga, hesitante.

– Sabe, todo mundo achou que era uma loucura você vir para cá.

– E você só me conta isso agora? Sério? Todo mundo? Se eu bem me lembro, o que todo mundo me disse foi que eu era incrível e corajosa por dar esse passo e mudar a minha vida e tudo mais.

Surinder suspirou, impaciente.

– Ora, as pessoas tinham que te dizer alguma coisa, né? Lembra quando a Kelly casou com aquele cara francês que conheceu no mercado?

– Ah, sim. Nós fingimos que achamos ele ótimo.

– Isso.

Comeram em silêncio por alguns instantes.

– Acabou que nem francês era... – comentou Surinder.

Nina riu.

– Minha nossa, eu tinha esquecido isso.

Surinder pegou outra torrada e apontou para as grandes janelas.

– Mas agora... olhe só para esse lugar. Quer dizer, no fim das contas, acho que você é um gênio.

– Hoje está sol – falou Nina. – Mas não faz sol com tanta frequência assim. Quer dizer, de dez em dez minutos abre o sol. Mas aí chove, depois neva, em seguida cai granizo e depois faz sol de novo.

– Incrível! Agora me conta tudo o que aconteceu na noite passada.

Nina abriu um sorriso.

– Eu fiz o parto de dois cordeirinhos! Quer dizer, eu ajudei. Na verdade, não, eu que fiz tudo. Com ajuda.

Então, explicou a história toda.

– Ah, pelo amor de Deus! – exclamou Surinder. – Eu sabia! Durante quatro anos nunca vi você nem chegar perto de sair com alguém, e agora se muda para cá e em cinco segundos está chovendo homem! Eu SABIA! Então você voltou para casa com ele... A propósito, o fazendeiro é gato? Na minha mente, todo fazendeiro tem bochechas redondas e rosadas, usa galocha e cajado e tem uma cara simpática.

– Você está descrevendo o desenho de um fazendeiro de livro infantil – observou Nina.

– Ah, sim, pode ser. Então tá, me surpreenda. Coque masculino? Cabelo rastafári? Sandálias de couro?

– Não. Não é nada disso. Ele é bem rabugento. Está se divorciando. É bem alto e esguio, meio ossudo. Um tanto triste.

– Hum, entendi. – Surinder pensou por um instante. – É tipo o fazendeiro de *Babe, o porquinho atrapalhado*?

– Não! Quer parar de pensar nos fazendeiros da tevê? Ele é de verdade. Jovem. E, por acaso, é fazendeiro.

– Ele não é *bem* um cara de verdade – rebateu Surinder. – Todos os caras de verdade que eu conheço são obcecados por carros e resolveram, de repente, virar ciclistas aos fins de semana e só sabem falar dessa porcaria, nunca param de torrar a paciência falando do Fitbit, deixam a barba crescer e contam sobre sua experiência no Tinder. Os caras de verdade são assim, hoje em dia. – E então acrescentou baixinho: – É tudo boy lixo.

– Mas você parece gostar deles.

Surinder ignorou o comentário.

– Além disso, você dormiu no sofá desse fazendeiro e ele nem tentou fazer nada com você. Isso não se parece em nada com os caras que eu conheço. – Ela suspirou. – Enfim. O que vamos fazer hoje? Se a resposta for desempacotar livros, pode ir catar coquinho. Já ajudei o Marek a empacotar tudo.

– Está bem – falou Nina. – O que eu *não* vou fazer é começar a trabalhar fazendo muito, muito barulho, suspirando alto de vez em quando, enquanto você fica no sofá de pernas para o alto.

– Não quero nem saber. Esse aqui é o sofá mais confortável em que eu já sentei em toda a minha vida. Acho que não é daqueles que anunciam na tevê e que custam uma pechinha.

– Concordo. Na verdade, acho que nem fazem propaganda de sofás como esse. Acho que esse é o tipo de sofá que você tem que implorar para ele vir morar com você, em troca de rios de dinheiro e sacrifício de sangue.

– E se o sofá não achar que você é merecedora, ele nem vai se dar ao trabalho – completou Surinder. – Só vai continuar lá, sentado em seu palácio. Ops.

– É impressão minha ou você acabou de derramar café no sofá?

– É que a sua mobília me deixa muito nervosa.

– Também me sinto assim – respondeu Nina, olhando ao redor. – E então, vamos sair?

– Mas eu quero ficar aqui deitada nesse sofá! – protestou Surinder. – Foi para isso que tirei férias!

Nina não disse nada, só calçou as galochas fazendo cara de mártir, pegou mais café e saiu para trabalhar na van sob o sol gélido.

Tinha conseguido instalar as prateleiras que encomendara em Inverness sem maiores dores de cabeça – as paredes internas já tinham uns sulcos que pareciam ter sido feitos para isso. Em seguida, ligou o rádio bem alto e se dedicou à limpeza, esfregando paredes e chão até que estivessem brilhando, e depois passou à feliz tarefa de tirar a poeira dos livros e decidir onde colocar cada um.

Decidiu deixar ficção na direita, já que esse era o interesse da maioria das pessoas, não ficção à esquerda e infantis no fundo, para as crianças poderem seguir direto lá para dentro. Também comprara vários pufes coloridos e baratos para os pequenos poderem se acomodar para a contação de histórias. Seu alvará de funcionamento estava orgulhosamente pendurado no lado de dentro da janela. Aquilo que Birmingham se recusara a conceder, depois de muitos sons e olhares de reprovação, Kirrinfief lhe dera com prontidão e um sorriso.

Nina cantarolava junto com o rádio, deixando tudo do jeitinho que queria. Embora tivesse levado a tarde inteira, nem parecia que tinha passado tanto tempo assim quando abriu a última caixa e soltou uma exclamação de surpresa. A caixa não continha livros, e sim todos os acessórios e coisas que passara anos colecionando e que combinavam bem com livros. Sempre havia se perguntado por que juntara aqueles trecos e cacarecos (ou lixo, que era como Surinder se referia aos objetos). Contudo, ao olhar as paredes limpas e vazias da van, entendeu por que fizera aquilo durante tanto tempo.

Pendurou várias luzinhas decorativas, arrumou os aparadores de livros engraçadinhos: um farol e um Grúfalo para as crianças. Havia um conjunto de enormes letras de bronze iluminadas formando L-I-V-R-O-S, que ela poderia colocar do lado de fora sempre que estacionasse a van. Cadernos lindamente ornados que podiam ser usados para a contabilidade. Ilustrações emolduradas da Mamãe Ganso que formavam um abecedário com uma cara retrô, para ficar na seção infantil. Bandeirinhas feitas com páginas de livros antigos.

– Essa van vai chacoalhar pra caramba – observou Surinder, derramando um pouco de chá ao cruzar o pátio correndo, com medo das galinhas.

– Não vai, não – contestou Nina. – Nunca vou andar a mais de 30 por hora. Nunquinha. Não dou a mínima para quem estiver atrás de mim. Vão ter que esperar, e ponto final. – Pegou uma lata de tinta azul. – Aqui. Uma coisa para você fazer.

– Nããããão. Ainda estou com muito sono. Vou fazer besteira.

– Aí a gente conserta – insistiu Nina. – Vamos lá, você é tão boa nisso.

Surinder fez uma tromba, mas Nina sabia que valia a pena insistir: a caligrafia da amiga era lindíssima. Surinder recebia pedidos frequentes para escrever convites de casamento. Reclamava o dia inteiro, mas sempre acabava fazendo.

– Sério?

– Prometo que amanhã faço café para você de novo. – Espere só até experimentar as salsichas locais.

Surinder gemeu.

– É?

– Melhor do que qualquer outra coisa que você já tenha comido na vida. Ah, e eu comprei uns biscoitos divinos.

– Que tipo de biscoito?

– Surpresa – falou Nina, que ainda não tinha chegado a experimentar os bolinhos tipo *financier* vermelhos com listras prateadas. – Pode ir começando a pintura. Vou buscar os biscoitos.

Surinder considerou a proposta.

– Sabe, da última vez que fiz convites de casamento, ganhei champanhe e tudo.

– Biscoitos e salsichas artesanais – repetiu Nina. – Pode se considerar mimada por mim.

E se afastou, indo na direção do celeiro.

– Espere aí! – gritou Surinder, atrás dela. – Qual é o nome desse troço?

Nina deu meia-volta.

– Ah. Não pensei nisso ainda. Pode escrever só Van dos Livros?

– Não. As pessoas podem achar que é uma biblioteca em vez de uma loja.

– Hum. Livraria?

– Vai parecer que você está só transportando os livros para a livraria, para um outro lugar que vai vendê-los.

– Vendemos Livros?

– Esse é o nome da sua livraria?

– Nina e a Van de Livros?

– Aí vai parecer que você tem um programa infantil na tevê educativa. Embora, para ser sincera, você se vista como se estivesse em um.

Nina suspirou.

– O que foi? – perguntou a amiga. – Qual é, está na cara que você passou séculos sonhando com isso. Quer dizer, olha toda essa tralha que você vinha guardando, só esperando esse momento. E eu duvido que você, tão obcecada por livros e palavras, nunca tenha pensado no nome.

– Bem...

Nina ficou olhando para os próprios pés, encabulada. Nunca tinha dito em voz alta para ninguém. Nunca sequer admitira para si mesma.

– Eu sabia – comemorou Surinder. – Eu SABIA! Vamos lá, conte para a sua *auntyji*.

Nina deu de ombros.

– Você vai achar idiota.

– Você se mudou para outro país levando a tiracolo uma quantidade absurda de livros depois de comprar uma van velha. – Tudo isso já é totalmente idiota.

– Ah, tá – falou Nina. – Bom, eu acho... – Ficou mexendo os pés, constrangida. – Bom. Sempre pensei que, se eu tivesse uma pequena livraria... e tudo o que eu sempre quis foi uma bem miudinha... eu poderia chamar de... Pequena Livraria dos Sonhos.

A amiga a encarou por um momento. Nina sentiu o rosto ficar muito vermelho. O momento foi se estendendo.

Surinder deu um passo à frente e espiou dentro da van. Nina tinha até conseguido instalar um abajur em um canto, com um tapete preso ao chão, uma mesinha e uma cadeira confortável, criando um belo cantinho de leitura. Surinder sorriu e se virou novamente para a amiga.

– Tá. É. Gostei. Gostei muito. Vai ficar bom.

– Sério?

– É claro. Olhe só essa cadeirinha e essa mesinha. É tudo muito fofinho. É um nome fofo. Combina bem. Acho que combina bem, sim. – Ela pegou a tinta e o pincel, e Nina abriu um imenso sorriso. – Mas, olha, tão lindo que dá vontade de entrar aí e passar o dia inteiro sentada. E se vier uma pessoa e passar o dia inteiro sentada aí?

– Então será porque essa pessoa precisa passar o dia inteiro sentada aí – respondeu Nina. – Mas eu não vou passar o dia inteiro estacionada em um único lugar. Vai ser como se a loja aparatasse e desaparatasse por aí, chegando e partindo sem que ninguém perceba.

Surinder sorriu.

– Bom, é só não bater com o carro – comentou ela, arregaçando as mangas. – De novo.

– Hum. – Nina estava com certo receio de ter exagerado nas luzinhas. – Neste exato momento, o que mais me preocupa é um curto-circuito.

Ela foi buscar umas cervejas e ficou vendo Surinder trabalhar. Primeiro a amiga fez um rascunho grosseiro com giz, depois traçou as pinceladas precisas e limpas, e logo sua bela caligrafia estampava a lateral da van com os dizeres *Pequena Livraria dos Sonhos*. Nina nunca tinha se sentido tão feliz na vida.

Por fim, Surinder anunciou que estava satisfeita com o trabalho. Ambas deram uns passos para trás, e Nina, um pouco encabulada, bateu a garrafa de cerveja na de Surinder para brindar.

– A gente tinha que ter uma fita – observou Surinder. – Para cortar na inauguração.

Nina olhou para sua lojinha. Era linda, muito mais espaçosa por dentro do que parecia do lado de fora, com estantes bem organizadas, pufes coloridos e até mesmo uma antiga escadinha de biblioteca que Nina tinha afanado quando o novo diretor de desenvolvimento afirmara que não havia nenhuma utilidade para aquilo no novo centro multimídia.

Elas escancararam as portas, contaram até três e ligaram a van.

As luzinhas e as grandes letras de bronze se acenderam como se fosse Natal, e as bandeirolas tremulavam ao vento.

– UHUL! – gritou Surinder, e bateu palmas sem o menor constrangimento.

Nina só olhava, estupefata. Seu maior sonho havia se concretizado e estava ali, bem na frente dela, com os campos ao fundo, as borboletas voando de margarida em margarida e as corujas piando em algum lugar ao longe. Ela mal conseguia acreditar, e não conseguia parar de sorrir.

– Agora vamos vender livros! – exclamou ela. – Por onde deveríamos começar?

Naquele exato momento, um Land Rover entrou pela porteira da fazenda, buzinando alto. Nina olhou o relógio: eram quase seis horas, embora o sol ainda estivesse alto, é claro. Virou-se. As pessoas não costumavam buzinar na fazenda, porque o barulho deixava as galinhas doidas. Levando a mão à testa para fazer sombra para os olhos, ela viu um grupo de homens jovens, em sua maioria eufóricos, os rostos corados.

– LENNOX! – berrou um deles.

Quando o carro chegou à casa e estacionou, os homens pareceram surpresos ao topar com Nina e Surinder. Nina ficou bastante estarrecida ao reparar que todos estavam de kilt.

– Uau! – falou Surinder. – Olha só pra vocês!

– Olha só pra *vocês* – rebateu um deles, no melodioso sotaque local. – Estamos bem arrumadinhos. E vocês estão todas sujas de tinta.

– O que é isso aí? – perguntou outro. – Que legal.

– É a nossa livraria móvel – respondeu Surinder, sem hesitar.

O moço mais novo desceu do carro.

– E o que é que tem aí?

Os outros caíram na gargalhada e ficaram zombando do rapaz.

– Tem um livrinho de pano aí pra ele? Ou um daqueles que fazem barulhinho?

– Cala a boca. Pelo menos eu leio. Melhor do que você, seu trouxa, que só fica vendo fotos de mulher pelada na internet.

– Tem bastante coisa – explicou Nina. – Hã... não quer entrar?

Os homens continuaram gritando e implicando com o mais jovem, mas ele nem ligou. Entrou na van alegremente e começou a olhar as prateleiras, e logo a curiosidade atraiu os demais, que também foram dar uma olhada.

– É bem legal – admitiu o sujeito que fora mais implicante, remexendo os pés.

Nina ficou com vergonha de perguntar se estavam indo para algum evento. E se os homens se vestissem daquela forma o tempo inteiro? Não queria ofendê-los. Contudo, alguns estavam de camisa social e paletó, então com certeza estavam indo a algum lugar especial. Os kilts faziam um conjunto muito charmoso. Ela sabia que os tartãs, os padrões quadriculados das estampas, indicavam famílias e clãs. Gostava muito dos mais antigos, de lã penteada em tons desbotados de vermelho e verde, embora os roxos e pretos também fossem lindos, combinados com meias cor de creme cobrindo as panturrilhas musculosas. Todos os homens tinham uma aparência forte e saudável. Quanto mais conversavam, mais claro ficava que eram fazendeiros.

– É pra hoje, Lennox! Pelo amor de Deus, por que ele está demorando tanto?

– Lennox passou a noite acordado por causa do parto de uma ovelha – respondeu Nina, defendendo-o.

Todos os homens caíram na gargalhada.

– Ah, sim, isso porque nessa época do ano todos nós sempre temos belas noites de sono ininterrupto – zombou um deles.

– Aonde vocês estão indo? – perguntou Surinder.

– Pro Baile dos Jovens Fazendeiros – respondeu outro, que tinha cabelos de um ruivo muito intenso e olhos verdes. – Vocês não vão também? Achei que era por isso que estavam aqui. Sempre faltam damas nesses eventos.

– Como é mesmo, baile do quê? – falou Surinder. – Estamos em que ano, 1932?

Por um instante, Nina ficou distraída. Lennox saía da casa naquele instante, parecendo um pouco encabulado por estar todo arrumado, e foi logo recebido pela ovação bem-intencionada dos amigos.

Estava com um paletó de tweed verde-claro e uma camisa simples cor de creme. Seu kilt também era verde-claro, com listras vermelhas muito finas, que também apareciam em detalhes delicados em suas meias. Completando o visual, usava sapatos sociais austeros do tipo brogue. Tinha tentado alisar o cabelo, achatando-o na cabeça, mas os cachos já davam sinal de rebeldia, soltando-se aqui e ali.

– Anda logo, homem!

Nina ficou um pouco chateada por Lennox não ter mencionado o baile para ela. Porém, depois lembrou que não se tratava de uma relação pessoal. Lennox era o seu senhorio. A última coisa que faria era sair convidando-a para ir a bailes. Afinal, essa era a vida social dele. Nina era nova na região. Teria que dar um jeito de construir o próprio círculo de amigos.

– Ei, por que não convidou as garotas? – perguntou um dos amigos dele.

– Eu não sabia que eram duas – respondeu Lennox, adiantando-se para apertar a mão de Surinder. – Como vai? Muito prazer.

– Ah! – Surinder deu uma olhadela para Nina e, com uma expressão bastante impressionada, acrescentou: – Nunca conheci ninguém de kilt. O prazer é meu. Hum, senhor.

Nina segurou o riso, e Surinder lhe lançou um olhar sugestivo.

Lennox ficou intrigado, mas então notou a van atrás de Nina.

– Uau – falou, aproximando-se para olhar melhor. – Quem diria, hein? – Parecia genuinamente impressionado.

Nesse momento, o mais jovem, que ainda estava lá, saiu com um ar triunfante, carregando três livros sobre a Segunda Guerra Mundial.

– Olha só pra isso! Vou levar.

– Ele sempre preferiu ficar lendo a ir dançar com uma garota – observou um dos rapazes.

– A julgar por algumas das garotas que sempre vão ao baile, eu nem o culpo – rebateu um deles, e foi logo repreendido pelos amigos. – Ah. Quer dizer, apesar de elas serem todas muito bonitas e interessantes – corrigiu-se, ficando vermelho.

Nina aceitou de bom grado o pagamento pelos livros, edições fantásticas em capa dura, novinhas em folha. Tinha certeza de que ele ia gostar.

– Então tá – falou o ruivo, que se chamava Hamish. – Acho bom a gente ir andando. Vocês sabem como o baile lota. E aí, meninas, querem vir também?

Hamish meneou o rosto na direção de Nina e Surinder. Nina deu uma olhadela instintiva para Lennox.

– Vocês... podem vir, se quiserem – falou Lennox, num tom indiferente. – Sempre faltam damas nesses bailes.

– Se esse é o problema, vocês deviam ir a Birmingham. Lá o que não falta é mulher. Tem até demais – comentou Surinder.

Fez-se um silêncio desconfortável. Certo nervosismo percorreu o pátio.

– Bem, mas é claro que nós vamos – acrescentou Surinder, por fim.

– Sério? – perguntou Nina, nervosa.

Sentia-se muito desconfortável só de pensar em ir a um baile cheio de desconhecidos. Preferia muito mais ficar em casa e relaxar tomando uma cerveja com a amiga e depois, antes de dormir, ler um bom romance de época.

– Ah, vamos, Nina, sua nerdona! – implicou Surinder. – Não vim de tão longe só para ficar no seu sofá vendo você passar a noite inteira lendo.

Hamish deu uma olhada no relógio.

– Vocês conseguem se arrumar rapidinho?

– Ah, sim, só precisamos de umas duas horas, três no máximo – respondeu Surinder. – Calma, estou brincando!

– Uhul! – exclamou Surinder. – O que você faria sem mim?

As duas estavam passando batom, lado a lado no banheiro.

– Não sei – respondeu Nina. – Quem sabe manter minha dignidade intacta?

Surinder a ignorou.

– Fico curiosa para saber quão sedentos por sexo eles estão.

– Surinder!

– Ah, qual é? Só tem homem aqui. Tanto fazendeiro jovem e bonitinho... Chega a ser doido. Acho que ainda não vi nenhuma outra mulher desde que cheguei. Pelo menos, nenhuma que fosse gata como a gente.

– Surinder, por favor... eu acabei de me mudar para cá.

– Tá, mas *eu* estou de férias. Será que vai ter piña colada?

– Duvido muito.

A única coisa que Nina nunca havia cogitado trazer era um vestido de festa. Era a última coisa que imaginava que fosse precisar.

O melhor que conseguiu encontrar no guarda-roupa foi um vestido bonito, reto e simples, com estampa florida. Não era nada chique, e Nina não tinha nenhuma joia para complementar, mas, para a própria surpresa, notou que tinha as pernas bem bronzeadas de passar tanto tempo andando no sol, então o vestido lhe caiu bem.

Tirou o cabelo do rosto, prendendo-o para trás em ondas, um estilo meio Segunda Guerra Mundial, e, seguindo a sugestão de Surinder, pôs um batom vermelho-vivo. Era o melhor que daria para fazer.

Surinder, por outro lado, estava sempre preparada para todas as eventualidades, e vestiu uma blusa brilhante como se um importante baile local já estivesse em seus planos para aquela viagem.

Os rapazes não pouparam elogios quando, vinte minutos depois, Nina e Surinder voltaram ao pátio, e em seguida abriram espaço para as duas no carro.

Lennox, por sua vez, não disse muita coisa, e Nina suspeitava de que estava um pouco arrependido de ter convidado as duas. Bem, azar o dele. O sol ainda estava alto no céu, tingindo os campos de dourado, e o vento trazia mais frescor do que frio; o mundo parecia um ótimo lugar. Nina virou o rosto para dar uma última olhada na Pequena Livraria dos Sonhos, sem conseguir conter um sorriso satisfeito.

– Está bem orgulhosa, hein? – comentou Lennox, notando o olhar de Nina.

– É claro. Não sei por que isso seria motivo de surpresa.

– Não, não – falou ele, e então ficou em silêncio outra vez.

Passaram por estradas rurais sinuosas, subindo e descendo colinas incríveis, e o terreno estava todo ensolarado até chegarem ao mar, uma colcha de retalhos feita de luz e sombra que se estendia por quilômetros e quilômetros. Verdadeiros exércitos de moinhos de vento espalhados pelos campos como sentinelas.

– Não acredito que você não me lembrou de trazer um casaco – reclamou Surinder. – Tipo, esse lugar é CHEIO DE MOINHOS, deve ventar pra caramba.

– Tem toda razão – falou Nina, mordaz. – Até parece que é muito diferente da ventania em Birmingham.

Ouviram a festa antes mesmo de vê-la. Ao fim de uma estradinha de terra íngreme, havia fileiras de tratores estacionados junto com Land Rovers cobertos de lama. Mais além, via-se um imenso celeiro todo decorado com flores. O lugar estava apinhado de pessoas saindo do celeiro para ir se sentar nos fardos de feno. Homens jovens (todos de kilt, é claro) bebiam cerveja e jogavam conversa fora.

– De três em três meses – explicou Hamish, com um brilho nos olhos verdes –, é aqui que os homens vêm para encontrar uma esposa.

– É mesmo? – indagou Surinder, inclinando-se para a frente.

– Bom, não é mais como era antes. Mais parecia um leilão de gado.

– Então não é mais aqui que as pessoas acabam conhecendo seus pares?

Uma leve onda de nervosismo correu pelo carro.

– Ah, bem, é, sim. Pelo menos a maior parte das pessoas daqui conheceu o marido ou a esposa nesse baile.

– Acho que eu vou gostar de 1932 – falou Surinder, alegre.

Estava muito quente dentro do celeiro, graças ao calor humano, e não tinha cheiro de gado. O cheiro era de desodorante, loção pós-barba, perfume em excesso, cerveja e fumo de cachimbo.

Também estava uma barulheira inacreditável. No canto do celeiro havia um quarteto de violino, *bodhrán*, flauta doce e acordeão, tocando música a todo vapor. Em um dos lados ficava o bar improvisado, feito de barris de madeira e mesas de cavalete, com bartenders muito jovens que deslizavam gim-tônicas pelo balcão com habilidade e serviam *pints* da cerveja local, 80 Shilling, a uma vazão impressionante. Todo o dinheiro era apenas depositado em um pote imenso. A fila do bar estava enorme. Na outra metade do celeiro, as pessoas estavam... bem, Nina precisou de alguns instantes para entender o que estavam fazendo. Foi só quando se concentrou que a cena começou a fazer sentido. Homens erguiam mulheres no ar a uma velocidade vertiginosa, e Nina enfim entendeu que estavam dançando. Era absolutamente brutal.

– Uau! – exclamou ela.

Era muita coisa para assimilar de uma vez só. Havia muito mais homens do que mulheres, mas só de olhar para as moças presentes Nina percebeu que não estava vestida à altura da ocasião. As mulheres exibiam penteados elaborados e vestidos de festa, alguns dos quais eram longos e com tecido engomado; havia muita renda preta esticada por cima de ombros e abdômens musculosos, e maquiagem bem carregada. Todas usavam salto alto.

Nina não estava vestida para uma festa. No entanto, sentia-se muito à vontade no salão quente e fragrante, justamente por saber que não estava tentando impressionar ninguém – algo que às vezes a deixava nervosa em certos eventos. Por isso, nem ligou quando Surinder olhou para ela e comentou que estava mesmo parecendo uma garota do campo, o que, no entendimento de Nina, foi uma espécie de elogio.

Beberam um pouco e conversaram com os rapazes, embora eles não tirassem os olhos das presas e ficassem o tempo todo virando o rosto para admirar as garotas que passavam, exibindo-se em seus trajes ostentosos e perfumados. Nina estava muito satisfeita em apenas ficar ali escutando as conversas: discussões sobre marcas de fertilizantes, peças de trator, cortes de gado e uma miríade de outros assuntos que desconhecia.

Depois de algumas bebidas, os rapazes estavam prontos para a pista de dança. Nina e Surinder recusaram convites para dançar várias vezes, em parte porque, ao contrário dos rapazes, não tinham intenção de ficar com ninguém (quer dizer, Nina não tinha, e Surinder se sentia dividida), e em parte porque não faziam a menor ideia de como dançar.

De longe, a dança ainda parecia assustadora. As garotas eram atiradas para o ar pelos rapazes, e de vez em quando alguém trombava com uma mesa ou caía no chão. Mas dava para ver que todos estavam se divertindo, e as gargalhadas ecoavam alto. O salão foi ficando cada vez mais barulhento conforme a pista de dança ganhava adeptos e ia crescendo. As mulheres começaram a descer dos saltos, deixando os sapatos de lado.

Nina notou que Lennox continuava parado, resoluto, ao lado da pista. Tentou sorrir para ele e estava prestes a ir perguntar como estavam os cordeirinhos quando Lennox cumprimentou um conhecido do outro lado da pista, um senhor mais velho usando uma calça de tartã que não lhe caía muito bem. Na mesma hora, os dois engataram uma conversa.

Os rapazes começaram a falar sobre os diferentes tipos de adubo, e, encorajada pelo gim-tônica fortíssimo, Nina resolveu se juntar a eles.

– Oi. Eu queria saber como estão as ovelhinhas que nasceram outro dia.

Os homens a encararam de forma bem rude.

– Estão bem – respondeu Lennox, sem dar muita atenção a ela, e voltou a conversar com o amigo.

Nina ficou ofendida. Tinha passado a noite inteira ajudando Lennox, e como ele agradecia? Primeiro, não queria que ela e Surinder viessem ao baile, e, para piorar, agora a estava ignorando.

– Não vai dançar? – perguntou Nina, atrevida.

Lennox franziu o cenho.

– Não, obrigado. – Sua resposta foi curta e grossa.

O outro homem desviou o olhar.

– Não foi um convite – falou Nina, irritada e envergonhada. – Só estava me perguntando se você não ia dançar.

– Não – respondeu Lennox. – Não é a minha praia.

O silêncio ficou constrangedor, e Nina estava pensando em bater em retirada quando, graças aos céus, um jovem nervoso veio convidá-la para dançar. Estava prestes a recusar educadamente quando, para sua surpresa, viu Surinder valsando em direção à pista de dança nos braços de outro sujeito.

– O que. Você. Está. Fazendo? – sibilou Nina para a amiga.

– Ah, Nina, deixa disso! – gritou Surinder. – Pelo amor de Deus, né? A noite não vai durar para sempre! Já que estamos aqui, por que não tentar?

Nina balançou a cabeça.

– Você perdeu o juízo.

Então se deu conta de que Archie, o rapaz que a convidara para dançar, estava com uma cara de derrotado e, é claro, se sentindo um pateta. Ela sabia que os amigos dele estavam assistindo à cena, enfileirados do outro lado do salão, e assim, olhando de soslaio para Lennox, que tinha retomado a conversa com o amigo, Nina estendeu a mão para Archie.

– Aceito, com prazer – falou, bem alto, enquanto Archie ficava da cor dos seus cabelos ruivos.

Enquanto ele a conduzia à pista de dança (que, para Nina, chegava a lembrar uma arena de gladiadores), ela sussurrou:

– Você vai ter me que dizer direitinho o que fazer. Eu não faço a menor ideia.

Ao ouvir isso, Archie pareceu menos apavorado e até estufou um pouco o peito.

– Não precisa se preocupar – afirmou. – Você está comigo agora! É só seguir meus passos.

No início, Nina não conseguia seguir nada nem ninguém. Era como uma mistura entre uma valsa e uma feira rural, e um grito só sinalizava que era para ir mais rápido. Havia muitos gritinhos e exclamações, e os homens pareciam travar escaramuças entre si. A princípio, a coisa toda se assemelhava mais a um jogo de rúgbi na pista de dança.

Mas então Archie, muito paciente, lhe mostrou os movimentos repetitivos, e Nina começou a entender a sequência de giros, palmas e movimentos de braço. Quando deu por si, já estava girando e rodopiando na pista, sendo atirada para cima por seu par. A música era contagiante, e ela estava se divertindo tanto que chegava a gargalhar, mas logo quando tinha conseguido se situar na dança, a música chegou ao fim, e Nina teve que parar, ofegante e decepcionada.

Quando a banda começou a tocar a segunda música, pegou o jeito logo de cara, pois a pista inteira dançava em círculo, oito tempos para um lado e oito para o outro. Archie sorria quando a ergueu no ar, girando-a para o lado, e quando ela voltou ao círculo, percebeu que estava diante de outro rapaz, um jovem muito barbudo que sorria para ela enquanto se preparava para repetir o movimento de Archie.

Encorajada pela atmosfera intoxicante da festa, pelo álcool, por estar muito longe de casa, pela sensação de poder ser quem ela quisesse, Nina se jogou com vontade na dança. Sempre fora graciosa, mas nunca encontrara a confiança necessária para dançar em público. Ali, contudo, ninguém ligava nem reparava nela. O foco não era dançar bem, nem chamar atenção, muito menos ser sexy, e sim a diversão de se jogar de cabeça na dança, deixando todas as preocupações de lado. Era dança como forma de catarse, e Nina logo descobriu que estava amando.

Sentia-se inebriada com a atmosfera da festa. Conseguia ouvir a risada alta de Surinder, que dançava em cima de uma mesa mais afastada; mas

Nina, costurando cada passo de dança, sentia como se fosse parte de algo maior, um conjunto de indivíduos se fundindo à entidade da dança, com a música alta ressoando em seus ouvidos.

Quando a música acabou, aplaudiu forte junto com os demais, depois fez uma mesura para Archie e bebeu com vontade um gole da garrafa de sidra que ele lhe ofereceu.

– E agora chegou a hora do "Dashing White Sergeant" – anunciou um dos músicos.

Nina ergueu as sobrancelhas para Archie, que assentiu com entusiasmo. À volta deles estava acontecendo um imenso desmonte, todos desfazendo as duplas e formando novas parcerias.

– O que está acontecendo?

– Essa é em trio. Precisamos de mais uma dama. Ou mais um cavalheiro – explicou Archie.

Eles olharam ao redor. Todos já estavam divididos, e não tinha nenhuma dama disponível. Havia uma longa fileira de homens nos fundos do salão que obviamente não queriam dançar e preferiam se concentrar em beber cerveja. Todos com o rosto vermelho.

Não havia mais ninguém. A não ser... Nina viu Lennox, mas ele estava ocupado. "Que seja. Eu não estava mesmo procurando o Lennox", convenceu-se Nina. Archie conseguiu alistar Tam – em geral, chamado simplesmente de Gordo –, que viera no carro com eles, e os três se juntaram a outro trio com duas damas e um cavalheiro, compondo um grupo de seis.

Archie explicou por alto os passos da dança. Primeiro, eles formariam uma roda, girando para um lado e depois para o outro. E então Nina, que estaria no meio, dançaria com os dois cavalheiros ao lado dela e depois com o rapaz do meio do outro grupo. Fazia-se um passo cortês para o lado, depois o cavalheiro erguia a dama pela cintura e girava, e então, formando uma fileira, o trio dançava para a frente e depois para trás. Por fim, o trio atravessaria para o outro lado, passando por baixo das mãos unidas do outro trio, e fariam tudo de novo com o grupo seguinte.

Nina franziu o cenho. Parecia complicado. Mas quando a dança começou, logo entendeu os padrões, a beleza simples dos círculos se formando, se cumprimentando e depois se desfazendo. Vista de cima, a cena lembraria pétalas de flor se abrindo.

O vestido florido que usava era perfeito para os giros, e as sapatilhas eram ideais para dançar. Seu rosto, normalmente pálido, estava corado, e os cabelos estavam revoltos, balançando ao sabor dos passos de dança. Nina não se lembrava da última vez que se sentira tão despreocupada.

(Ao observar Nina enquanto dançavam em um mesmo círculo, Surinder admitiu que havia subestimado os poderes da Escócia, que tinha, afinal, conseguido fazer um bem danado à amiga tímida e retraída.)

Quase ao fim da dança, Nina passou por baixo dos braços de um trio para formar um novo grupo quando se viu cara a cara com Lennox. As duas garotas que dançavam ao lado dele – Lennox ocupava a posição do meio, assim como ela – estavam bastante bêbadas, dando risadinhas e tentando flertar com ele, mas Lennox não prestava a menor atenção nelas. Nina notou que ele dançava muito bem, fazendo cada passo no tempo exato, girando sem o menor esforço as mulheres, que davam gritinhos. Muito controlado.

Quando chegou a vez de Nina dançar com Lennox, ela lhe lançou um olhar, aborrecido.

– Achei que dançar não fosse sua praia.

Mas se arrependeu do comentário no mesmo instante, irritada consigo mesma. Dessa forma, parecia até que se importava com o fato de que aquele fazendeiro velho, rabugento e idiota não estava disposto a dançar com ela mas não via nenhum problema em dançar com duas loiras animadas. Então, de repente, Lennox a pegou pela cintura, girando-a no alto, e Nina percebeu que seus pés estavam muito longe do chão. Sentiu-se como se fosse uma semente de dente-de-leão pairando no ar, com os cabelos esvoaçantes e o vestido flutuando ao redor do corpo. Olhou para Lennox logo ao tocar o chão, mas ele apenas a pegou pela cintura outra vez e a levantou como se ela fosse uma pluma, devolvendo-a certinho ao mesmo lugar, e só lhe restava sorrir, fazer uma mesura e seguir em frente. Ainda assim, Nina percebeu certa hesitação em si mesma, e tentou capturar o olhar dele, mas a dança os separou e ela não o viu mais até o final da noite.

Nina e Surinder estavam no banco de trás de uma van que alguém arranjara para levá-las para casa. O carro atravessava a névoa matinal em direção ao vilarejo. Os campos já assumiam nuances de rosa e dourado, e a fina camada de orvalho os fazia brilhar. Quando o último violino voltou para seu estojo, Nina ficara impressionada ao reparar que já passava das quatro da manhã, e as moças estavam agachadas entre os fardos de feno procurando seus sapatos. Sentia-se exausta, mas era a exaustão eufórica e maravilhosa de quem havia se acabado de dançar e gargalhar a noite inteira.

Logo notou que Surinder queria se sentar ao lado de Gordo, então passou para o outro banco, onde já havia uma pilha de três homens dormindo pesado.

– Eles vão direto para o trabalho – falou Archie, que ainda estava acordado, com a gola da camisa desabotoada e sorrindo para ela. – Eu também, na verdade.

– Nossa, é mesmo?

– Sim. Fazendeiro não dorme até mais tarde.

Estavam se aproximando da rua de pedra que levava à fazenda de Lennox. Archie olhou para Nina.

– Bom, eu desço aqui – falou ela. – Obrigada. Muito obrigada pela noite maravilhosa. Eu precisava muito disso.

Archie se inclinou para a frente.

– Será que... será que eu posso...

– Não – respondeu Nina. – Obrigada. Foi uma noite perfeita. Mas eu acho... acho que foi só isso mesmo. Mas você foi um professor maravilhoso.

Ele sorriu.

– Obrigado. – E então acrescentou, olhando para ela: – Você não é daqui.

– Só percebeu isso agora?

– Não, não. É só que... Eu sei que você não é daqui, mas parece que se encaixou muito bem. E isso não acontece com todo mundo.

Nina sorriu, radiante.

– Obrigada.

Archie deu duas palmadinhas na lateral da van e o veículo parou. Nina deu duas palmadinhas na lateral de Surinder, que também parou.

– Aaaaah – lamentou-se Gordo.

– Depois vocês continuam – disse Nina, saltando e ajudando Surinder a descer.

A amiga tinha bebido muito mais sidra que Nina, e saiu falando:

– Esse lugar é ótimo. Ele é... é ótimo. E eu gostei do Gordo.

– Ele também gostou de você – afirmou Nina. – Parecia mais interessado em você do que estaria em um belo café da manhã.

– Ah, é? – indagou Surinder, levando os sapatos na mão. – Será que ele só estava com fome? Por falar em café da manhã, será que você pode fazer aquela comida para mim de novo?

Capítulo dezesseis

As garotas dormiram até bem tarde. Nina se sentou na cama umas onze da manhã, enquanto Surinder ia fazer café, e depois ambas olharam para um item que Nina comprara que se chamava "bolinho de batata". Por fim, decidiram colocar o bolinho na torradeira e besuntá-lo de manteiga, resultando em algo mais delicioso do que as duas esperavam. Degustaram admirando a paisagem tomada pelo sol e pelo vento.

– Que dia lindo! – exclamou Nina.

– Está ventando muito.

– Sim – falou Nina, com paciência. – É para aliviar o calor.

– Ih, pronto. Já virou nativa.

– Não tanto quanto você. Não fui eu que saí trocando DNA por aí.

– Quando foi que você ficou tão atrevida? – perguntou a amiga, devorando mais um bolinho de batata. – Meu Deus, isso é mesmo uma delícia.

– Sei lá – respondeu Nina, pensando no assunto. Também já tinha notado que estava um pouco diferente. Abriu a porta e ficou ali parada um instante, aproveitando o calor do sol e o frescor da brisa. – Eu acho... acho que foi quando a gente tirou os livros de casa. Arrumou um novo lar para eles.

– Acho que você tem razão. Parece que aliviou um grande peso, figurativamente falando.

– E literalmente também – observou Nina. – Mas sim. Eu sinto que podemos voltar a ser amigas como antes, sem você me olhando feio o tempo inteiro.

– Se eu não fizesse isso, você ia acabar botando meu teto abaixo – respondeu Surinder.

– Sim. Exatamente. Peso. Aliviado.

– Também reparei outra coisa – falou a amiga.

– Diga.

– Você não está com um livro na mão.

– Bem... é que daqui a pouco eu vou para a minha van. Para ficar com todos os meus lindos livros. E depois vou sair para vender.

– Eu sei. Mas você não leu durante o café da manhã.

– Eu estava conversando com você.

– E não levou um livro para a cama.

– Estávamos bêbadas e eram quatro da manhã.

– Você parou de ficar o tempo todo agarrada a um livro, como se fosse um bebê agarrado ao seu cobertor.

– Eu não fazia isso!

– Hum.

– Além do mais, qual é o problema de ler, hein?

– Não tem problema algum – respondeu a amiga –, como eu já falei um milhão de vezes. Mas agora parece que você enfim está fazendo as duas coisas: lendo e vivendo, lendo e vivendo. E depois de novo, e de novo.

Nina olhou para as flores silvestres que cresciam no prado lá fora, à esquerda do campo inferior, tremulando à brisa suave. Dava para sentir um leve traço de jacinto-dos-campos no vento que vinha do bosque.

– Hummm. – Nina suspirou.

– Você sabe que eu estou certa – afirmou Surinder. – Está até mais feliz. Dá para perceber.

– Não é isso. Eu só quero mais um desses bolinhos de batata.

– E ainda por cima está sentindo mais fome – observou Surinder. – E eu posso afirmar que esse é um sinal muito, muito bom.

– Para com isso! Ai, ai... Vou trabalhar. Vou, sim. Você pode ficar aqui de bobeira.

– Era exatamente o que eu planejava fazer. Tem alguma coisa para ler?

– Ah, para com isso. De novo. E se o Fazendeiro Resmungão aparecer...

– Sim?

– Não, deixa pra lá. Não diga nada. Ele é um babaca.

– Positivo.

Capítulo dezessete

Apesar do vento, estava bem ensolarado, então Nina pôs um casaquinho por cima de um vestido cinza e uma legging. À luz do novo dia, a Pequena Livraria dos Sonhos, embora desguarnecida de livros de capa dura sobre a Segunda Guerra Mundial, ainda parecia tão estupenda quanto ela se lembrava. Nina conferiu se todas as tiras de lona estavam muito bem presas, para que os livros não caíssem, e entrou na cabine, checando mil vezes se estava tudo certo com o freio de mão e o câmbio antes de sequer pensar em dar partida – um hábito que estava criando. Respirou bem fundo e ligou o motor.

Antes de entrar em operação, havia conferido as datas dos eventos locais, e seu plano era ir atrás das multidões. Naquele dia, haveria uma feira na cidade vizinha de Auchterdub, então foi direto para lá. De fato, logo encontrou uma multidão ao redor das barraquinhas onde os artesãos vendiam queijos artesanais (e um pouquinho de leite não pasteurizado disfarçadamente para quem soubesse pedir com jeitinho), bonecas de pano, ovos caipiras, uma imensa variedade de bolos, sacas e sacas fofinhas com ingredientes sensacionais. Nina ficou de olho em um bolo de gengibre, que deixaria para mais tarde.

Também havia salsichas e linguiças artesanais: carne bovina, de caça e até de avestruz. Havia colheitas adiantadas de alcachofras e batatas, ainda sujas de terra; repolhos muito verdes e alfaces muito frescas; alguns tomates precoces, ainda pequenos e meio esquisitos, mas a couve-flor e a cenoura já estavam lindas. Nina também já ouvira falar que, quando chegava a época dos morangos, a infinidade era tamanha e os frutos chegavam a transbordar dos cestos.

Land Rovers, jipes e toda sorte de carros enlameados estavam estacionados ao longo das estreitas ruazinhas de pedra, mas Nina logo encontrou o lugar que reservara e estacionou alegremente. Antes mesmo de pendurar as grandes letras luminosas, os clientes já se aproximavam. Assim que abriu as portas, as mulheres, especialmente, quase saltaram para dentro.

Nina deu uma olhadela no interior, orgulhosa. O acervo parecia organizado e era bonito de se ver, e fizera questão de deixar expostas algumas das capas mais bonitas. Naquela manhã, em um momento de loucura, tinha pendurado um castiçal no soquete de luz do teto, mas ao vê-lo ali, tremulando lindamente ao sabor da brisa, concluiu que fizera muito bem.

Uma mulher olhava ao redor, interessada.

– Minha nossa! – exclamou ela, sorrindo. – Nem sei por onde começar.

– Sei bem o que quer dizer – comentou Nina.

A mulher olhou para o bebezinho arteiro, que mordiscava os pufes com a boca sem dentes.

– Sabe, é que... quando eu estava grávida, só lia livros sobre gravidez, e agora perdi o hábito.

O coração de Nina palpitou mais forte, e ela entrou em ação na mesma hora.

– Bem, talvez você esteja precisando disso.

Entregou à mulher um lindo livro traduzido do russo chamado *Somos todas adultas agora*. Era uma coletânea de pequenos capítulos que retratava a experiência do puerpério, ilustrado com cores vivas ao estilo de um missal medieval. As histórias iam dos aspectos mais profundos, como a perpetuação da linhagem feminina para as gerações futuras, passando pelas lendas assustadoras sobre Baba Yaga que a autora ouvia da avó, até as dificuldades logísticas mais simples, como o caso de um bebê de colo que não queria vestir o casaco de jeito nenhum, mesmo que estivessem em pleno inverno de São Petersburgo. Era um livro que fazia Nina se emocionar profundamente com o próprio lado maternal, embora nunca tivesse cogitado ter filhos, e nunca conhecera uma mãe que não se apaixonasse pelo volume.

O rosto da mulher se iluminou ao admirar as lindas ilustrações.

– Que perfeito! – exclamou ela. – Thomas, não! Não! Para com isso já!

Mas o menino não queria parar. Tinha encontrado um livro imenso e novinho sobre ônibus e caminhões e retroescavadeiras e tratores.

Nina desviou o olhar, um pouco desconfortável. Não estava acostumada a fazer com que as pessoas pagassem pelos livros, a não ser nos casos de entregas atrasadas – e mesmo assim, se a pessoa aparentasse ser pobre ou demonstrasse arrependimento sincero, ela sempre abonava a multa.

A mulher olhou para o livro na mão do filho e disse:

– Sabe de uma coisa? Acho que isso pode ajudá-lo a parar quieto. Seria ótimo fazer compras sem me preocupar com ele pegando todas as mercadorias.

A moça acabou levando os dois livros, e Nina percebeu que não se sentia nada desconfortável em pegar o dinheiro e dar o troco.

A figura seguinte foi uma velha senhora que suspirou, desapontada ao ver que os livros ali eram todos tão novos, e reclamou que ninguém mais escrevia aqueles livros bons das antigas, e será que Nina entendia?, e era uma pena, porque ela só queria um livro moderno com os bons e velhos valores de outrora. No fim das contas, Nina entendia, é claro, e ofereceu à senhora uma série fofa chamada *São Swithun*, sobre uma enfermeira que começa a trabalhar em um hospital. Em vez de ter que passar os dias enfrentando a burocracia, a enfermeira, que tinha o amável nome de Margaret, lidava com o mundo contemporâneo e multirracial em que vivia apenas amando o próximo e cuidando com afinco de todos os pacientes, de todas as origens e cores, e de quebra ainda encontrava tempo para se aventurar e fazer resgates emocionantes. Além disso, um amor excitante (porém excitantemente casto) começava a aflorar entre ela e a linda, corajosa e arrojada cirurgiã, Dra. Rachel Melchitt.

– Experimente este aqui – recomendou Nina, com um sorriso. – Se a senhora não gostar, pode vir trocar, e se gostar, a série tem mais 47 volumes.

A mulher já estava toda alegre depois de ler os elogios na quarta capa.

– Acho que não vou precisar trocar. Parece que isso é bem o que eu procuro – falou. – Por acaso tem uma edição com letras maiores?

Nina praguejou mentalmente. O problema era que, na biblioteca, as edições com o corpo maior eram tão disputadas e emprestadas que não encontrara nada em condições boas o suficiente para afanar.

– Não, desculpe, mas prometo que vou providenciar na próxima vez.

Depois disso, veio uma torrente constante de pessoas. Alguns só queriam dar uma olhadinha, outros já vinham com títulos específicos em mente. Para os que não sabiam o que queriam, Nina tentava entender os gostos da pessoa e indicava o item apropriado. Enquanto empacotava os livros e pegava o dinheiro – e passava os cartões de crédito em um aparelhinho muito esperto conectado ao iPhone, que Surinder recomendara e lhe ensinara a usar –, Nina viu uma garota circulando lá fora. Parecia ter uns 16 anos, era meio desengonçada, usava óculos e ainda não tinha crescido por completo. Estava com uma blusa de mangas compridas que cobria os punhos e tinha dois buracos grandes para enfiar os polegares.

– Olá – chamou Nina, com delicadeza.

A garota olhou para ela assustada e começou a se afastar.

– Ei, tudo bem – insistiu Nina, oferecendo-lhe seu melhor sorriso. – Pode entrar e dar uma olhadinha. Está tudo bem. Pode dar uma olhada, não precisa comprar nada.

– Não. Valeu – disse a garota, e foi embora, cabisbaixa.

– A inauguração foi um sucesso maior do que Nina poderia imaginar. Ao fim da tarde, ela voltou para casa cheia de alegria e com um espumante, que foi usado para brindar com Surinder ao enorme sucesso (relativo) delas.

– Bem, eu fiz a pintura, então participei – falou a amiga.

Depois, sentaram-se na sala de estar, e Nina tratou de cuidar da contabilidade e listar os pedidos de reposição.

– Essa é a parte menos glamorosa de ter o próprio negócio – observou Surinder.

– Isso é o que a gente pensa agora – respondeu Nina. – Meu Deus, estou tão cansada!

– Então vá dormir.

– É que eu ia... estava pensando em dar uma ida no cruzamento. Acenar para o Marek.

– Sério? Nina, está achando que você é uma personagem de *Os meninos e o trem de ferro?*

– Não, eu... eu achei um livro que ele pode gostar.

Era uma edição muito antiga, mas nova em folha, de *Eu sou David.* Não fazia ideia se Marek leria ou não, mas achou que ele poderia gostar. Afinal, Marek tinha certa experiência em longas jornadas.

Surinder lançou um olhar severo para a amiga.

– Acha mesmo que é uma boa ideia?

Nina corou. Não queria admitir que vinha pensando muito nele, em seu jeito gentil, melancólico e poético. Marek parecia tão exótico, tão triste…

– Foi só uma ideia – retrucou ela.

– Bom, talvez seja melhor deixar as ideias para um dia em que você tenha tido mais horas de sono.

Capítulo dezoito

Após vários dias de muito mais movimento do que esperava, Nina decidiu que estava na hora de começar a contação de histórias. O céu cinzento estava nublado, então nem precisou esperar muito: as famílias logo começaram a lotar a van.

Leu para as crianças a história dos nove príncipes que teciam o céu, e elas ficaram ali sentadas, com o nariz melequento e a boca banguela, completamente absortas. Depois da leitura, Nina vendeu muitos livros, mas, céus, que bagunça terrível as pessoas faziam, sobretudo as que tinham filhos pequenos que gostavam de escalar estantes. Estava com um pano na mão, tentando atender os outros clientes, quando ergueu os olhos e viu a garota outra vez.

Ela tinha um olhar que Nina reconhecia muito bem. Era um olhar de cobiça: uma fome de livros, uma vontade desesperada de pôr as mãos em um daqueles exemplares.

– É você de novo – falou Nina, num tom amigável. – Desse jeito, vou ter que começar a cobrar aluguel. Venha, pode entrar. Venha dar uma olhada.

Meio desajeitada (a postura da garota era horrível), ela subiu os dois pequenos degraus da van. Ao entrar, seu rosto se iluminou. Sua expressão mudou por completo, e a menina abriu um sorriso encantador.

– Legal – disse, tão baixinho que Nina mal escutou.

A garota foi até as prateleiras, fascinada, e correu os dedos pelas lombadas, sorrindo para um ou outro livro, como se fossem velhos amigos.

– Que tipo de livro você está procurando?

– Ah. – A menina olhou para baixo, arrasada. – Na verdade, eu não tenho dinheiro. – Ela pegou um Daniel Clowes que tinha ido parar entre dois de Frank Darabont. – Opa, esse aqui está no lugar errado.

– Obrigada – falou Nina, surpresa.

A menina lhe entregou o livro e continuou a perscrutar as prateleiras como se fosse uma especialista.

– Gosta de livros?

– Sim. Mais do que de qualquer outra coisa. Foi uma droga fecharem a biblioteca. Eu não... Na minha casa não tem nenhum livro.

– Nenhum mesmo?

– Não. Se soubesse o que é um livro, minha mãe venderia. – O tom da garota não era de autocomiseração, parecia que estava apenas esclarecendo um fato.

Nina notou que as roupas dela eram baratas, leves demais para o frio que estava fazendo. Pensativa, ela olhou a bagunça que tinha ficado depois da contação de história.

– Bem, eu até que gostaria de ter uma mãozinha por aqui de vez em quando. Mas não posso pagar muito. – Na verdade, ainda não podia pagar nem o próprio salário, pois não restara nada depois de abastecer e separar dinheiro para os pedidos de novos livros e um sanduíche ou dois. – Uma meia horinha aqui e ali e no final você pode ficar com um livro. O que acha?

O rosto da garota se iluminou.

– Está falando sério?

– Não é um emprego – Nina apressou-se em dizer. – Não quero explorar você nem nada disso. Seria só uma arrumada rápida.

Mas a menina já saiu pondo mãos à obra, arrumando os livros infantis por ordem de tamanho para que os pequenos conseguissem ter fácil acesso às cores mais vivas e às criaturas mais alegres.

– Hã, como você se chama?

– Ainslee. – A menina nem se virou para responder.

– Ótimo, Ainslee, obrigada – agradeceu Nina, e voltou à entrada da van.

Estava vendendo uma coleção inteira de romances de época para uma moça com um labrador imenso, um vestido de tweed e um sotaque muito bizarro. Só quando pegou um talão de cheque imenso – Nina teria avisado que não aceitava cheques, mas a senhora estava levando uma quantidade enorme de livros, além de ser um tanto assustadora – é que Nina descobriu que ela era lady Kinross. E aí não sabia mais para onde olhar.

Quando a mulher foi embora, Ainslee explicou:

– Aquela é a senhora rica que mora no fim da rua. A casa dela tem uns cem quartos. Ela nem entrou em todos eles.

Depois de vinte minutos, Ainslee já tinha arrumado tudo com perfeição e começado a varrer o chão. Nina ficou um pouco desconfortável e insistiu em pagar um café para ela, e depois se pôs a escolher um livro para a garota.

No fim das contas, percebeu qual livro deveria dar, embora fosse muito caro: *Rata de rua*, uma graphic novel escrita por uma jovem sul-americana sobre uma super-heroína do Rio de Janeiro que rouba dos ricaços e distribui aos pobres nas favelas. Era uma história engraçada, vibrante e muito moderna, que fez Ainslee abrir um sorriso radiante. A expressão derrotada e infeliz desaparecera por completo.

– Posso voltar outro dia? – sussurrou ela.

– É claro. Venha no sábado, que é dia de feira.

Ainslee quase tremia de felicidade. Nina notou que a garota guardou o livro com o maior cuidado, bem no fundo da mochila, embaixo de papéis amassados e deveres de casa surrados. Pensou que devia ser para deixá-lo bem longe de olhos curiosos. Ao notar o olhar de Nina, Ainslee ruborizou e logo foi embora. Pensativa, Nina ficou vendo a garota se afastar.

– Preciso mandar uma mensagem para o Marek – disse Nina. – É sério. Não é nenhuma bobagem dessa vez. É trabalho.

– Ah, então vai começar uma megaoperação de contrabando? – perguntou Surinder, que estava gentilmente cuidando da contabilidade em troca da excelente comida da região: peixe fresco, frutas, queijos e vegetais. – Olha, eu não sei se isso é uma boa ideia.

Nina suspirou.

– Mas é que eu não sabia... não esperava um movimento tão grande.

De fato, aonde quer que fosse, em cada feira e em cada mercado que parasse, a Pequena Livraria dos Sonhos logo era invadida pela horda de clientes, pessoas que não tinham uma livraria ou biblioteca perto de casa fazia anos.

– Eu sei – falou Surinder. – Lembra quando você saía do trabalho às quatro da tarde?

– Só às quartas! – protestou Nina. – Não era todo dia. Era um dia só. Aliás, e quando *você* vai voltar para o trabalho?

Surinder deu de ombros.

– Ah, meu banco de horas está lotado.

– Sim, mas achei que você quisesse ir para Las Vegas, Los Angeles ou Miami, algum lugar que combinasse mais com a sua "personalidade fabulosa". E quem disse isso foi você. O que é o oposto de: "Vou passar as férias fazendo contabilidade no interior da Escócia."

– Eu sei, mas...

Surinder ficou um pouco encabulada e olhou para os pés. Estava calçando...

– Você comprou galochas?

Ela tinha mesmo investido em galochas, muito chiques e com estampa floral.

– Porque, sabe, em Las Vegas você não vai ter lugar para usar essas galochas novinhas – provocou Nina.

– E como você sabe disso?

Nina admitiu que a amiga tinha razão, mas estreitou os olhos na direção dela mesmo assim.

– Tem visto o Gordo?

– Não é da sua conta – retorquiu Surinder.

Era um impasse. Nina sabia, por experiência própria, que era melhor mudar de assunto.

– Enfim. Eu estava pensando… – começou, meio nervosa. – O que acha de eu talvez pedir ao Marek...

– Ele vai se dar mal por sua causa – repreendeu Surinder, com uma advertência no olhar.

– Mas é que o Griffin me falou de outra biblioteca que está precisando se livrar do estoque antes de fechar, e eles vão me vender o acervo bem barato. – Nina tinha dado o e-mail de Marek para Griffin, com o objetivo de já adiantar o processo de transportar o estoque, mas ainda não discutira a questão com Marek. – Tem cada vez mais bibliotecas fechando – continuou Nina, melancólica.

– Que triste – falou Surinder.

– Muito!

– Mas você não pode pedir para o Marek correr esse risco! Achei que gostasse dele.

– Da forma como vejo, estou protegendo esses livros – explicou Nina. – Ou melhor, estou libertando-os no mundo, ajudando-os a alçar voo. Entende? É uma causa nobre.

– Mas é contra a lei. E se o Marek estivesse contrabandeando dinamite?

– Livros não são dinamite.

– E *Mein Kampf*?

– Surinder!

– Que foi? É só a minha opinião. Você está querendo pedir a ele que faça algo errado.

– Acho que ele não se importaria.

– Só porque quem vai pedir é você. O que é muito pior.

– Está bem – cedeu Nina. – Talvez você esteja certa.

– Eu sei que estou.

– Mas eu só queria perguntar. Achei que o Marek iria querer fazer.

– É claro que ele vai querer. Mas você não pode lhe pedir uma coisa dessas. Ninoca! Eu sei que agora você é uma mulher de negócios bem-sucedida, mas ouça o que estou dizendo: isso é errado.

Nina hesitou.

– Está bem, está bem. Não vou pedir. Vou tentar pensar em outra solução.

– Ótimo.

– O que vamos fazer hoje à noite?

Surinder desviou o olhar, um pouco tímida.

– Na verdade... na verdade, eu vou sair. Mais ou menos isso. Eu meio que tenho um encontro.

Nina se levantou na mesma hora.

– Mentira! Eu sabia! Não acredito.

– Por quê? É tão difícil acreditar que alguém me chamaria para sair?

– Claro que não, sua boba. Quem é? É o Gordo?

– Não. Na verdade, ele foi uma porta de entrada para outras drogas das Terras Altas. É o Angus. Ou Fergus. Bom, é um desses nomes que terminam em "gus".

– Você não sabe nem qual deles é?

– É o que tem braços bem grossos. Peito largo e viril. Cabelo cacheado, bem espesso.

– Você vai sair com um homem ou com uma árvore? Mas me conte qual foi o problema com o Gordo.

– Ah, nenhum, mas eu estava só aquecendo – explicou Surinder. – Esse é outro, um daqueles bonitinhos do baile. Não consigo entender uma única palavra do que ele diz, incluindo o nome dele, então não importa muito.

– E aonde vocês vão?

– Vamos jantar em um restaurante com estrela Michelin e depois assistir a um musical no West End. Brincadeira! Vamos ao pub, é claro. Aonde mais iríamos?

Surinder foi se arrumar, e Nina sentiu uma pontinha de inveja. Ela normalmente teria ido organizar os livros, mas Ainslee já fizera isso, e, além do mais, o estoque estava bem baixo. Em vez disso, decidiu esquentar uma sopa e reler alguma coisa (qualquer coisa) que se passasse em um colégio interno, o tipo de livro que sempre conseguia animá-la.

– Escute aqui, estou falando sério: não vá ver o Marek. Não quero que se meta em encrenca – recomendou Surinder, ao terminar de se arrumar.

– Eu não ia fazer isso! E você, vê se não se mete em encrenca com um cara QUE NEM SABE COMO SE CHAMA.

– Não foi isso que eu quis dizer. Estou falando da história da entrega. Você pode ter perdido o emprego e dado a volta por cima, mas isso não significa que outras pessoas tenham a mesma facilidade.

– Não se preocupe, não vou fazer nada.

Então, a luz de um farol iluminou a estradinha de cascalho. Um carro enorme se aproximava do chalé.

– Oba! – Surinder estava animada. – É o meu Expresso de Hogwarts!

Deu dois beijinhos na bochecha de Nina e saiu saltitando, enquanto uma silhueta alta descia do SUV para abrir a porta para ela. E lá foram os dois, o carro desaparecendo naquela noite enevoada que não estava nem um pouco escura, embora já fossem oito horas.

Nina tentou ler, mas não conseguia se concentrar. As palavras nadavam diante de seus olhos e ela se distraía toda hora com o balir das ovelhas nos campos, imaginando se seus adorados cordeirinhos estariam entre aqueles animais. Então pensou no estoque baixo da loja, mas não havia nenhum lugar na Escócia que lhe fornecesse a mercadoria certa. Já tinha pesquisado na internet e quase fora ludibriada pelas lindíssimas primeiras edições e pelos manuscritos históricos que estavam à venda em Edimburgo.

Não. Nina sabia muito bem onde havia ótimos livros em boas condições e quase de graça, que seriam uma fonte imediata de alegria e impulsionariam seu negócio. E sabia como consegui-los. Tudo o que precisava fazer era...

Resolveu fazer os típicos biscoitos *shortbread* para tirar o assunto da cabeça. Era só misturar manteiga, açúcar e farinha e pronto: superfáceis e deliciosos. Só que a receita acabou rendendo demais. Ficou olhando os biscoitos ali, à toa, e decidiu guardar alguns em uma bolsa bonita que, por acaso, tinha largado em algum lugar. E em uma caixa de presente que Surinder comprara para ela. Eram só 21h15 e ainda estava claro lá fora. Decidiu apenas fazer uma caminhada. Não iria encontrar maquinista nenhum, pois o trem só passaria dali a algumas horas. Apenas uma caminhada.

Calçou as galochas e foi até as margens do campo. Ficou olhando as turbinas eólicas girando bem devagar e as ovelhas saltitantes perto da cerca, que pulavam e brincavam umas com as outras.

Pegou um punhado de grama e estendeu para uma ovelha meio preguiçosa, que se aproximou e começou a comer calmamente, enquanto os cordeirinhos embaixo dela mamavam sem parar. Era uma cena bucólica, e Nina abriu um sorriso. Então voltou a andar. Depois de passar o dia inteiro sentada na van, um pouco de exercício lhe faria bem. O ar estava um pouco frio, e ela apertou o casaco contra o corpo.

Ficou bastante impressionada ao constatar como queria que a Pequena Livraria dos Sonhos desse certo, agora que vira que a coisa podia acontecer, agora que sabia que havia pessoas que amavam livros tanto quanto ela. Mas como faria para repor o estoque?

Avistou a bolsa na árvore antes mesmo de chegar perto. Estava bem no alto. Se não estivesse procurando especificamente por ela e não soubesse a exata localização da árvore – que estava um pouquinho doente –, nunca teria enxergado a bolsa. Mesmo sem que se desse conta, seus pés haviam lhe conduzido até o cruzamento ferroviário.

Era uma bolsa cinza de algodão penteado e duro, de fundo quadrado, que fora atirada com cuidado por cima de um galho com uma corda para servir de contrapeso. O trem mal teria precisado reduzir a velocidade.

Subiu na árvore com cuidado, lembrando-se do que Lennox dissera, e espiou dentro da bolsa. Estava cheia até a borda de flores silvestres: tojo amarelo-vivo, jacinto-dos-campos e narciso, lírio-do-vale e mosquitinho. Eram lindíssimas. Sem nem pensar no que estava fazendo, amarrou a bolsa com os biscoitos e o livro na ponta do galho. Se o trem passasse devagar, eles conseguiriam pegar sem problemas.

Desceu da árvore. Já estava escurecendo, enfim. Enfiou o rosto na bolsa de flores para sentir o cheiro. Lá no fundo havia bastante lavanda e também o aroma rico e pungente da urze, além do cheiro adocicado e mais delicado do jacinto-dos-campos. Era incrível, e, no caminho inteiro de volta para casa, foi balançando a bolsa para lá e para cá.

Lennox estava sentado em um banco do lado de fora da casa, no lusco-fusco. A princípio, ela não entendeu muito bem o que ele estava fazendo, e o cumprimentou apenas com um aceno de cabeça. O senhorio deu um grunhido como resposta. Ela olhou com mais atenção. Parecia que ele estava... Nina não conseguiu conter o sorriso.

– Ele é a sua cara – comentou ela.

Lennox ergueu o rosto, tirando os olhos do pequeno cordeiro que alimentava com uma mamadeira.

– Você acha que um cordeirinho correndo risco de morte é motivo para risada? – resmungou ele.

Nina revirou os olhos.

– É você que vive me dizendo para acordar para a vida real que acontece na fazenda – rebateu ela. – E o que há de errado com esse pequeno, afinal?

Lennox voltou a olhar para o animal, com uma expressão gentil que lhe era atípica.

– Foi rejeitado pela mãe. Acontece às vezes.

– Por que ela o rejeitou? Teve outro filhotinho?

– Não, foi só ele mesmo. Às vezes eles são rejeitados. Nem todas as mães querem os filhotes.

– Então você o adotou? – perguntou Nina.

Lennox deu de ombros.

– Não, só estou cumprindo o turno da noite, porque os rapazes já foram embora.

– O trabalho de um fazendeiro nunca termina.

Nina estava impressionada de verdade.

– É – falou Lennox. – Nunca termina. E então, foi ver alguém hoje?

Por um único momento, Nina se permitiu pensar nos longos cílios de Marek tocando os malares altos.

– Não. Está cedo demais.

Lennox pôs o cordeirinho no chão e o pequeno saiu correndo para o canil. Ficou claro que estava dormindo com o Salsinha.

– Bom, não para mim. Acho que vou encerrar o expediente. Boa noite.

Assim, Nina seguiu para o celeiro, e mal acordou quando, muito mais tarde, Surinder chegou, mesmo com a amiga bastante embriagada, dando risadas altas e mandando alguém fazer silêncio.

Capítulo dezenove

– Você está com a cabeça nas nuvens – falou Surinder.

Nina a olhou de cara feia.

– Bem, considerando que a sua bunda está na minha cama, eu tenho que olhar para outro lugar.

Em algum momento, as miniférias de Surinder viraram uma licença prolongada. Era uma temporada de clima bom (o que, a julgar pelos casacos que as pessoas carregavam nervosamente para todo lado, era bastante atípico para a Escócia): dias lindíssimos, céu azul límpido com esporádicas nuvens brancas e altas que cortavam o céu como cordeiros a galope.

Nina vinha mantendo sua palavra: não entrara em contato com Marek nem lhe pedira nenhum favor.

Mas os livros chegaram.

Griffin tinha agido por conta própria e combinado com Marek o transporte do estoque da livraria que estava para fechar, acrescentando uma fatura de valor baixo e um bilhete mordaz que dizia para Nina falar com ele caso precisasse de um funcionário, porque estava ficando maluco com as crianças crescidas com quem era obrigado a trabalhar. Ele queria muito voltar a trabalhar com livros em vez de passar o dia tentando impedir os jovens de driblar o sistema de segurança dos computadores para ver pornografia, o que parecia ser um trabalho que demandava bastante tempo.

Nina recebera um e-mail de Jim avisando que Marek deixara os livros junto à linha do trem, e ela foi buscá-los pela manhã.

– Você é uma contrabandista de livros – acusou Surinder. – Isso não está certo. Se a polícia descobrir... E o que acha que vai acontecer quando descobrirem, na empresa do Marek, que ele está parando o trem o tempo todo naquele cruzamento? E se ele perder o emprego? Vai continuar achando graça da situação?

Marek deixara alguma coisa dentro de cada caixa: uma piada, um poema, até mesmo o lindo desenho de um cachorro. E assim Nina passava os dias atendendo os ratos de biblioteca de Lanchish Down ou Felbright Water, Louwithness ou Cardenbie, Braefoot ou Tewkes, Donibristle ou Balwearie – pequenas cidades onde estacionava a van e vendia os romances mais picantes, os policiais mais soturnos e as séries de serial killer japonesas mais recentes e mais horripilantes. Estas, como sempre, iam para as pessoas de aparência mais inofensiva. Nina já tinha aprendido que, quanto mais conservadoras as roupas da pessoa, mais depravada era a ficção de que gostava, e sempre pensava que isso devia ajudar a manter o equilíbrio cósmico. No fim do expediente, desempacotava novos livros.

Também tinha vendido muitos exemplares de *Receitas do vilarejo*, escrito por uma mulher que tinha se mudado para uma ilha minúscula nas Hébridas e não comia nada além das gramíneas locais que conseguisse digerir. Havia muita fervura envolvida, mas, de fato, era possível emagrecer bem rápido. Surinder podia resmungar o quanto quisesse, mas não podia negar que a livraria de Nina estava começando a fazer sucesso.

Ainslee, tímida como sempre, estava abrindo a última caixa quando, de repente, soltou uma exclamação maravilhada.

– O que foi? – quis saber Nina, inclinando-se para ver.

– É uma caixa inteira de *Entre os telhados* – falou Ainslee. – Inteira! Isso vale ouro!

– Não o clássico, imagino...

– Eu nunca... quer dizer, tinha um exemplar na minha antiga escola, mas não deixavam nem encostar nele.

– Ah, meu Deus! Ai, meu Deus, eles com certeza não sabiam o que tinham nas mãos! Se soubessem, teriam vendido.

– Mas não venderam para você? – perguntou Ainslee.

– Eu comprei cem caixas, sem nem olhar, em uma liquidação de estoque de uma biblioteca que estava fechando – explicou Nina. – Nunca sei o que vou encontrar. Mas isso... isso é um tesouro.

Era uma pilha de exemplares de capa dura, primeira edição, do famoso livro sobre três crianças que precisavam atravessar toda a cidade de Londres sem nunca encostar no chão. Tinham capa de couro, dourada e com detalhes em alto-relevo, além de ilustrações lindíssimas.

– Minha nossa! – exclamou Nina, abaixando-se para ver os livros. – E se a gente fechasse as portas e passasse a tarde inteira sentadas aqui dentro, lendo uma para a outra nossos trechos preferidos?

– AINSLEE! – chamou uma voz lá fora.

Ambas se viraram para olhar.

– Quem é?

– Ninguém – respondeu Ainslee, fechando a cara. – Você estava falando em fechar as portas... vamos?

– Não... – respondeu Nina, se adiantando.

– AINSLEE!

– AGORA NÃO, BEN – gritou ela de volta, mais alto do que Nina esperava. – ESTOU OCUPADA. VÁ EMBORA!

Nina desceu a escadinha às pressas. Ali fora estava o menininho mais sujo que já vira na vida. Tinha o cabelo mal cortado, talvez com uma tesoura de cozinha, as bochechas imundas e as unhas pretas.

– Olá – cumprimentou Nina.

O menino, que devia ter uns 8 anos, respondeu apenas com uma cara feia.

– AINSLEE! QUERO CAFÉ DA MANHÃ!

Ainslee também saiu da van, olhando de cara feia para o menino.

– Eu já falei pra você não vir aqui.

– Não tem café da manhã.

– Deixei uns biscoitos pra você no armário da cozinha.

– Eu comi ontem.

– Bom, então a culpa não é minha, não é mesmo?

O menino fechou a cara como se fosse começar a chorar.

– Ele é... seu irmão? – perguntou Nina, sem querer parecer intrometida.

Ainslee tinha passado a vir ajudá-la na livraria toda manhã, antes de ir à escola, e Nina lhe pagava um pequeno valor por dia.

– É, sim – falou Ainslee, pegando com relutância o dinheiro que Nina lhe dera no dia anterior.

– Posso ir na padaria? – perguntou o menino.

– Pode, mas não volte mais aqui.

Nina não falou nada, com medo de dizer a coisa errada, mas não gostava nada daquilo.

– Onde está a sua mãe? – perguntou, com delicadeza.

Ben lançou-lhe um olhar grosseiro.

– Cala a boca – respondeu, e tomou o dinheiro da mão da irmã.

Ainslee voltou a desempacotar livros, a expressão inescrutável e inacessível, como se desafiasse Nina a dizer alguma coisa. Por isso, Nina ficou quieta e se concentrou em atender um de seus clientes habituais, que só lia histórias com cenários pós-apocalípticos. Não interessavam as circunstâncias: apocalipse zumbi, doença ou bomba nuclear; só o que importava para ele era que não restasse quase mais ninguém para atrapalhar a vida dos protagonistas.

Nina deixou o olhar se deter fora da van. O menino ainda estava lá, vagando pela praça de Kirrinfief, que era onde Ainslee morava, comendo um enroladinho de salsicha e olhando para elas. Nina deu um sorriso encorajador. Quando o cliente foi embora, ela voltou a ajudar Ainslee com os lindos exemplares dourados de *Entre os telhados.*

De repente, lá estava o menino outra vez, olhando por cima do ombro da irmã.

– O que é isso?

– Vá embora – sibilou Ainslee. – Já falei pra você não vir aqui.

– Não, pode vir aqui, sim – afirmou Nina, apesar do olhar de repreensão de Ainslee.

– Isso parece chato – declarou Ben.

Mesmo assim, ele não tirava os olhos da capa do livro: as três crianças e Roberto Carta, o pombo de cartola, emoldurados pela abóbada da Catedral de St. Paul.

– Eles estão indo rumo ao Estreito do Galeão... para conhecer a Rainha do Mundo Inferior – comentou Ainslee, em tom sonhador. – Ah, como eu queria desler esse livro para poder ler de novo pela primeira vez...

Nina assentiu enfaticamente.

– Sempre que eu parava de ler, precisava me lembrar que eu não sabia voar.

Ainslee concordou.

– Agora você vai ter um vilarejo inteiro cheio de crianças que ainda não leram o livro.

– Mas todo mundo ainda lê esse livro, não é? – perguntou Nina. – Afinal, de que outra forma eles aprenderiam como é a sensação de voar?

– Gente não voa – debochou Ben.

O menino tinha acabado de tirar do bolso um pacote de batatas chips e estava fazendo uma sujeira danada, largando um monte de farelo no piso da van. Ainslee o olhou de cara feia.

– Nesse livro, as pessoas voam, sim. E é isso que você não entende a respeito da leitura, seu idiota.

– O que é que eu não entendo? Que livro é só um monte de besteiras inventadas?

– Pode pensar desse jeito, se quiser – falou Nina.

Ainda estava tensa com os dedos sujos do menino. Afinal, aqueles livros eram muito valiosos. Ben deu de ombros e desviou o rosto.

– Aposto que é um lixo.

– E que diferença isso faz para você? Ele não quer mais ir para a escola – Ainslee contou a Nina.

– E você não pode obrigá-lo a ir? Nem a sua mãe?

– Rá! Ele nunca nos obedece!

– Ler é pra criancinhas – vociferou Ben, de repente, com as orelhas muito vermelhas. – É tudo bobagem. Não tô nem aí.

Do nada, ele jogou o pacote no chão e foi embora, correndo pela praça. Ainslee suspirou, dando de ombros.

– Ele sempre se comporta assim. Não tem nada que eu possa fazer.

Nina continuou olhando o garoto se afastar.

– Mas por que a escola não ajuda? Isso não está certo.

– A escola já largou de mão – respondeu Ainslee. – Ele não quer ir, e não vai. Minha mãe não liga. A escola também não. Dizem que Ben é uma "má influência". – Sua cabeça pendeu para a frente. Fora um longo discurso para os padrões da garota. – E não tem nenhuma outra escola num raio de uns 10 quilômetros. Acho que ninguém se importa.

– Quer que eu ligue para o serviço social?

Ainslee ficou sobressaltada, com uma expressão horrorizada.

– Não! Não, por favor! Não faça isso! Eles vão nos separar!

– Sabe, hoje em dia os assistentes sociais fazem um trabalho muito bom – afirmou Nina, que já tivera que lidar com alguns deles muitas vezes quando trabalhava na biblioteca. – São gentis e realmente fazem tudo para ajudar. De verdade.

Ainslee balançou a cabeça, lágrimas brotando no canto dos seus olhos.

– Por favor, por favor, não faça isso. Por favor. Está tudo bem com a gente. De verdade. Estamos bem mesmo.

Parecia tão arrasada que Nina nem soube o que fazer.

Então, outra criança entrou na van, mas estava bem-vestida e bem-cuidada, acompanhada da mãe.

– Nossa, olha só! – exclamou a mãe. – Faz anos que eu não vejo esse livro! *Entre os telhados*! Uau! – De repente, o rosto severo da mulher se suavizou. – Eu amava tanto esse livro. Quando lia, sempre achava que podia voar.

A menininha ergueu os olhos para a mãe, curiosa.

– Compra pra mim?

– É claro, fofinha. Vamos ler juntas. Acho que você vai amar!

Ainslee estava com uma expressão empedernida enquanto Nina recebia o pagamento, o máximo que já tinha ganhado por uma única venda.

Capítulo vinte

Com o passar do tempo, os dias foram ganhando um padrão. No fim do dia de trabalho, Nina contava o dinheiro e começava a planejar o que deixaria na árvore para Marek. A coisa tinha evoluído para um flerte escancarado. Havia dias em que queria ser engraçada e outros em que queria manter uma seriedade. Às vezes ela só escrevia o que passava pela sua cabeça, e ele escrevia de volta. Nina percebeu que já fazia muitos anos desde a última vez que havia escrito uma carta – sentando propriamente diante da mesa e passando os pensamentos para o papel em vez de digitá-los por e-mail. Se, por um lado, escrevia mais devagar, por outro, sentia tudo com mais intensidade.

Sempre pensava nos grandes olhos doces de Marek e em como ele demonstrara se preocupar com ela. Ele escrevia de volta, contando sobre as coisas de que tinha saudade em sua terra natal ou episódios engraçados que via pelas janelas das casas das pessoas. Não dominava completamente aquela língua estrangeira e cometia muitos erros ortográficos, mas a maneira como se expressava era adorável e, muitas vezes, peculiar; Nina o entendia muito bem.

Por mais que Surinder insistisse que nada daquilo era real, que ela estava vivendo uma fantasia, Nina não conseguia evitar. Pois, mesmo tendo a companhia de Surinder em casa e mesmo com as pessoas novas que conhecia todos os dias na van, Nina se sentia muito só, uma recém-chegada ali naquele pedacinho verde, sozinha no topo do mundo. Sonhar acordada com Marek ajudava a aquecer o coração. Era um pensamento gostoso que mantinha na mente o dia inteiro, imaginando coisas de que ele gostaria, que o fariam rir, que dariam um embrulho bonito para deixar na árvore.

Um dia foi uma pequena estatueta de urso que encontrou em um mercado e que custara só alguns centavos; depois, um livro sobre arte em madeira que ninguém mais queria comprar; uma miniatura de uísque que ganhara como amostra grátis em uma das cidades da região; uma urze com cheiro pungente. E Marek também deixava coisas para Nina: doces de sua terra natal; um lápis entalhado que ela achava que ele mesmo tinha feito; um bloco de notas feito à mão, que Nina adorou.

Até que, um belo dia, estava caminhando pela estrada que ladeava a pradaria, pensando como poderia ainda estar tão claro às dez e meia da noite, quando resolveu abrir o último bilhete que Marek havia deixado, escrito como se a caneta fosse pequena demais para sua mão enorme.

O bilhete dizia apenas: "Sábado. Não tem trem noturno."

O coração dela começou a bater mais forte no mesmo instante. O flerte delicado e incomum que haviam desenvolvido tinha acabado de se transformar em algo muito mais tangível.

Nina vinha pensando em Marek todas as noites antes de dormir, em seu jeito gentil e exótico, em sua serenidade. E no relacionamento inesperado que tinha florescido entre os dois. Sabia que a árvore do cruzamento, por mais que estivesse doente, era tão importante para ele quanto para ela. Nina achava os bilhetes dele riquíssimos e românticos – cheios de poesia e rompantes esporádicos de sua língua natal –, e guardava todos eles com carinho.

As noites em que Marek não trabalhava ou em que não havia nada na árvore eram só decepção. Aquelas em que Nina chegava à árvore e via uma bolsa balançando ao vento a enchiam de alegria.

Mas agora... um encontro. Estar na presença um do outro mais uma vez. O coração dela batia acelerado só de pensar.

Surinder, é claro, não ficou impressionada.

– E o que vai acontecer? Vão se pegar dentro do trem? E se você ficar coberta de carvão?

Nina engoliu em seco.

– Claro que não. Será só... só uma oportunidade de parar e conversar um pouco, só isso.

Surinder soltou uma risada sarcástica.

– Ah, Suri, qual é! É que... faz tanto tempo...

– Mas e o Ferdie?

– O Ferdie não conta.

Tecnicamente, o último namorado de Nina fora Ferdie, um poeta esquálido que ficara até mais tarde na biblioteca de Birmingham após um evento porque Nina fora a única pessoa disposta a ouvi-lo. Os dois acabaram saindo durante um tempo, embora Ferdie ficasse transtornado se achasse que ela não estava dando a devida atenção à poesia dele, que era decididamente horrível, meio macabra, meio parricida. Por outro lado, isso tinha facilitado bastante o término do relacionamento. Nina só tivera que indicar que não entendera muito bem as metáforas no trabalho mais recente dele, intitulado "Tudo é escuridão (17)", e Ferdie teve um ataque de raiva e declarou que ela era uma filisteia. Tempos depois, Nina soube que ele tinha desistido da poesia, cortado o cabelo e começado a trabalhar em um banco em Aston, mas não sabia se era verdade.

– Bem, para alguém que não conta, ele passou tempo demais rondando a minha cozinha – provocou Surinder.

– Mas não foi um relacionamento de verdade, né? Assim como o Damien, na faculdade.

– Sim, você terminou com ele porque disse que queria conquistar o mundo, sair por aí fazendo várias coisas diferentes e então foi para o seu quarto e passou os oito anos seguintes lendo.

– É, bem, isso mesmo. E agora estou aqui, e tudo é emocionante e cheio de possibilidades! E não é você que sempre me aconselha a sair por aí e fazer coisas diferentes?

– Sim, mas não com um sujeito que conheceu num trem.

– E por que não? As pessoas se conhecem nos lugares mais variados. Você conheceu o cara do nome que termina em "gus" em um celeiro!

– É, mas depois nós dois saímos e nos conhecemos melhor.

– Você usou o meu refúgio escocês para transar!

– Isso é se conhecer melhor! Não ficamos no mundo da lua, deixando poesia na copa das árvores e nos comportando como gente doida em uma história para adolescentes.

– Mas o objetivo todo é esse. Nós vamos nos conhecer melhor. E ter um tempo para conversar.

– E por que ele não vem aqui durante o dia, em um horário decente? – perguntou Surinder. Como Nina não soube o que responder, ela prosseguiu:

– Está vendo? É porque Marek está tão fascinado com essa história toda quanto você. Essa vida fantasiosa dos dois na qual ele vive mandando flores bonitas, o que Marek pode continuar fazendo por quanto tempo quiser, porque está tudo na cabeça de vocês. Até deve ser divertido e tudo mais, mas não é coisa de um relacionamento de verdade. Assim como ficar se encontrando à meia-noite em um galpão à beira da estrada.

– Não é um galpão. É um cruzamento. É... romântico.

Surinder suspirou, impaciente.

– Então faça bom proveito. O cara do nome que termina em "gus" vai vir aqui mais tarde e nós vamos fazer um jantarzinho, já que não tem nenhum lugar para se pedir comida por aqui, e ver um filme.

– Ué, por acaso você se mudou para cá? E trouxe o cara do nome que termina em "gus" a tiracolo?

– Estou de férias – retrucou Surinder, no mesmo tom de voz severo que usava todas as manhãs quando alguém do escritório ligava para perguntar se ela por acaso cogitava voltar ao trabalho em algum momento.

– E quando é que você vai descobrir como o nome dele começa? – indagou Nina.

– Não acho que seja uma questão relevante a essa altura do campeonato.

– Bom, talvez convenha aprender o nome dele antes do casamento.

Estavam chegando ao auge do verão. Embora um casaco ainda fosse necessário assim que o sol se punha, os campos viviam em estado de graça. Havia flores silvestres, colheitas amadurecendo; as ervas daninhas, que ficaram encharcadas durante o longo inverno, tinham crescido e se transformado em mato alto, brotando abundantes em cada sebe e cada espacinho que surgisse. Era uma verdadeira orgia de flores e cores, e tudo parecia saltar aos olhos.

Era assim que a própria Nina se sentia: após um longo inverno, também estava pronta para florescer, despindo-se com orgulho das antigas roupas – a camada protetora de livros, as meias de fio grosso e a expressão cabisbaixa. Estava tão ansiosa que não conseguia se concentrar em nada. E também estava irritada com Surinder. A amiga não vivia dizendo que Nina precisava viver mais e parar de se enfurnar em casa? Pois bem, lá estava ela.

Vivendo mais. Saindo de casa. E era uma vida vibrante, não um jantarzinho com filme em casa. Não ficar o tempo todo ouvindo um cara reclamar que Birmingham quase não tinha oportunidades para poetas e que ninguém o entendia. Uma vida com muitas flores, com poesia *de verdade*, com sentimentos profundos e verdadeiros – era nisso tudo que ela acreditava. O trem noturno a esperava.

Capítulo vinte e um

Fazia um calor atípico. Nina estava muito confortável sentada em uma cerca, curtindo o rumorejar do riacho que se fundia aos demais sons da floresta à noite. Sentia-se como se estivesse em um dos mágicos e bucólicos livros de Enid Blyton.

Fechou os olhos com força e projetou seu desejo para fora, os lábios desenhando um leve sorriso, o coração batendo forte no peito, o bosque vivo à sua volta. E quando acordou do que, na verdade, fora quase um sonho, logo viu os faróis do imenso trem a distância, com os eixos rangedores e as rodas pesadas.

Conforme o trem reduzia a velocidade, a palpitação de Nina aumentava. Conferiu pela última vez: maquiagem em ordem, calcinha combinando com o sutiã... Era meio estranho o fato de ter vindo tão preparada. Por outro lado, bom... estava indo para um encontro. Por mais que fosse um tanto peculiar, encontro é encontro e ponto final. Havia chegado a hora. Nina não estava lendo sobre um momento mágico em um livro, estava vivendo. Secou as mãos na saia. Era uma saia evasê meio anos 1950, com um cinto, e ela usava uma blusa simples e um cardigã por cima.

O trem reduziu ainda mais, o rangido cada vez maior nos trilhos, os freios emitindo aquele cheiro estranho e forte de amianto de que Nina nunca gostara até a fatídica noite em que conhecera Marek. Por fim, o trem estremeceu uma última vez antes de parar. Parecia que estava exalando, bem devagar.

Então, pareceu que a noite e o ar pararam de repente, e Nina sentiu a adrenalina percorrer seu corpo. Levou a mão à boca. O trem ficou em absoluto silêncio. Ninguém veio.

De tanto aprender os padrões dos turnos, já sabia que Jim não estaria no trem, só Marek. Não haveria trem noturno. Nem cronograma apertado, pelo menos não tão apertado. Só os dois no meio das Terras Altas, sozinhos.

A porta da cabine se abriu silenciosamente, e Nina deu um passo adiante. Depois outro. Estava um pouco ofegante, sentia um misto de nervosismo e entusiasmo.

Marek não saiu, e ela teve um momento repentino de pânico, achando que ele talvez não estivesse lá. Talvez fosse outra pessoa, que viera explicar a Nina como era perigoso ficar brincando nos trilhos do trem...

Ninguém ainda. Tomando coragem, passou pelas cancelas fechadas. Nunca havia mais ninguém de noite, e é claro que justo naquela noite tampouco apareceria alguém. Seria o maior azar do mundo. Mas, como sempre, as estradas estavam quietas e todos os fazendeiros e trabalhadores da região estariam dormindo o sono dos justos em suas camas.

Nina chegou mais perto da locomotiva, concentrando-se em dar passos pequenos. Então parou diante da porta, erguendo o olhar.

Lá estava Marek, encostado no umbral da cabine. Havia certa hesitação em seus olhos caídos e escuros; os cabelos negros estavam revoltos como sempre. Quando a viu, ele abriu um imenso sorriso.

– Eu não... não tinha certeza se você viria – falou ele, piscando forte.

Parecia admirado de vê-la ali, como se Nina tivesse acabado de sair de um sonho.

– Você me convidou – disse Nina.

– Sim.

Os dois se entreolharam por mais um instante. E então, em meio à quietude da noite profunda, Marek estendeu a mão bem devagar para ajudá-la a subir, e Nina a aceitou.

No espaço confinado da cabine, nenhum dos dois sabia muito bem o que dizer ou fazer.

– Eu trouxe... trouxe um piquenique – contou Marek, um pouco nervoso.

Nina sorriu. Não trouxera nada, sabendo que enfim o veria.

– Que ótimo! – exclamou. – Mas temos tempo?

Marek deu de ombros.

– Eu acho... acho que ela vai ficar bem. – Deu duas palmadinhas afetuosas no painel. – Você vai ficar bem, garota. Avisei o controle que vou fazer uma parada técnica. Tudo bem também.

– Uau. Fantástico.

Desceram outra vez do trem e encontraram um trecho de grama macia, com o grande trem às suas costas escondendo a paisagem e protegendo-os do vento. Marek estendeu um cobertor com certa cerimônia e os dois se sentaram.

– Uau – repetiu Nina, sorrindo. – Um piquenique à meia-noite.

Marek abriu solenemente um cesto de vime, de onde tirou comidas que Nina nunca comera antes: bolinhos de carne, um tipo de panqueca e picles. Experimentou algumas coisas, incluindo rabanetes bem frescos e ácidos. Ele também tirou uma garrafinha de champanhe com um canudinho. Nina soltou uma exclamação de surpresa.

– Não posso beber no trem – explicou Marek, numa voz tímida. – Mas pensei que você pode querer...

Ele estourou a garrafa com cuidado, e ela riu do gesto tão bobo e tão maravilhoso. Ele bebeu um golinho e franziu o nariz, e depois insistiu para que Nina experimentasse mais alguma coisa das caixinhas que trouxera. Ela achou tudo maravilhoso, e os dois ficaram conversando despreocupadamente.

Após comer, ambos ficaram em silêncio, e Nina se concentrou nas mãos grandes, fortes e calejadas de Marek, cobertas por pelos escuros. Pensou nos bilhetinhos, nos poemas, na abundância de flores silvestres. De repente, ele estava muito perto, e ela se perguntou o que aconteceria se apenas estendesse a mão e pegasse a dele...

Olhou para Marek. Ele também a encarava, com um ar sonhador e esperançoso nos olhos escuros. Tentava aparentar tranquilidade, mas estava claro que não era assim que ele se sentia. A energia que Marek emanava era intensa e, de repente, atraente de uma forma avassaladora. Quase sem querer, Nina deixou a mão se aproximar da dele.

Então ele também se aproximou, e logo cobriu a mão dela com sua mão grande, acariciando-a. Devagarinho, Nina foi se aproximando dele, e Marek a pegou pela cintura, guiando-a para cada vez mais perto até que Nina estivesse quase em seu colo. Em seguida, voltou o rosto dela para o seu, com sua boca macia e os imensos olhos escuros, e de repente os dois já estavam se beijando. Quando deu por si, Nina percebeu que estava vivendo o momento que passara tanto tempo imaginando e fantasiando. Esse foi seu último pensamento antes de ser tomada pelos braços fortes de Marek e se perder por completo. Com o corpo colado no dele, os lábios unidos, o restante do mundo apenas desapareceu.

Contudo, em um momento repentino e surpreendente, um farol alto surgiu no topo da colina, e o rugido de um carro foi se aproximando do cruzamento. Ao ver as cancelas fechadas, o motorista desceu a mão na buzina. Nina e Marek se afastaram de um salto, ambos assustados e ofegantes. Nina olhou para o veículo. A voz que saiu dele era alta, familiar e cortante naquela paisagem silenciosa.

– O que diabo está acontecendo? Tira essa porcaria de trem daí!

Marek se levantou e foi até a cancela, onde Lennox estava parado diante de seu Land Rover com uma expressão furiosa.

– Desculpe, estamos fazendo reparos...

– TIRA ESSE MALDITO TREM DA MINHA FRENTE!

Nina surgiu ao lado de Marek. Lennox bufou, exasperado.

– Ah, eu devia ter adivinhado que você estaria envolvida nessa palhaçada. Que porcaria é essa?

– Por que está tão irritado? – perguntou Nina, impávida. – Estamos no meio da noite. Aonde vai com tanta pressa? – Foi então que reparou que Lennox estava com uma ovelha nos braços. Havia sangue em seu casaco. – O que aconteceu? – indagou, horrorizada.

– Cão vadio – murmurou Lennox. – Desgraçados. Devem ter deixado o cachorro solto. Eu devia ter dado um tiro nele, isso sim.

– Você seria capaz de atirar em um cachorro?

– Se estivesse importunando as minhas ovelhas, sim. Tira essa porcaria de trem daí.

Marek já tinha pulado para dentro da cabine e ligado o motor. Olhou para Nina com desespero nos olhos.

– Vem comigo – falou ele.

Nina o encarou. Sentiu o olhar furioso de Lennox. Estava dividida. Havia súplica nos grandes olhos escuros de Marek. Nos de Lennox, só uma crescente impaciência.

– Eu... eu não posso – respondeu ela.

Marek piscou algumas vezes e então assentiu. Os dois se encararam por um bom tempo.

– E eu tenho que...

– Eu sei – disse Nina, sem desviar o olhar.

Dava para sentir Lennox fervilhando de frustração ao lado dela quando o trem começou a se mexer, muito devagar.

De repente, sem nem se dar conta do que fazia e surpreendendo até a si mesma, Nina correu em direção aos degraus, ficou de pé no passadiço e, tomando Marek de surpresa, beijou-o intensamente pela janela do trem, acariciando o rosto dele. A boca de Marek era macia e cálida, e tudo o que ela queria era ficar ali com ele, mas sabia que não podia. Assim, Marek tirou a mão do dispositivo de segurança que reduzia a velocidade do trem e Nina saltou de volta para o chão.

Lennox tinha voltado para dentro do Land Rover e estava olhando o trem ganhar velocidade, as rodas girando cada vez mais rápido. Depois que o cruzamento ficou livre, ele olhou com desdém para Nina e abriu a porta do carro.

Nina acabou correndo em direção a Lennox.

– Não posso levar você – falou, irritado. – Estou indo no Kyle, o médico que cuida de animais, lembra?

Nina notou o grande corte no flanco da ovelha, e o animal gania de dor.

– Ah, pobrezinha – comentou ela. – Posso segurá-la?

– Não – respondeu Lennox, curto e grosso. – Você não precisa voltar para a linha do trem para ser atropelada?

– Por que você é tão grosso comigo o tempo todo?

– Porque estou tentando salvar a vida de um animal. Se isso atrapalha a sua vida amorosa ridícula, eu sinto muito.

– Qual é a necessidade disso? – indagou Nina, lívida de raiva. – Você é meu senhorio, não um policial.

Lennox ligou o motor do carro com raiva.

– Se você fica por aí parando trens ao seu bel-prazer no meio da madrugada para fazer só Deus sabe o que em público, então eu acho que tenho o direito de emitir a minha opinião.

Os faróis do Land Rover iluminavam os restos do piquenique, a garrafa de champanhe tristemente abandonada na grama úmida. Os dois encararam a cena.

Lennox voltou-se uma última vez para Nina, que tremia de fúria e frio na noite.

– Você sabe alguma coisa sobre esse cara? – perguntou ele. – Porque eu conheço esses homens que viajam para muito longe, trabalhando nos cargos mais penosos e longos. E é sempre... é sempre pela família que eles fazem isso.

E assim, com um solavanco, o carro se foi, deixando para trás uma Nina furiosa e sozinha.

Nina ficou olhando as luzes vermelhas desaparecendo a distância. Aquele velho maldito, rancoroso, horrível e divorciado. Como se atrevia? Nada daquilo era da conta de Lennox! E ele não sabia de nada!

Tudo bem que ela nunca tinha perguntando nada a Marek sobre a vida dele, mas fora tão lindo e delicioso se deixar arrebatar pelo romance daquela história... Marek nunca falava sobre a Letônia, então Nina nunca perguntava. Simples assim. Ela não queria... não queria pensar que em algum lugar, em uma planície gélida e nevada, em uma pequena aldeia ou em um conjunto habitacional soviético, poderia haver uma família esperando por ele. Pessoas que contavam com ele.

Tinha acabado de dar meia-volta a fim de retornar para o vilarejo, pisando forte, quando o Land Rover voltou e a porta se abriu.

– Então, embora ele seja capaz de largar você aqui sozinha no escuro, eu não consigo.

– Estou ótima.

– Sim, mas você acha que não tem problema nenhum subir em árvores doentes e ficar de bobeira na linha do trem, então me desculpe, mas não confio no seu julgamento.

Lennox a levou para casa às pressas, em silêncio, e depois partiu outra vez, com a ovelha ainda no colo. Nina nem agradeceu direito.

Nina não conseguia dormir. Não parava de se lembrar dos lábios de Marek colados nos seus. Sua linda boca macia, suas grandes mãos firmes. Sabia que havia um poeta ali. Tinha certeza. Eles podiam não se comunicar muito, mas ela sabia que conseguia sentir quem ele era por dentro. Não conseguia?

Por volta de quatro da manhã, viu os faróis do Land Rover iluminarem o teto da casa, anunciando que Lennox estava de volta, mas isso só a deixou mais irritada. Ouviu um balido suave quando a porta do carro se abriu, seguido de um murmúrio gentil, e ficou mais possessa ainda ao lembrar que ele sabia ser paciente, amável e gentil desde que você tivesse quatro patas.

Ainda estava aborrecida duas horas depois, quando ouviu as galinhas cacarejando na hora em que Lennox saiu para trabalhar, e percebeu que não tinha dormido nada. Os ombros estavam tensos e retraídos, e se sentia mais estressada do que nos tempos em que morava na cidade. Forçou-se a se levantar e passou um tempão embaixo do chuveiro, mas isso só a deixou com mais vontade de voltar para a cama. Mas não podia. Tinha um trabalho a fazer. Aquela era sua vida agora.

Surinder ainda dormia como um bebê no sofá enquanto Nina se virava com a máquina de café caríssima na cozinha, e não acordou quando ela atravessou a sala pisando firme para sair. Lá fora, o tempo se recusava a refletir seu humor cinzento, e o sol brilhava com uma intensidade bastante atípica. Nina piscou várias vezes, incomodada. Pela primeira vez desde que chegara, pôs os óculos escuros.

Capítulo vinte e dois

O livro dos furiosos. Nina quase riu ao ver o título, porque era exatamente daquilo que estava precisando: um tomo imenso cheio de histórias de vingança, desde a aplicação de prata derretida nos olhos de um ladrão até a criação de uma frota pirata.

"Não estou nem aí", pensou. "Não estou nem aí para ele." Mas queria ver Marek de novo, beijá-lo ao luar mais uma vez.

Suspirou e olhou o relógio. Edwin e Hugh estavam atravessando a praça e logo se sentaram para tomar uma cerveja ao sol. Nina acenou, e os dois acenaram de volta, alegres, perguntando se ela não queria se juntar a eles. Nina não sabia como explicar que não podia beber porque a) teria que dirigir a van, b) ainda eram oito e pouca da manhã. No entanto, sabia o que os dois queriam de verdade, e pegou a mais recente e labiríntica saga indiana. Hugh tinha tomado gosto por aqueles livros. Na verdade, era a forma que ela encontrava de agradecer por tudo o que Edwin e Hugh tinham feito, pela ajuda na compra da van. Hugh sempre insistia em pagar, e Nina, que sempre tirava de antemão a etiqueta de preço, comprimia os lábios e dizia: "Olha, Hugh, esse aqui custa 1,50." Ele fazia cara de desgosto, e ela oferecia um desconto ainda maior, que Hugh sempre recusava de forma galante. Então os dois sempre pagavam uma pechincha pelos livros, e Nina sempre agradecia. Logo, todos saíam felizes.

Àquela hora do dia, Ainslee costumava chegar de fininho. Todo santo dia, Nina a recebia com satisfação e um sorriso amistoso, mas a garota ainda agia como se fosse indesejada, e se esgueirava pelos cantos até chegar à van, quase como se estivesse tentando se esconder. Mas, naquela manhã, ainda não havia chegado.

Outra pessoa apareceu. Uma pessoinha ensebada e malcriada, de short, camiseta surrada e joelhos cheios de casca de ferida. O irmão mais novo de Ainslee.

– Ben?

O menino fungou. Havia catarro seco ao redor do seu nariz e escorrido na camiseta imunda. Ele foi na direção de Nina de forma desafiadora.

– Ainslee não vai *vim* hoje.

– Por que não?

– Ela... sei lá.

Nina franziu o cenho.

– Tem a ver com a escola?

– Aham.

– Ela está nervosa com as provas de conclusão do ensino médio?

Ben balançou a cabeça.

– Não. Disseram que ela não vai poder fazer as provas. Então ela tá toda triste e tal. Não sei por quê. Prova é uma droga.

Nina olhou ao redor. O mercado ainda não estava muito cheio. Por causa de seu mau humor, acabara levantando cedo demais depois da noite mal-dormida. Bocejou. Só havia uns senhores passeando com o cachorro e umas mulheres examinando as hortaliças.

– Por que Ainslee não vai poder fazer as provas? Isso é terrível. Ela é uma menina tão inteligente.

Ben deu de ombros.

– Sei lá.

Nina hesitou, indecisa.

– Está bem – falou, por fim, lembrando-se da reação apavorada de Ainslee quando ela tentara descobrir alguma coisa sobre sua vida. – Está bem. Muito obrigada por ter vindo me avisar.

Ben foi ficando por ali. Nina notou que o menino olhava para dentro da van, para os pufes vermelhos e amarelos. Ela esperou um pouco.

– Quer entrar?

– Nem.

Silêncio.

– Ok – disse Nina.

Mesmo assim, Ben não parecia muito inclinado a ir embora.

– Acho que vou sentar aqui fora, nesse degrau – comentou Nina, com delicadeza. – Aproveitar o sol. E talvez ler um pouco.

Ben fungou.

– Hum – fez ele.

Nina estava prestes a perguntar se o menino não tinha que ir para a escola, mas depois imaginou que ele devia ouvir essa cobrança o tempo inteiro, então não falou nada. Em vez disso, pegou um exemplar de *Entre os telhados* – tinha vendido todos, menos dois, incluindo aquele, que ficaria para ela – e foi se sentar no degrau, lembrando a sensação que sempre tinha ao ler aquele livro quando criança: a certeza absoluta de que era só encontrar o pombo mágico, usar a Catedral de St. Paul como referencial e não esquecer que "Sorte no norte, teste no oeste, azul no sul e sempre teremos o leste", e tudo sempre acabaria bem no final.

– "Sempre teremos o leste" – narrou ela, em voz alta, olhando com atenção para Ben.

O menino ainda estava com um olhar de indiferença, mas não tinha se afastado.

Hattie, uma mulher do vilarejo que tinha quatro filhos com menos de 5 anos e que fazia, de vez em quando, uma convincente cara de "me mate, por favor" se aproximou.

– Céus! Hoje você chegou cedo! – comentou Hattie, alegre.

– Você também – observou Nina.

– Está brincando? São quase oito e meia, já faz quatro horas que estou de pé. Para mim, já é quase hora do almoço... Euan! Para com isso! Deixa o cachorro em paz! Tildie! Tildie!

No carrinho, os gêmeos soltaram um urro cacofônico. Hattie estava sempre coberta por uma camada de farelos, e aquele dia não era exceção.

– Vai ter contação de história agora?

Hattie estava sempre tentando convencer Nina a fazer uma sessão de contação de história que envolvesse deixar as crianças ali sozinhas, mas Nina se recusava terminantemente, murmurando "Segurança em primeiro lugar" como se fosse um feitiço de proteção, até que um dia Hattie respondera, triste: "Bom, eu não me incomodaria se você perdesse *um* deles, sabe? Tenho filhos de sobra", e rira com certo tom de desespero na voz.

Nina olhou para ela e afirmou:

– Posso contar uma história, mas você precisa ficar aqui.

– Me dá só um descansinho? É só o que eu peço. Só um descansinho de nada, umas férias de míseras 48 horas em Nova York?

– Queria muito que isso estivesse ao alcance dos poderes mágicos literários – falou Nina. – Na verdade, o que eu posso fazer é recomendar um romance água com açúcar bem opulento, se quiser. Pode ajudar.

– Sim! – exclamou Hattie. – Lerei durante o meu tempo livre, uns dois segundos por dia. Que costuma ser só o tempo que eles levam para descobrir que me tranquei no banheiro.

Nina voltou a se sentar e começou a ler *Entre os telhados* em voz alta. Os gêmeos se aquietaram no mesmo instante – não por serem capazes de acompanhar a história, mas porque a cadência tranquila de alguém lendo uma história sempre exercia um efeito transformador em bebês. Griffin tinha uma teoria de que as crianças haviam sido moldadas pela seleção natural a ouvir histórias, porque isso impedia que saíssem vagando pelas florestas, onde seriam comidas por mamutes cabeludos.

E assim, enquanto as três crianças da história se viam trancadas no alto do prédio em que moravam, após subir os mil degraus, Nina notou que o mal-ajambrado Ben vinha se aproximando cada vez mais, até que estava sentado bem na frente dela, de pernas cruzadas.

Ao fim do capítulo, Nina fechou o livro, para lamento de todos, sobretudo de Hattie.

– Eu amo esse livro – comentou ela. – Obrigada. Dez minutos de paz e tranquilidade. Acho que foi o meu recorde da década.

Nina sorriu. As crianças começaram a pedir mais.

– Ah, ótimo! – exclamou Hattie. – A padaria abriu. Vou lá arranjar uns doces para essas crianças. Quando elas estiverem todas lambuzadas, vai ser hora do banho. Isso vai me levar até nove e meia da manhã. Só para saber, a título de curiosidade, que horas já é aceitável abrir o vinho do jantar? Não, melhor: e o vinho do almoço?

– Até mais tarde – falou Nina, sorrindo enquanto tirava o livro, com muita paciência, das mãozinhas grudentas das crianças.

– Eu quero um. Vou levar – pediu Hattie.

Depois disso, só restaria um único exemplar. Nina olhou bem para Hattie.

– Eu preciso desse livro – acrescentou a mulher.

– Está bem – cedeu Nina, vendendo o exemplar já com certo arrependimento.

Ficou observando a família se afastar fazendo barulho, algum bebê chorando.

– Mas o que acontece depois? – perguntou uma voz fininha aos pés dela. – O que mais?

Nina olhou para baixo.

– Ah, várias coisas acontecem – respondeu.

Ben fez bico.

– Eu quero saber. Tem filme?

– Tem, sim. Mas é muito ruim.

– Por que é muito ruim?

– Na verdade, a culpa nem é do filme – explicou Nina. – Mas quando a gente assiste a um filme, sente que está vendo o que acontece. Sabe como é?

Ben assentiu.

– Isso é uma coisa. Mas ao ler um livro, a gente sente que está vivendo *dentro* dele.

– Que nem em jogo de computador?

– Não, não é que nem em jogo de computador. Jogos são legais, mas, no fim das contas, você continua vendo coisas na tela e apertando botões. Ler é *existir* na história.

Ben franziu os olhos, pensando.

– É como estar lá de verdade?

– É como estar lá de verdade. Você se conecta direto ao cérebro do escritor. Só você e ele. Você vivencia o que ele vivencia.

Ben ficou apenas olhando para Nina durante um tempo, depois arrastou os pés no calçamento. Fez-se uma longa pausa.

– Parece que nem é ruim.

Sentindo que precisava de mais café, Nina foi buscar a garrafa térmica. Na volta, trouxe *Vamos caçar urso* e perguntou a Ben:

– Quer dar uma olhadinha?

Ben olhou de esguelha para a praça, para conferir se ninguém estava olhando para ele e se não havia nenhum menino por ali, e depois deu de ombros.

– Tá bem.

– Ora, então venha se sentar aqui.

O dois ficaram sentados nos degraus, aproveitando o sol da manhã. Aos poucos, com muito esforço e muita reclamação de Ben, leram o livro até o fim.

Ao terminar, os dois se levantaram. Parecia que Ben estava prestes a agradecer.

– Aonde você vai agora? – perguntou Nina, com muito cuidado. – Vai voltar para casa?

Ben deu de ombros.

– Talvez.

Ah, céus. Nina pensou mais uma vez que o melhor a fazer seria chamar o serviço social. Ou falar com alguém. Mas Ainslee tinha implorado...

– Sabe, você podia ir para a escola – falou ela, da maneira mais delicada que pôde, como se Ben fosse um bichinho tímido capaz de fugir a qualquer momento. – Sabe... pode ser legal.

– As crianças são más comigo – confessou Ben. – Elas me chamam de sujismundo.

Não dava para negar que o menino estava sempre imundo. Nina suspirou. Daria um dinheirinho extra a Ainslee, sugerindo que ela comprasse uma camiseta nova para o irmão.

– Você poderia se limpar ali no café – sugeriu. – Sei que eles deixariam. E depois poderia ir para a escola. É só ignorar as outras crianças. Quem liga para elas?

– Eu odeio a escola – reclamou Ben. – É só um lugar idiota com gente dizendo coisas idiotas e mandando você comer verduras.

– É, eu sei.

Ficou olhando enquanto o menino atravessava a praça – ele entrou mesmo no café –, e logo outro freguês apareceu. O fazendeiro McNab vinha uma vez por semana para comprar uns quatro faroestes espaciais – ainda bem que havia muitos nas caixas de Nina, porque era um subgênero bem limitado, sem muita previsão de novos lançamentos. Tentou indicar livros de faroeste de verdade ou óperas espaciais, mas ele não queria saber de nada daquilo. Por isso, tinha mandado um e-mail para Griffin e estava varrendo a internet desesperadamente em busca de qualquer livro que tivesse um caubói de capacete espacial na capa. Quando terminou de conversar com o Sr. McNab sobre como se domava um cavalo marciano (resposta: usando rédeas de nêutrons), tinha perdido Ben de vista.

Ficou preocupada a manhã inteira, enquanto atendia uma longa fila de clientes, muitos dos quais já haviam se tornado habitués, para a felicidade de Nina.

– Isso tudo é culpa sua – acusou a Sra. Gardiner, brandindo um calhamaço de livro, uma saga sobre uma mulher nativo-americana que voltava no tempo magicamente e ia parar na corte do rei Henrique VIII, que logo tentava transformá-la em sua sétima esposa; era uma trama arrebatadora. – Você me viciou nesses troços!

– Que ótimo – respondeu Nina, mas ainda estava pensando em Ben quando Surinder apareceu para irem almoçar.

– A sua sorte... – começou Surinder, vendo Nina lutar contra as pálpebras pesadas.

Estavam no pequeno jardim do pub, comendo *cullen skink*, uma sopa cremosa feita de peixe que tinha virado a obsessão das duas, acompanhada de pão rústico. O salmão defumado da região era tão diferente da coisa oleosa, borrachuda e cara que Nina costumava comprar muito de vez em quando em Birmingham que quase chegava a ser uma comida completamente diferente.

Pegando sol e com meio copo de michelada na sua frente, Nina sentia o mau humor começando a se dissipar.

– Qual é a minha sorte? – perguntou. – Porque não estou me sentindo muito sortuda hoje.

– A sua sorte é que pode encerrar o expediente por hoje, não é? – falou Surinder. – Já vendeu bastante. Pode ir para casa tirar uma soneca.

Nina nem tinha pensado nisso. Trabalhava o dia inteiro, talvez por hábito – sem mencionar que não conseguia fechar a loja enquanto houvesse a mais remota chance de fazer uma última venda. Depois de tantos anos trabalhando na rede pública de bibliotecas, estava surpresa ao notar que tinha, afinal, muito interesse nos aspectos administrativos de seu pequeno negócio: tentar estratégias diferentes, fazer controle de estoque e, é claro, encontrar o livro certo para cada pessoa. Era a mesma alegria que sempre sentira como bibliotecária, mas, de certa forma, o sentimento se intensificava por saber que as pessoas poderiam ficar com os livros para sempre.

– Até parece – comentou Nina.

– Ué, e por que não? Já não fez o suficiente por hoje?

De cenho franzido, Nina explicou tudo sobre Ainslee e Ben.

– Ai, meu Deus. Se eu fosse você, denunciava.

– Mas Ainslee me implorou que não fizesse isso.

– É, mas você não sabe o que acontece naquela casa – rebateu Surinder. – Pode ser algo muito, muito horrível. Pode ter um padrasto perverso fazendo coisas impensáveis. Ela pode estar sofrendo de síndrome de Estocolmo ou algo assim. As crianças são esquisitas quando se trata dos pais. Elas os defendem a todo custo, mesmo que o lar seja completamente disfuncional.

– É verdade.

– Então, ontem à noite... – começou Surinder, e deixou a frase pairar no ar.

– Argh – gemeu Nina, deixando a cabeça pender para a frente. – Ai, meu DEUS.

E contou tudo a Surinder.

– Hum – fez a amiga. – Bem, o Lennox até pode estar certo. Quer dizer, é verdade. Por que Marek não convidou você para fazer um programa normal?

– Lennox é um babaca que gosta de julgar a vida alheia.

– Ou o Marek está mesmo enviando todo o dinheiro para a família. – Como Nina não respondeu, Surinder prosseguiu: – Ah, Nina, por favor, né? O que esperava que fosse acontecer? Achou que o Marek fosse apenas arrebatar você nos seus braços fortes e másculos?

Nina continuava sem querer responder.

– Achou que ele fosse pegar você de jeito ali mesmo, no chão da cabine do trem? – continuou Surinder.

– Qual é a necessidade de ser tão explícita?

– Ah, mas era isso mesmo que você estava pensando!

– Já faz séculos, Surinder! SÉCULOS!

A amiga riu, balançando a cabeça.

– Suas fantasias estão saindo do controle.

Nina sentiu o rosto ruborizar.

– Eu sei.

– Quer dizer, nada disso é de verdade, não é mesmo?

– Não – retrucou, lembrando-se dos lábios macios dele, do olhar de surpresa em seu rosto. – É de verdade, sim. Tudo o que eu quero é um pouco de romance na minha vida. Qual o problema?

Surinder deu de ombros.

– Tem romance de sobra aqui. Essa cidade tem cinco homens para cada mulher. Tem milhares de sujeitos para você escolher. Só você mesmo para se apaixonar pelo único que passa por aqui no meio da noite e não pode parar. Isso não tem nada a ver com Marek. A questão aqui é você.

Nina sentiu o rosto assumir uma expressão desafiadora.

– Rá! – exclamou Surinder. – Você gosta de bancar a fraquinha, mas por dentro é turrona como uma mula.

– Por dentro, todo mundo é diferente do que parece – argumentou Nina.

– Eu não sou – rebateu Surinder, e Nina foi obrigada a admitir que talvez a amiga estivesse certa.

– Escuta – falou Surinder, em um tom que fez com que Nina levantasse a cabeça. Já quase podia adivinhar as palavras seguintes. – Então. Eu preciso voltar. Dessa vez eles vão me demitir de verdade se eu ficar mais tempo aqui.

As duas tinham saído do pub e estavam voltando para a van. De repente, Nina se sentiu tomada pela exaustão e estacou no meio da rua.

– Não! – protestou. – Tem mesmo que ir?

– Hã, desde que cheguei aqui, só comi torrada e peguei no seu pé. – Essa observação tinha um grande fundo de verdade. – Preciso voltar ao trabalho. Além do mais, estou me sentindo culpada de ficar aqui de pernas para o ar enquanto você se empenha tanto na livraria.

– Foi maravilhoso ter você aqui. Mas e o cara do nome que termina em "gus"?

Surinder abriu um sorrisinho.

– Bem, é bom saber que ele vai continuar aqui. Mas também é bom saber que eu fiz isso, sabe? Que eu consegui atrair um cara de quem eu realmente gostei, para variar um pouco.

Estavam chegando ao topo da colina, e avistaram a fazenda lá embaixo, com as antigas paredes de pedra pintadas de dourado pelo sol.

– Vou sentir saudade daqui, de verdade – acrescentou Surinder. – Sabe, você é muito sortuda.

– Acha mesmo?

– Acho, sim – respondeu Surinder. – Acho que você conseguiu descobrir o que fazer na vida e o lugar onde fazer. E a maior parte das pessoas não dá essa sorte. Nem de longe.

– Mas me sinto tão sozinha aqui…

– Todo dia você faz novos amigos – argumentou Surinder. – Mas vê se me faz o favor de não ficar apostando em homens fantasiosos, está bem? Vá conhecer uns de carne e osso. Não é como se isso estivesse em falta por aqui.

Nesse momento, viram Lennox atravessando o campo, não muito longe dali.

– Você até poderia tentar se entender com o seu senhorio gato – sugeriu Surinder.

– Ele não é gato! – protestou Nina.

– Vejamos: 1,90 metro, cabelos ondulados, um corpo fino e esguio do jeito que eu sei que você gosta, músculos definidos, olhos azuis, maxilar de Super-Homem... – Surinder ia ticando nos dedos enquanto enumerava as qualidades dele. – Salva filhotinhos, anda por aí com passos másculos, tem um celeiro chique. Não, é verdade, não tem nada de gato nesse cara.

– Ele não é gato porque é um babaca – explicou Nina.

– Bem, aquele menino de quem você gostava na escola também – lembrou Surinder.

– Em primeiro lugar, eu era muito nova, e em segundo lugar, ele está preso hoje em dia!

– Isso só mostra que estou certa.

De volta à casa, Nina ficou olhando Surinder fazer as malas. No fim das contas, não conseguiu se conter:

– Você... o Marek também vai te dar uma carona de volta?

– Vá tirar a sua soneca! E não, eu não vou pedir nada a ele, porque eu, ao contrário de certas pessoas, sei quando é melhor deixar um assunto de lado. Vou pegar um avião em Inverness.

– “Invernish” – disse Nina, distraída, corrigindo a amiga. Um grupo de habitantes daquela cidade tinha passado na livraria um dia e comprado toneladas de ficção comercial, e Nina havia aprendido a maneira certa de pronunciar. – Quer uma carona?

Ouviu-se uma buzina no pátio. Era o cara do nome que terminava em "gus". Surinder saiu correndo e saltou no colo dele, envolvendo a cintura do rapaz com as pernas enquanto ele a beijava profundamente. Nina não conseguiu evitar um suspiro. Aquilo era tudo o que ela queria. Só um romance fofo. Alguém que ficasse feliz ao vê-la. Por que esse alguém não podia ser Marek?

– Não vá embora! – pedia o rapaz de nome que terminava em "gus".

– Vá me visitar em Birmingham – sugeriu Surinder, jogando a mala no banco de trás do SUV dele.

– Ah, não sei, não... não me dou bem em cidades – respondeu ele. – Nunca posso levar o meu cachorro.

– Pela cidade inteira? – perguntou Surinder.

– Pela cidade inteira. E também mal dá para andar. Tem gente demais no caminho o tempo todo.

Os dois se beijaram outra vez, e Nina foi até os pombinhos para se despedir.

– Manda essa garota voltar – pediu ele a Nina, com as sardas mais vivas do que nunca depois de passar tanto tempo no sol. – Logo! E para ficar!

– Como se ela ouvisse algum dos meus conselhos – falou Nina, sorrindo.

– Hã, e como se você ouvisse os meus – retrucou Surinder, inclinando-se pela janela para fora do carro. Pegou no braço de Nina. – Seu lugar é aqui. De verdade. Acho que esse é mesmo o seu lar.

– Então isso quer dizer que é para eu nunca mais aparecer na sua porta? – brincou Nina, com um sorriso.

– Nossa, meu Deus, não, você precisa aparecer lá o mais rápido possível. Eu ainda não consegui me livrar de TODOS AQUELES MALDITOS LIVROS!

Capítulo vinte e três

As férias de verão significavam grandes volumes de livros infantis, calhamaços de romances de verão e também uma boa quantidade de ficção mais séria, pois as pessoas sempre tentavam arranjar tempo para leituras que vinham adiando por anos. Nina se viu envolvida com uma pilha de clássicos.

Enquanto percorria as cidadezinhas, todos vinham contar a ela para onde iam viajar nas férias e o que estavam pensando em ler, e Nina sempre tinha uma recomendação. Tanta gente perguntou se ela ia ao festival de verão que Nina quase cogitou ir. Também tinha ligado para o serviço social para falar de Ainslee e Ben – sentindo-se culpada e péssima –, e eles só haviam lamentado e dito que colocariam as crianças na lista, mas que estavam tão sobrecarregados que ainda levaria um tempo para avaliarem o caso dos dois. Nina tentara perguntar a Ainslee sobre as provas, de forma discreta, mas a expressão de adolescente emburrada voltou na mesma hora, e a menina passou os quatro dias seguintes sem aparecer. Nina não queria nem pensar no risco de Ainslee perder também a livraria, então decidiu não dizer mais nada, só dava à garota o máximo de dinheiro possível.

A própria Nina também tinha outras coisas em que pensar. Mais especificamente, um bilhetinho deixado em uma linda caixa de madeira entalhada que encontrara em um dos galhos da velha árvore e que dizia apenas "Venha, por favor".

Estava dividida. Não queria deixar de ver os clientes regulares e perder os dias com mais movimento. Por outro lado, queria mesmo visitar sua antiga casa, ver se algo tinha mudado e descobrir se por acaso se sentiria diferente, e é claro que também queria ver Surinder. No vilarejo, todos sempre perguntavam por ela. Estava claro que a amiga tinha causado uma impressão e tanto. O cara do nome que terminava em "gus" vivia saudoso e amuado pelos cantos, comprando uma tonelada de livros sobre lobos solitários que afogavam as mágoas resolvendo crimes pelas estradas da vida. Além disso, Griffin avisara de um leilão que ia acontecer em Birmingham para vender o estoque de uma biblioteca, e Nina enfim se sentia corajosa o suficiente para fazer uma viagem longa com a van.

No entanto, mais do que qualquer outra coisa, queria ver Marek de novo. Queria tanto! Não conseguia pensar em nada além disso.

Então, se forçou a ir fundo. Pensou em avisar Lennox que passaria alguns dias fora, mas fazia um tempo que não o via, então decidiu que não tinha muita necessidade disso – não que ele fosse dar a mínima, aliás. Mas deu um osso para Salsinha, para que o cão soubesse que ela ia sentir saudade.

Voltar à cidade grande era muito estranho. Nina percebeu que tinha se habituado ao fato de que todos no vilarejo a conheciam pelo nome e sabiam tudo sobre sua vida e a livraria. A velocidade com que isso ocorrera fora, ao mesmo tempo, surpreendente e comovente. Era muito agradável ser cumprimentada com familiaridade no correio e no banco, além de poder ajudar as pessoas um pouquinho aqui, um pouquinho ali.

Logo depois de dar um abraço forte em Nina, Surinder franziu o cenho e começou a reclamar:

– É horrível aqui. Está quente demais, e úmido demais, e qualquer quadradinho de grama está sempre ocupado por homens gordos expondo os braços gordos em camisetas regatas e vestidos como bebezões. Calças corsário! Sandálias! Dedões do pé cabeludos! É nojento. Estou MORRENDO de saudade da Escócia. Pelo menos lá se dorme bem à noite.

– Aqui tem um cheiro esquisito – comentou Nina. – Será que eu nunca tinha percebido isso?

– Ah, sim, também reparei – respondeu Surinder. – Assim que voltei. É cheiro de lixeira, comida podre e ar parado.

As duas caminhavam pela rua. O asfalto estava grudento e brilhava ao sol. Fazia muito calor e o ar estava abafado. Havia várias pessoas sentadas nos degraus na frente de casa, sem muito propósito. O bar da esquina estava apinhado de gente bebendo nas mesas externas, gritando e falando muito alto. Tudo parecia entupido, quente e cheio demais. Nina fez uma careta.

– Acho que não estou mais acostumada a ver tanta gente. Há pessoas demais aqui.

– É, eu sei, eu sei – falou Surinder. – Será que você pode ir lá na minha empresa e mandar eles abrirem uma filial em Kirrinfief, por favor? Acho que é meio longe para eu continuar trabalhando aqui e ir morar lá.

Nina sorriu.

– Sim, é exatamente disso que a gente precisa lá, mais coisas com cara de cidade grande – brincou ela. – Por que não se muda para Perth?

– Ah, não rola – respondeu Surinder, suspirando, e seu tom de voz mudou. – Não tenho a sua coragem, Nina. Não conseguiria jogar tudo para o alto e recomeçar a vida em outro lugar, como você fez. E a minha mãe?

– Mas eu fiz o que fiz porque você me encorajou.

– É, mas eu não achei que você ia mesmo fazer isso! Era só um artifício para conseguir ter o meu corredor livre de novo.

Do outro lado do bar apinhado, Griffin acenava para elas. Estava estranho sem a barba e vestia uma camiseta ridícula com a foto de um guaxinim. Para piorar, usava uma touca frouxa muito esquisita.

– Griffin?

Ele veio até as duas com três garrafas de sidra na mão e deu um abraço em cada uma.

– Ai, graças a Deus. Duas adultas. Graças a meu bom Deus.

– E aí, o que conta de novo?

Ainda segurando os cotovelos de Nina, Griffin se afastou para poder observá-la.

– Não, eu quero saber o que *você* conta de novo. Está tão diferente!

– Não estou, não. Quer dizer, tirando o fato de que agora quase não pego sol.

Griffin balançou a cabeça.

– Não, não é isso. Você... você está com o rosto mais viçoso.

– Está dizendo que eu engordei?

– Não! Mas é que está parecendo mais... robusta.

– Vai à merda, Griffin.

– Não, não foi o que eu quis dizer. Acho que você está mais... forte. Mais substancial. Menos diáfana.

– Pare de falar de mim como se eu fosse uma foto em *De volta para o futuro*!

– Não sei o que estou dizendo. Apenas me ignore. O trabalho está acabando com a minha mente. Só o que eu quero dizer, de coração, é que você está muito bem. Melhor do que muito bem.

E, pelo jeito como a olhava, Nina soube que era sincero.

– Você também – disse ela, embora Griffin estivesse com uma aparência meio boba.

Era óbvio que ele estava tentando se enturmar com a equipe jovem e descolada. Tinha até furado as orelhas.

– Como está o trabalho?

Griffin franziu o nariz e tomou um longo gole da bebida.

– Ah, não quero nem falar nisso. Estou muito feliz em te ver, mas se começar a falar sobre a sua vida maravilhosa com horário de trabalho flexível e sobre viver passeando pelos lindos campos em sua livraria fofa, aí eu vou ter que cometer suicídio.

– Está bem – falou Nina. – Minha vida é horrível.

– Não é, não – contestou Griffin. – Surinder já me falou tudo. Ela disse que é lindo e maravilhoso tudo lá e que pretende voltar assim que tiver uns dias de férias.

– Ou se eu conseguir arrumar uma licença médica – acrescentou Surinder.

– Por que você não vai me visitar também? – Nina sugeriu a ele.

– Ah, não. Eu não suportaria se o lugar for legal. Não mesmo. Pego no trabalho todo dia às sete da manhã e já começo a atacar a papelada que o RH me manda, depois preciso ir às reuniões sobre controle de desenvolvimento, em seguida volto para consertar os computadores que quebraram porque eles quebram todos os dias, depois tenho que ensinar velhinhos de 90 anos a usar esses computadores porque todas as agências bancárias da região fecharam e eles não têm mais onde pagar as contas. Parece que toda uma geração foi lançada em um mundo incompreensível onde nada faz sentido para eles, então ou aprendem a usar o teclado ou vão morrer de fome.

Ele bebeu mais um grande gole de sidra e prosseguiu:

– Lembra como era ótimo quando as crianças iam à biblioteca?

– Você odiava quando tinha criança! – protestou Nina. – Ficava reclamando que elas deixavam seus preciosos volumes do Frank Miller cheios de marcas de dedo.

– É, eu dizia mesmo que odiava – concordou ele.

– Não, você odiava *de verdade*!

– Bom, comparado ao que eu vivo hoje, era um paraíso. Era ótimo. As pessoas sempre vinham porque queriam trocar livros ou contar histórias ou mostrar alguma coisa de que gostavam. Agora elas só vêm porque estão desesperadas. São pessoas isoladas do mundo porque não têm internet ou porque perderam os benefícios e não estão conseguindo pôr comida na mesa, e não tem mais ninguém que se importe com elas. Só o que o mundo faz é mais e mais feridas na carne dessas pessoas. Além de bibliotecário, agora sou suporte de TI com pitadas de psicólogo, terapeuta contra vício e assistente social. Para piorar, todo dia um funcionário de 19 anos da minha equipe se tranca no banheiro para chorar porque não atingiu a autorrealização.

Nina se calou. Não sabia o que dizer.

– Você devia ir para a Escócia – sugeriu Surinder.

– Você também! – devolveu Griffin. – Mas nós dois não somos tão descolados quanto a Nina.

Nina não era nada descolada, mas achou que não seria de bom tom fazer essa observação. Foram para a área externa do pub. Perto do muro, uma briga estava prestes a estourar, e no meio da comoção havia uma garota com apliques muito loiros no cabelo, animadíssima por fazer parte daquilo tudo.

Em um dos cantos havia um grupinho escandaloso de adolescentes que não paravam de falar ao mesmo tempo, sem nunca ouvir uns aos outros. Todos pareciam hostis e ansiosos. As pessoas se empurravam e se acotovelavam para chegar ao balcão do bar. Nina percebeu que se sentia tensa. Sua frequência cardíaca estava elevada e se sentia assoberbada pela enorme quantidade de gente à sua volta, pelo cheiro de escapamento de carro, pelas buzinas altas, pelo bater dos copos e pelos gritos estridentes. Enfim, por tudo o que envolvia uma movimentada noite de sexta-feira na cidade em pleno verão.

Pensou em como a noite terminaria – mulheres carregando os saltos na mão, muitos gritos nas ruas, sirenes de ambulância para todo lado – e se perguntou, de maneira bastante egoísta, quando Surinder iria querer ir embora.

No fim das contas, nem precisou esperar muito. Griffin ficou bêbado e emotivo e parecia prestes a irromper em lágrimas quando, de repente, um grupinho de jovens barulhentos e risonhos entrou no bar. Por acaso, um deles trabalhava com Griffin e gritou o nome dele.

Griffin se transformou no mesmo instante. Ficou todo alegre e faceiro e começou a falar expressões como "isso é top" e "sextou". Surinder e Nina se entreolharam e, em acordo tático, saíram à francesa.

Voltaram para casa juntas, caminhando devagar pela noite abafada que já estava bastante escura.

– A essa hora, ainda estaria claro lá... – Nina percebeu que estava prestes a dizer "lá em casa". – Lá no norte – apressou-se em corrigir.

Passaram por dois gatos brigando, e alguém em um andar alto de um prédio mandou, aos berros, que os bichos calassem a boca. No prédio ao lado, alguém ouvia música eletrônica muito alto. Alguém também mandou, aos berros, que todos calassem a boca. Um carro com a capota arriada e música altíssima passou a toda pela rua. As duas garotas apenas olharam. Os ocupantes do carro gargalhavam alto e gritaram provocações para as moças de uma despedida de solteira que vinham pela calçada na direção oposta.

Surinder suspirou.

– E aí? Está morrendo de vontade de voltar para cá?

Nina balançou a cabeça.

– Vou encher a van com tudo o que ainda resta e acabou para mim. Eu acho... acho que não tenho mais o que fazer aqui. Comprei uma boa quantidade de exemplares no leilão.

Surinder assentiu.

– Eu não... não sei por quê, quando fui lá te visitar, achei que fosse encontrar uma congelante terra de ninguém. Achei que fosse chegar lá e nós duas ficaríamos rindo juntas dos homens de saia, perguntando o que são *haggis* e cantando músicas dos Proclaimers.

– Ah, eu adoro os Proclaimers! – protestou Nina.

– Meu Deus, você virou mesmo nativa! Que absurdo!

– Mas é uma banda ótima, de verdade.

Mas estava claro que Surinder ainda não tinha terminado.

– Só que não... Lá não tem nada a ver com isso – falou ela, devagar, enquanto um helicóptero da polícia sobrevoava baixo, enchendo a noite de luz e barulho. – Lá no norte... lá é muito especial. É um lugar bom para o coração. Quer dizer, não tem como não ficar tocada. Todos aqueles campos, e o sol que nunca se põe, as pessoas cuidando umas das outras.

– Bom, não temos escolha – observou Nina. – O pronto-socorro mais próximo fica a uns 100 quilômetros.

– Lá no norte parece que dá para respirar fundo de verdade, e parece que os problemas e as preocupações do dia a dia já não importam tanto. Parece que dá tempo de pensar de verdade na vida e o que se quer fazer dela, em vez de só passar o tempo todo correndo de casa para o trabalho, para os pubs, para os encontros, para a academia, para fazer coisas irrelevantes.

– Não esqueça os homens gatos – disse Nina, sorrindo.

– Tem isso também – falou Surinder, sorrindo. – Mas só se você gosta de pessoas com sardas. O que é o meu caso.

– Volte comigo. Tenho espaço de sobra em casa.

Surinder fez que "não" com a cabeça, e as duas chegaram ao portão da casinha geminada. Alguém tinha deixado em cima do muro baixo um saco de cocô amarrado com muito cuidado. As amigas só olharam, suspirando.

– Falando nisso, já marcou um encontro com o seu moreno dos olhos misteriosos?

Nina deu de ombros, mas ficou ansiosa ao pensar nisso.

– Deixei um bilhete para ele. Espero conseguir vê-lo amanhã à noite. – Tirou o celular da bolsa. – Estou esperando que Marek entre em contato comigo usando meios mais modernos.

Surinder deu um sorriso brincalhão.

– Rá! Isso é a sua cara. Você desaprendeu a lidar com coisas mais modernas que um papiro.

– Não é bem isso – retrucou Nina, embora tivesse sido bem difícil se desvencilhar da troca de mensagens no lugar secreto e do recanto romântico e idílico da árvore. – Além do mais, ele não me mandou nenhuma mensagem.

– Acho bem possível que ele tenha mandado e que você é que não saiba mais mexer com essas novas tecnologias.

Nina fez uma careta e pediu:

– Venha morar comigo, vai...

– Não dá. Sou covarde. Não posso abandonar meu trabalho, não posso largar o financiamento da casa e tudo mais. Além disso, o que eu ia fazer lá? Não basta ser um gênio da administração, sabe?

– Tenho certeza que você vai achar alguma coisa.

– E se eu não achar? Aí eu ficaria presa a um trabalho horrível e ganharia uma mixaria. Eu já odeio meu trabalho atual, mas pelo menos ganho bem. Quanto você está ganhando?

Nina estremeceu.

– É, eu sei, não muito...

– Não mesmo – afirmou Surinder. – Desse jeito, nunca vai conseguir comprar uma casa, nem viajar, nem trocar de carro.

– Eu tenho a van!

– Tá, pode ser. Mas você ama o que faz. E é boa nisso. Eu não teria o mesmo privilégio.

Surinder encarou o quadradinho coberto de ervas daninhas que fazia as vezes de quintal, com os escapamentos de carro rugindo na rua.

– Quer um chá?

Nina havia implorado pela ajuda dos amigos fiéis e, mais uma vez, eles se dispuseram a atender seu pedido com muita boa vontade. Na manhã seguinte, Griffin apareceu com uma cara de quem estava com uma ressaca terrível. Parecia um pouco envergonhado e, como as duas repararam, vestia a mesma camiseta da noite anterior. O que acontecera fora que ele dormira com uma das jovens que estavam com o grupo, e se sentia meio constrangido, meio inacreditavelmente orgulhoso de si mesmo. Nina ficou em parte repreensiva, em parte contente pelo amigo, por ele estar parecendo mais animado.

– Mas agora eu não sei mais como entrar em contato com ela – falou Griffin, fingindo certo constrangimento enquanto Nina pedia um café da manhã reforçado para todos. – Tipo, é no Tinder, é mensagem de texto, é o quê?

Nina se lembrou de que ainda não tinha recebido nenhuma mensagem de Marek. Talvez ele tivesse mudado de ideia. Talvez já a tivesse esquecido. Ou pensasse que a coisa já fora longe demais. Tentou conter os dedos nervosos, que ficavam voltando ao celular a cada dois segundos.

– Tira uma foto da sua xícara de café e manda por direct para ela no Instagram – sugeriu Surinder. – Até a garota vai conseguir interpretar essa mensagem.

Griffin pareceu convencido.

– Vou fazer isso.

A casa de leilões era um lugar velho e úmido, nos arcos que ficavam abaixo de uma estação de trem abandonada.

O homenzarrão encarregado dos negócios deu uma grunhida e assentiu quando Nina lhe mostrou a papelada. Lá dentro havia grandes pilhas de livros que vieram da liquidação total de uma casa. Eram caixas e mais caixas. Nina teria preferido parar ali mesmo e avaliar o estoque, mas não tinha tempo. Precisava voltar logo ao trabalho. Contudo, depois de Griffin ter comentado, chegara a dar uma olhada na lista de itens pela internet antes mesmo de dar o lance, e o lote atendia perfeitamente às necessidades dela. Muitos compradores de livros usados procuravam primeiras edições raras, mas Nina queria exemplares em boas condições de livros contemporâneos, e aquela coleção em específico não desapontava: toneladas de ficção e não ficção que haviam pertencido a um leitor cuidadoso, que não era de esgarçar a lombada. Tinha dado sorte, sem dúvida.

Continuava fazendo um calor úmido, e o asfalto quase derretia nas avenidas. Era estranho sair sem casaco. Já fazia tanto tempo que isso não acontecia que sentia como se estivesse faltando alguma coisa.

Antes mesmo de vê-lo, Nina sentiu a presença atrás de si, como se fosse um arrepio na nuca. Enquanto Surinder e Griffin implicavam um com o outro alegremente na escuridão dos arcos, Nina virou a cabeça. Primeiro ele era só uma silhueta escura se aproximando devagar pela rua, mas foi ganhando definição aos poucos, e ela se empertigou.

– Marek?

Ele abriu aquele sorriso fácil de filhote de cachorro e abriu os braços.

– Estou aqui.

– Mas como você...?

– Sua amiga Surinder. Ela disse que você vai precisar de ajuda hoje. Ela me achou. – A voz dele ficou mais suave. – Sempre que Nina precisa de ajuda, eu estou lá.

Nina olhou para ele por um instante. Lembrou-se de beijá-lo, da maciez de seus lábios fartos, do desejo de chegar ainda mais perto de seu corpo robusto de urso. Percebeu que estava ruborizando.

– É tão bom ver você...

Marek se inclinou para beijá-la, mas os dois se desencontraram, e ele acabou dando um beijo suave na orelha dela, o que não foi muito ideal. E então Griffin e Surinder vieram se juntar a eles, ao sol. Surinder cumprimentou Marek com um tapinha nas costas e Griffin falou com ele com certa suspeita na voz. Se Nina estivesse prestando atenção, isso a teria ajudado a perceber que, a despeito de qualquer mocinha que estivesse conhecendo nos bares, Griffin continuava bastante interessado em saber com quem ela estava saindo.

– Como vai o Jim? – perguntou Nina.

Marek apenas deu de ombros e sorriu enquanto os quatro carregavam grandes caixas cheias de livros para a van, que já estava cheia dos livros que haviam tirado da casa de Surinder mais cedo.

Nina ficou muito entusiasmada ao ver o que havia dentro das caixas, notando por alto vários volumes de histórias infantis com papel de seda protegendo as páginas e detalhes em dourado na capa, além de todos aqueles livros de capa dura novos em folha. Pela condição dos exemplares, parecia que o dono ou a dona, quem quer que fosse, apenas comprava tudo o que queria e depois pensava se leria ou não. Nina ficou imaginando como seria ter tanto dinheiro assim, poder comprar todos os livros que quisesse sem se preocupar.

De vez em quando, ficava com vontade de largar o que estava fazendo para começar a ler um ou outro exemplar sem mais delongas, mas conseguiu se controlar até que a maior parte do trabalho tivesse terminado. A viagem de volta para a Escócia, carregada de tantos livros, seria como um trabalho de caminhoneiro de longas distâncias, mas, quando chegasse, ficaria bem abastecida por meses.

Em seguida, foram a um pequeno parque e encontraram, com certa dificuldade, um lugar livre para sentar – após limpar o lixo e as bitucas de cigarro deixados por outras pessoas – e comer o sorvete comprado em um trailer parado à entrada, que tinha o volume do rádio altíssimo para chamar atenção. Havia homens sem camisa para todo lado, e o espaço estava tão disputado que Nina chegou a sentir o cheiro da loção pós-barba deles. O sol castigava a cabeça, e ela ficou torcendo para que começasse a soprar pelo menos uma brisa leve.

Griffin estava deitado de bruços, trocando mensagens com a menina nova e rindo histericamente, mais alto do que o necessário, na opinião de Nina. Pouco depois, levantou-se de um salto, fingindo aborrecimento.

– Desculpe, pessoal, mas tenho que ir. O dever chama, sabe como é... – disse ele, de forma sugestiva.

Os três responderam com um sorriso amarelo. Então Surinder se virou para Nina e perguntou:

– Ainda tem sua chave? – Quando Nina assentiu, ela continuou: – Então eu não vou ficar aqui segurando vela. Até mais tarde. MAS NÃO MUITO TARDE.

Nina deu um beijinho na bochecha dela e ficou olhando a amiga se afastar, caminhando de forma graciosa pela multidão e pelas grandes pilhas de lixo que enchiam qualquer parque em um dia agradável de verão, enquanto o sol começava a se pôr no céu. Sentiu o coração batendo mais forte e se voltou para Marek, que estava com a cabeça baixa, sem olhar para ela. A nuca dele estava ruborizada. O silêncio reinava.

– Hã – começou Nina, enfim, sentindo a necessidade de quebrar o silêncio. – Como... como você está?

Marek se virou para ela, com certa profundidade nos olhos escuros.

– Nina, venha andar comigo.

Nina se levantou. Dava para notar que Marek estava tão nervoso quanto ela, mas isso não a deixava mais tranquila, nem um pouco. Caminharam pelo parque, cujas sombras já se alongavam ao sol poente, saíram pelo portão e seguiram na direção do canal. Os barcos estreitos típicos da região flutuavam de um lado para outro sob os últimos raios de sol do dia. Havia várias pessoas passeando com cachorros, a área externa dos bares e restaurantes estava apinhada de clientes falando alto e os pedestres pareciam mais preocupados em gritar ao celular do que prestar atenção aonde iam – ou seja, era uma típica tardinha de um dia quente de verão na cidade.

Mas Nina estava muito concentrada na mão de Marek, que pendia ao lado do corpo, com vontade de segurá-la. Parecia estranho que os dois estivessem ali, juntos, à luz do dia, como um homem e uma mulher em um encontro normal. Nina deu uma olhadinha para ele de soslaio. Marek fez o mesmo, e ela sorriu de volta.

– Por aqui – sussurrou ele.

Seguiu-o, surpresa. Saíram da rua principal e continuaram por uma ruazinha. Nina começou a ficar um pouco nervosa, mas Marek estava sorrindo, e ela se sentiu mais tranquila. E depois ofegou quando descobriu que a rua terminava em uma graciosa pracinha quadrada com um belo jardim. Ela nunca tinha passado por ali. Na verdade, não haveria nenhum jeito de encontrar aquele lugar por acaso, a não ser que você já soubesse de sua existência. Tinha uma cerca baixa e, sob um caramanchão, um pequeno portão com uma placa que dizia "Jardim Comunitário de Craighart" na caligrafia de várias crianças diferentes, decorada com borboletas e flores.

Dentro do cercado havia uma horta com repolhos e cenouras. Uma avó e seus dois netos cavavam novos canteiros na terra, e o ar da tarde carregava o som doce de suas vozes, mas, além deles, havia poucas pessoas por ali. Abelhinhas sobrevoavam lá e cá, e era possível sentir o cheiro de madressilva madura de um arbusto que alguém plantara em um jardim nas laterais.

– Ah! – exclamou Nina, surpresa. – Nem sabia que isso existia! Que lugar incrível! Tão lindo!

– Assim como você.

Marek a puxou para um canto mais reservado, longe de onde a família estava trabalhando. Nina olhou no fundo de seus olhos escuros. Aquela estava sendo a tarde mais agradável de todas.

– Ah, Nina... – disse ele, pegando a mão dela. – Desde que eu vim para esse país... era tão longe e tudo era tão estranho... E aí eu conheci você, e você é tão meiga e doce e inteligente, minha Nina. E eu adoro receber suas mensagens e mandar coisas pra você.

Ela foi se aproximando. Marek prosseguiu:

– Eu quase... Eu divido um quarto com muitos outros homens. É muito ruim. Trabalho a noite toda e não consigo dormir de dia porque não tem calma, e eu vivo triste e sinto tanta, mas tanta saudade do meu país, e morro de saudade do meu garotinho. A vida aqui é muito dura, ninguém é legal comigo, e tudo é tão caro, e, Nina, você não imagina como me ajudou... Você fez tanto por mim...

Marek a puxou para mais perto. Nina, no entanto, estava petrificada. Puxou a mão de volta, como se tivesse levado uma mordida.

– Você tem um filho? – perguntou ela, pensando, no mesmo momento, na cara arrogante do desgraçado do Lennox quando sugerira essa possibilidade.

– Ah, sim – confirmou Marek, suspirando, claramente alheio ao tom de alerta na voz dela. – Eu mostro foto.

– E ele mora com a mãe?

Nina ainda tentava se agarrar à possibilidade de que Marek fosse divorciado, separado ou algo do gênero. Isso era normal, não? Marek pegou uma carteira muito velha e gasta.

– Aqui – disse ele, tirando uma foto.

O menininho era a cara de Marek, sem tirar nem pôr, com grandes olhos doces emoldurados por longos cílios escuros. Ao lado dele estava uma bela garota esbelta e loira, com um sorriso tímido.

– Quem são eles? – Nina sentia o coração batendo forte no peito.

– Bom, esse é meu filho, Aras. – Marek estava à beira das lágrimas. – E essa é Bronia.

Nina franziu os olhos para a foto.

– Sua esposa?

– Não, não, não... namorada. É a mãe do Aras. Ela mora com a minha mãe.

Por um instante, o olhar de Marek foi tomado pela tristeza.

– Então vocês ainda estão juntos?

Ele pareceu confuso.

– Como assim?

– Vocês são um casal?

– Sim. Mas eu trabalho aqui por um ano. Tão longe de casa. E eu me sinto sozinho, Nina. Tão sozinho. E aí eu conheci você e de repente... é como o sol saindo! E eu tenho alguém pra conversar e trocar carta e pensar...

– Mas você fala sempre com a sua família?

– Sim. Ligo pra lá todo dia. Mas o que dizer? Eu ganho o dinheiro. Eu estou triste. Eles estão tristes. Minha mãe e minha namorada brigam muito. Aras vai fazendo as coisas e eu não estou lá. Ele aprende a falar e eu não estou lá. Eu ligo pra lá e todo mundo tá triste e com raiva de mim, e estou lá no meu quarto com todos aqueles homens e ouvindo a família dizer: "Ah, Marek, você vive saindo à noite", "Você está sempre nos bares", "Você só se diverte", "Ah, Marek, estamos presos aqui e precisamos de mais dinheiro"... – A voz dele foi morrendo. – É muito difícil, Nina.

Nina engoliu em seco. Suas emoções tinham dado uma guinada de 180 graus. A raiva se transformara em perplexidade e depois em uma imensa piedade.

– Mas você não sabia... não pensou que talvez eu não quisesse me envolver com um homem que tivesse uma namorada e um filho? Você tem uma família, Marek. Como eu poderia entrar no meio disso tudo?

Marek deu de ombros.

– Sei lá. Aqui talvez é diferente? As coisas são diferentes aqui? – A voz dele estava repleta de esperança.

Nina balançou a cabeça, quase às lágrimas.

– Não. Não tão diferentes assim. Eu não poderia... Não sou esse tipo de...

– Mas eu não pensei isso de você! – argumentou ele. – Nunca pensei! Você sempre foi especial para mim, Nina! Muito especial! Não como as outras garotas!

Marek estava com o rosto vermelho, a carteira ainda aberta na mão. Sob a copa frondosa da árvore, Nina tocou o braço dele com delicadeza.

– Ah, Marek…

Ele passou um bom tempo olhando para ela, e a esperança em seus olhos foi se esvaindo aos poucos.

– Desculpa. Desculpa mesmo. Eu não devia ter pensado...

– Ah, não – falou Nina, tentando não chorar. – Não. Tudo bem. Está tudo bem, de verdade.

Marek olhava para ela.

– Quando você me beijou no trem... eu fiquei tão feliz!

Nina balançou a cabeça, dizendo:

– Acho que você precisa ir para casa, Marek. Vá tentar ser feliz. Em casa.

– Só quando eu tiver mais dinheiro. Quando puder cuidar da minha família direito, arranjar um bom emprego, ter mais qualificação... Eu tenho que fazer o que é certo. Tenho que ser um homem bom.

Nina o puxou e deu um abraço delicado nele.

– Eu acho que você já é um homem bom – afirmou ela. – E acho que vai dar tudo certo.

– Não sou homem bom – rebateu Marek, com tristeza.

– Mas pense no Aras. – Pense em como seu filho precisa de você, como precisa conviver com você.

– Eu sei. E logo eu vou poder conduzir trem na Letônia também, aí vou poder ir para casa...

Os dois recomeçaram a andar, sem rumo, passando pela senhora que brincava com os netos e voltando às ruas barulhentas e imundas.

– Mas vou sentir saudade – acrescentou ele. – Não daqui. Birmingham não vai dar saudade. Os homens no quarto e... não. Nada disso aqui. Mas vou sentir saudade da Escócia. Lá o cheiro é igual ao cheiro do meu país. A chuva no ar e o vento na grama e as estrelas no céu. Saudade. E vou sentir saudade de você.

O rosto dele estava tão tomado pela tristeza que Nina só queria abraçá-lo. Mas estavam chegando ao local onde ela estacionara a van cheia de livros.

– Tenho que ir – falou Nina.

Marek assentiu, o rosto pesaroso. Seu corpo todo parecia pesado e triste.

– Quer que eu leve mais livros pra você?

– Não. Eu tenho que... Você já me ajudou muito, e não quero correr o risco de lhe causar problemas. Você já se arriscou demais por mim. Fui egoísta e agi errado ao não perceber isso antes. E fui egoísta e agi errado ao não perguntar sobre a sua família. Disseram que eu devia perguntar, mas não quis ouvir. A culpa é minha.

Marek deu de ombros.

– A culpa não foi sua. E o privilégio foi meu.

Surinder estava deitada no sofá quando Nina voltou, as lágrimas escorrendo pelo rosto.

– Eu avisei.

– Eu sei. Eu sei. Mas é que... eu imaginei tantas coisas.

– Você lê demais.

– Na minha cabeça, Marek era um herói romântico e perdido.

– Ele não tem como se perder, o homem conduz um trem.

– Você entendeu. Eu só... eu só queria… uma única vez… que alguma coisa boa acontecesse. Queria viver algo bonito.

Surinder se sentou.

– Eu sinto muito, sabe? De verdade. Sei que você gostava dele. Eu também gostava.

– Eu gostava da pessoa que achava que ele era.

– E ele também gostava de você. Com certeza. Só gostando muito mesmo para arriscar um trem de carga gigantesco por sua causa.

– Acho que ele teria se apegado a qualquer pessoa que o tratasse bem.

– Eu discordo. Ele é muito bonito. Poderia muito bem entrar em qualquer bar e as mulheres se jogariam em cima dele. Também acho que ele tem uma alma romântica. Acho que vocês são dois sonhadores.

Nina suspirou.

– Bom, agora é tarde demais. Marek tem um filho, uma namorada e tudo mais.

Surinder deu um forte abraço na amiga.

– Sinto muito. De verdade. Teria sido muito legal se tivesse dado certo.

– Eu sei – falou Nina. – Eu sei.

– Mas, olha, por outro lado, ele gostou de você! Primeiro foi o Griffin, e depois o Marek. Sua energia está brilhando no mundo!

– O Griffin só ficou interessado em mim porque não tinha mais ninguém disponível. Normal. E acho que o Marek pensou que eu seria fácil, que estava louca para dar para ele.

– É claro que ele não pensou isso. Muito embora fosse verdade.

– Ah, cala a boca.

Surinder olhou a hora.

– Você tem mesmo que voltar hoje? Qual é, você não tem chefe!

– Preciso ir, sim, porque a essa hora quase não vai ter trânsito e eu ainda tenho um bilhão de quilômetros pela frente. Além disso, tenho que voltar ao trabalho e ganhar algum dinheiro, para poder comprar gasolina e algumas garrafas ocasionais de Pinot Grigio. Ponto. – Surinder a encarou por um instante. – Não. Não tem sentido nenhum eu ficar aqui hoje morrendo de pena de mim mesma.

– Eu pago a comida! – exclamou Surinder.

Nina balançou a cabeça, repetindo:

– Não. Não quero mais pensar nisso. Quero ir para casa, ouvir rádio muito alto e nunca mais ver um trem pelo resto da minha vida.

Nina deu um beijo e um longo abraço em Surinder, pedindo que a amiga voltasse logo à Escócia, e Surinder a abraçou de volta e prometeu que voltaria assim que parasse de fazer calor em Birmingham, pois nesse caso sentiria frio nos dois lugares e não faria diferença, e ainda mandou que Nina deixasse de ser trouxa de uma vez por todas.

– Tente encontrar um amor de verdade – sussurrou ela. – Um amor de verdade.

Ao passar pela estação de trem, no meio do burburinho da noite movimentada de sábado, Nina olhou para os trens compridos parados ali. Incapaz de se conter, começou a chorar. Será que nunca chegaria sua vez? Todos sempre conheciam alguém, mas quando isso enfim acontecia com ela, o homem era namorado de outra pessoa, ou era mais uma ideia e um devaneio do que uma pessoa de verdade.

Surinder a aconselhara a procurar um amor verdadeiro, mas como Nina poderia encontrá-lo se nem sabia distinguir o que era de verdade?

Capítulo vinte e quatro

– Está pronta? – indagou Lesley, a mulher da mercearia local.

Desde o início, ela sempre fizera pouco caso da livraria e desgostara das recomendações de Nina, além de nunca poupar comentários duvidosos sobre a empreitada. Embora estivesse muito claro que a profecia de catástrofe não se concretizaria, ela gostava de ir lá e remexer nas pilhas de livros, soltando muxoxos desapontados o tempo todo. Nina, por sua vez, estava determinada a encontrar alguma coisa de que Lesley gostasse.

Até o momento, romance histórico, comédia e um desses autores especializados em sequestro de crianças tinham falhado em agradar a difícil cliente. Crimes verdadeiros tinham provocado uma faísca de interesse, mas nada fizera com que Lesley exclamasse: "Isso! Esse é o livro que eu sempre procurei e que vai mudar minha vida." Parecia que nada a deixava feliz.

– Pronta para o quê? – perguntou Nina.

Estava embalando livros. Ainda no leilão em Birmingham, haviam encontrado um imenso rolo de papel pardo no lugar onde os volumes estavam armazenados. Ela perguntara ao homem, mas ele respondeu que não tinha nada a ver com o papel, então Nina resolveu levar o rolo também. Assim, estava virando especialista em fazer embrulhos – para presente ou mesmo só para levar para casa, amarrando o papel com o barbante barato de fazendeiro, que se encontrava aos montes pela cidade.

Lesley estreitou os olhos.

– Pra domingo, é claro!

– Hã? Ainda não faço ideia do que você está falando.

– Aff. Já tem quanto tempo que você está morando aqui?

– Uns dez minutos?

– Estou falando do festival de verão, sua *sassenach*. O solstício de verão. *Midsummer.*

– Vocês não param de falar desse festival!

– Que heresia! No dia mais longo do ano sempre tem um festival, como todo mundo sabe muito bem. Se não cair um toró, vai ter muita dança, festa e celebração. E se cair, ainda vai ter tudo isso, só que no celeiro do Lennox.

– Bom, nesse caso é melhor eu ir. Já que eu *moro* no celeiro do Lennox.

– Ah, sim, eu sei – retrucou Lesley, com certo desdém. – Todo mundo sabe. Aliás, como vai o Lennox, coitadinho?

– Coitadinho? – exasperou-se Nina. – Ele... bom, ele é bem grosso e um tanto desagradável, se quer mesmo saber.

– Ah, sim, mas ele passou por maus bocados com aquelazinha. A Kate.

– Como ela era?

– Toda metidona – falou a mulher. – Chique. Bem diferente de você.

– Nossa, muito obrigada.

– Nada aqui era bom o suficiente pra ela. Vivia reclamando do pub e dos velhos que praticamente moram lá.

Nina não pôde deixar de pensar que Kate tinha certa razão.

– Vivia reclamando da cidade, dizendo que nunca tinha nada pra fazer aqui – prosseguiu Lesley.

– Mas tem tanta coisa para fazer! – exclamou Nina.

De fato, mal se podia andar pela rua sem ir parar no meio de um evento. Havia festivais, corais, feiras na escola, partidas de *shinty*... Para uma cidade tão pequena, Kirrinfief tinha uma agenda surpreendentemente cheia. Com o tempo, Nina começara a perceber que, como estavam tão longe das atrações da cidade grande e como o clima era hostil durante boa parte do ano, os habitantes da cidade tinham aprendido a contar uns com os outros para atravessar as longas noites de inverno e os dias difíceis. Eram uma comunidade de verdade, não um quarteirão de casas geminadas com vizinhos que não compartilhavam nada além de uma parede. A diferença era gritante, e ela nunca se dera conta até se mudar para lá.

– Bem, enfim – falou Lesley. – Você não ia gostar da festa, de qualquer forma. E acho que não tem nada pra mim aqui.

Nina pegou um livro que conhecia muito bem e se empertigou. Olhou para Lesley, que estava sempre trabalhando, morava em cima da mercearia, aparentemente sozinha, e parecia viver com raiva do rumo que sua vida tomara. Parou e ficou pensando.

– Tente este aqui – indicou Nina com delicadeza, entregando o exemplar de *Coração de vidro*.

A mulher olhou com suspeita para a capa.

– Não sei, não.

– Por que não dá uma chance? Depois venha me dizer o que achou. – Em seguida Nina falou baixinho, para que ninguém ouvisse: – Se não gostar, devolvo o seu dinheiro.

Encontrar um livro de que Lesley gostasse estava virando uma questão de honra para Nina. A mulher parecia estar precisando demais do livro que mudaria sua vida. Nina acreditava de coração que havia um livro perfeito para cada pessoa. Pena que isso não valia para todas as outras coisas da vida.

– Odeio o dia mais longo do ano – reclamou Ainslee.

A garota havia atacado com avidez as caixas novas de livros e os desempacotava com reverência, suspirando a cada capa dura novinha, cada primeira edição preciosa e cada lombada bem preservada. Era uma coleção maravilhosa. Nina prometera que ela poderia pegar alguns livros emprestados, desde que os tratasse muito bem.

– Por quê? O que acontece nesse dia?

Ainslee suspirou.

– Ah, todo mundo se arruma, veste umas roupas ridículas e sai por aí cantando e dançando e agindo que nem uns idiotas a noite toda – explicou ela. – É um saco.

– É mesmo? Pela sua descrição até que parece bem legal.

– Mas não é. Não sei o que tem de errado em preferir ficar sozinha em casa ouvindo as próprias músicas em vez de sair para ouvir uma barulheira irritante e beber de chifres.

– Chifres?

– É, uns cantis enormes em formato de chifre. E tem tambores e tal. E fazem uma fogueira imensa. É muito idiota.

– Você deveria ir também – falou o Dr. MacFarlane, o médico local, que estava acompanhando Ainslee enquanto ela abria as caixas grandes na expectativa de encontrar algum thriller de gângster americano na década de 1920 que ainda não tivesse lido. – Todo mundo vai.

– Nossa, que ótimo motivo para se fazer qualquer coisa – comentou Ainslee, revirando os olhos.

Nina notou, de soslaio, que Ben tinha entrado de fininho na livraria. Ela estava guardando o último exemplar de *Entre os telhados* na mesinha do caixa, para que ele pudesse mexer à vontade, e notou o menino pegando o livro e se sentando com cuidado para ler as palavras na quarta capa, mexendo os lábios enquanto acompanhava a leitura com o dedo. Nina sorriu e achou melhor não falar com ele; ainda não.

– Qual o traje? – perguntou Nina.

– Os rapazes vão de kilt, né? Você sabe. Mas as moças também capricham – explicou o Dr. MacFarlane.

Nina já estava na Escócia havia tempo suficiente para entender que aquele era um ponto importante.

Desde que começara a trabalhar na livraria, seu jeito de se vestir havia mudado. Olhou para Ainslee, que usava um delineador roxo vivo contrastando com o cabelo verde. Ela parecia o logo de Wimbledon. Nina preferia não dizer nada, pois achava que era um bom sinal que a garota estivesse se expressando. Tinha tentado falar com Ainslee outra vez sobre as provas de conclusão do ensino médio, mas ela se fechara na mesma hora e a tentativa fora malsucedida.

– Vai ser uma beleza – falou o Dr. MacFarlane, que, para surpresa de Nina, conseguira desencavar um livro com uma ilustração na capa de uma moça dos anos 1920 sendo erguida por um alienígena espacial com uma pistola de laser. – E gostei deste aqui, vou levar.

– Uau, mas eu nem pus preço nesses aí ainda – comentou Nina. – O senhor é rápido.

Ele entregou o dinheiro a ela assim mesmo e disse:

– Espero vê-la na festa hoje à noite.

– Posso ir também? – choramingou Ben, enquanto a irmã o levava embora.

– Não – respondeu Ainslee.

Lidar com o trabalho era fácil, mas voltar para a casa vazia, sem Surinder para animá-la, sem poder sonhar com uma caminhada noturna ao cruzamento, sem ter motivo para pensar em poemas ou piadinhas ou desenhos para pôr no papel e levar até a árvore... isso era difícil.

Durante o dia, Nina via um monte de gente, mas as noites claras pareciam durar séculos e séculos. Tinha que se forçar a ir para a cama às dez e meia toda noite, mesmo que estivesse claro lá fora, e o arrastar das horas era pesado.

Nunca mais tivera notícias de Marek e tampouco fora ao cruzamento ferroviário. Não queria mais saber dele. Porém, sentia que Marek também sabia que os dois tinham ido longe demais e que quase haviam cometido um erro terrível.

Ou talvez não, pensou Nina certa noite em que estava sentindo bastante pena de si mesma, já na metade de um grande pote de sorvete. Talvez ele tivesse pensado que ela não passava de uma garota inglesa fácil que o rejeitara e já houvesse partido para outra. Talvez não estivesse nem pensando mais nela. Suspirou. Ficava ainda mais difícil sabendo que Griffin e Surinder achavam que ela estava se saindo tão bem, que sua vida era muito fácil. Sentia como se não houvesse mais volta. Não que quisesse voltar. Mas, ah, se sentia tão só!

Suspirando, entrou na internet de conexão lentíssima para acessar o Facebook. Surinder a incentivara a criar uma página para a livraria, o que parecera uma ideia ruim a princípio, mas que depois se mostrara bastante útil. Para início de conversa, era uma ótima maneira de informar aos clientes onde ela estaria a cada dia, permitindo que as pessoas sempre soubessem onde encontrá-la.

Além disso, tinha recebido uma mensagem de um perfil chamado Biblioteca das Ilhas Orkney sugerindo que se Nina quisesse expandir o negócio ou se mudar, os frequentadores da biblioteca que viviam em áreas mais rurais também apreciariam uma livraria móvel para complementar a adorável livraria independente que havia em Kirkwall. Ela lera a mensagem e sorrira. Já se sentia afastada o bastante do resto do mundo, e as Orkney, sem dúvida, eram o lugar mais isolado em que poderia pensar. Se o agito e o drama das Terras Altas se tornassem excessivos... pensou um pouco e guardou a mensagem, por via das dúvidas.

Alguém bateu à porta do celeiro. Ela se virou para olhar, surpresa. Não recebia muitas visitas, a não ser alguma criança da região desesperada para ter logo o próximo Harry Potter ou Malory Towers ou Nárnia, e Nina geralmente realizava esses desejos, lembrando-se muito bem da sensação.

Curiosa, foi abrir a porta. Para sua surpresa, era Lesley, a mulher da mercearia.

– Olá – disse Nina. – Hã... Oi. Tudo bem? A livraria não está aberta agora, mas se estiver precisando de alguma...

– Não – interrompeu a mulher. – Olha, eu só queria dizer... Eu terminei aquele livro que você me recomendou.

As lágrimas escorriam pelo rosto dela.

Nina olhou o relógio.

– Uau, que rápida!

Coração de vidro era um corajoso relato de uma mulher abandonada que passa quatro dias literalmente à beira do abismo atirando cada um de seus pertences no precipício, um a um, enquanto reflete sobre o significado de cada um deles. A sinceridade e a inteligência do livro tinham tomado o mundo de assalto, e a popularidade só aumentara devido ao fato de que a autora e sua editora haviam se apaixonado perdidamente e se casado. Ainda assim, o livro merecia muito a fama mundial.

– O livro é... Ela descreve exatamente. Exatamente como eu me sinto.

Nina olhou a mulher austera com quem tinha grande dificuldade de se conectar, admirando-se, mais uma vez, com a impressionante carga de emoção e intensidade que podia existir por baixo de uma aparência contida. Quem olhasse para Lesley poderia pensar que ela não passava de uma dona de loja de meia-idade que levava a vida de forma reservada.

Mas Lesley sentira uma empatia tremenda por uma mulher americana que, no auge de sua angústia, deixara o próprio sangue escorrer do topo de uma montanha, que mudara sua sexualidade e uivara para a lua com uma matilha de lobos. Isso tudo só servia para corroborar que dentro de cada ser humano havia um universo tão vasto quanto o universo à sua volta. Para Nina, livros – e, às vezes, a música – eram a melhor forma de cobrir essa distância, de ligar o universo interno ao externo; palavras agindo como um mero duto entre os dois mundos.

– Que fantástico! – Nina deu um sorriso acolhedor. – Fico muito feliz de saber. Quer entrar e tomar um chá comigo?

– Não, não. Eu tenho que ir. É só que, depois do que eu disse hoje mais cedo...

– O que você disse?

– Quando falei que você não iria gostar do festival de verão. Eu estava errada. Acho, de verdade, que você deveria ir.

– Não, eu preciso mesmo de uma boa noite de sono. É difícil dormir quando está sempre tão claro lá fora.

Lesley lançou-lhe um olhar austero.

– Não seja boba. É só uma vez por ano. Você é uma jovem solteira. Todos os solteiros têm que ir, é a regra.

– É mesmo? – indagou Nina. – Olha, sinceramente... – Ainda estava magoada com o incidente de Marek e não se sentia nem um pouco preparada para se expor e interagir com novas pessoas outra vez. – Não sei se estou muito a fim.

Lesley franziu o cenho.

– Sabe – contou ela –, eu desperdicei a minha juventude com aquele homem. Tinha 21 anos quando nos casamos, e namorávamos desde a escola. Ficamos juntos até os meus 50 anos. Nunca nem pensei em outro homem. Ah, o Bob era um desgraçado, mas eu acreditava que todos os homens eram assim. Nunca nem cheguei a questionar isso, só me convenci de que as coisas eram assim e pronto. E adivinha só: ele me largou. E aí já era tarde demais para mim.

– Mas não é tarde demais para você! – protestou Nina.

Lesley revirou os olhos.

– Tenho rugas do cocuruto da cabeça até os dedões cabeludos do pé, e trabalho todas as horas que Deus me dá. Acho que esta foi uma das maiores crueldades que Bob podia ter feito comigo: não me largar enquanto eu ainda tinha chance de conhecer outra pessoa, enquanto ainda me restava um pouquinho de brilho. Eu e a mulher que escreveu este livro... nós duas sabemos que merecemos mais do que isso. Mas eu sei que não teria a menor chance de ser coroada a rainha do solstício de verão, nem mesmo com esse vestido bobo. Já você..

Então Lesley revelou o cabide com a capa que segurava às costas:

– Toma. Deve caber direitinho em você. Eu também era uma belezinha magricela na sua idade.

– Eu não sou magricela! – protestou Nina.

– Lennox disse que, se você fosse um dos cordeirinhos dele, ele te abandonaria na encosta da montanha – contou Lesley.

– Ele disse O QUÊ? – berrou Nina, indignada.

Mas Lesley nem ouviu, apenas estendeu o cabide. Nina olhou o plástico amarrotado e confessou:

– Sinceramente, eu acho que... Eu acho que não consigo.

Lesley fechou a cara.

– Escute aqui. Você veio para a nossa cidade. Está se saindo melhor do que eu imaginei, admito. Mas você não está aqui só pra gente te dar o nosso dinheiro em troca de livros. Agora você é das Terras Altas. Aqui a gente cuida uns dos outros. Temos que nos unir. Você não pode só receber, precisa dar algo em troca. Tem uma porção de gente que trabalhou muito para que essa noite seja um sucesso, e o mínimo que você deve a essas pessoas é comparecer, para demonstrar seu apoio.

– Eu não tinha pensado dessa forma – confessou Nina.

Lesley balançou o cabide mais uma vez.

– Aceite, garota. Vai ser uma noite maravilhosa. Aproveite cada segundo. Mostre para todo mundo que aqui é o seu lugar.

– Não acredito que estou sendo chantageada para ir a uma festa – resmungou Nina.

Mesmo assim, não pôde deixar de ficar um pouquinho animada.

Depois que Lesley foi embora, Nina abriu com cuidado o saco plástico e chegou a ficar sem ar.

O vestido era branco, mas não lembrava em nada um vestido de noiva. Era de chifon simples, com gola e cintura altas e saia evasê bem volumosa que chegava aos joelhos. No ombro e no quadril havia uma faixa elegante em tartã verde-claro. Contudo, o que deixou Nina realmente impressionada foi o espartilho de veludo verde-escuro com amarrações frontais e que claramente deveria ficar por cima do vestido.

Até que a roupa era bem bonita. Remetia a alguma coisa que Nina não conseguia identificar, até que se lembrou das ilustrações de Branca de Neve e da Bruxa Má nos tradicionais livros infantis. Sorriu, esticando o vestido na cama.

Mais do que nunca, queria que Surinder estivesse ali. A amiga teria achado aquela situação hilária. Nina olhou o relógio: eram sete da noite. A festa começava às oito. Mordeu o lábio. Bem, se teria que ir de qualquer maneira – agora que Lesley tinha lhe dado o vestido, ela entendeu que, se não fosse, estaria pondo em risco seu negócio –, precisava começar a se arrumar.

Lesley estava certa sobre o tamanho. Nina tomou um banho rápido e lavou o cabelo, deixando-o solto em vez de prender como de costume. Ia ficar um tanto volumoso, mas não tinha muito o que fazer. Depois, colocou o vestido. O caimento era perfeito, como se tivesse sido feito sob medida. Era mais leve e mais elástico do que ela esperava. Era óbvio que havia sido feito para dançar. Em seguida veio o espartilho. Nina se espremeu para entrar na peça, que cobriu a cintura e as costelas, mas os seios se derramaram por cima.

Olhou-se no espelho, um pouco estupefata. Costumava preferir roupas sem muito contorno, privilegiando o conforto, mas o vestido e as sapatilhas eram incrivelmente confortáveis. Só que também era muito provocante, se comparado ao que estava acostumada a vestir.

Por um instante, teve muito medo de que ninguém mais aparecesse vestido daquela maneira, de que fosse tudo uma pegadinha para constranger a novata. Então se lembrou do Dr. MacFarlane falando das garotas vestidas a caráter e concluiu que era muito improvável. Não era?

Ruborizou ao se admirar no espelho. Com o espartilho, sua cintura ficava mínima, e os seios, pequenos e tímidos, se avolumavam de uma forma bem agradável. "Não é à toa que sempre usavam esses troços antigamente", pensou. Deu uma pirueta experimental e estava sorrindo, contente consigo mesma, quando se deu conta de que havia alguém parado à porta.

Nina se virou, arquejando ao perceber, horrorizada, que era Lennox.

Por uma fração de segundo, ele apenas a observou, de forma descarada. Mas logo se recuperou.

– Desculpa! Desculpa! – apressou-se em dizer, erguendo as mãos e dando passos para trás. – A porta estava aberta...

Nina tinha mesmo deixado a porta aberta depois que Lesley saíra, para que a brisa estival entrasse.

– Você me deu um susto!

– Desculpa, desculpa, eu não sou esse tipo de senhorio... Meu Deus, olha a hora, acho que vou indo...

Nina sorriu.

– Não, está tudo bem. Só estou envergonhada porque fui pega no flagra bem na hora em que estou me produzindo.

Lennox a olhou mais uma vez, só que parecia um pouco nervoso, como se estivesse fazendo algo que não deveria.

– Então você vai ao festival?

– Não – respondeu Nina, meio atrevida. – Essa é a minha roupa de ficar em casa e relaxar.

Lennox deu uma risada repentina, como se não conseguisse evitar.

– Na verdade, acho que esse vestido caiu muito bem em você.

– Não seja bobo.

– Estou falando sério. Você está bonita. Parece que enfim tirou o cardigã.

– Eu nem uso cardigã!

– Um cardigã metafórico. Um cardigã de bibliotecária. Parece que... – Para os padrões dele, Lennox estava fazendo um discurso longo, e começava a vacilar. – Parece que você vive se cobrindo de panos para se fazer parecer menor, mais insignificante. Do que realmente é.

Nina ficou em silêncio.

– Parece que não quer que ninguém note você – concluiu ele.

– Para o caso de alguém querer me abandonar na encosta da montanha.

– Hein? – perguntou Lennox, confuso.

– Deixa pra lá.

No mesmo instante, ele deu meia-volta. Seguiu para casa, mas se deteve diante da van e se virou outra vez.

– Você não pode ir para a festa dirigindo essa ameaça. Quer uma carona?

– Ué, você vai? – indagou Nina, surpresa.

– Se quero que o pessoal das redondezas continue comprando a minha lã, eu tenho que ir – resmungou Lennox. – Não tenho muita escolha, né?

Nina sorriu.

– Combinado, então. Talvez hoje você comece a dançar mais cedo.

Ele franziu a testa, confuso. Era óbvio que nem se lembrava do ocorrido no baile dos jovens fazendeiros.

– Improvável – rebateu Lennox, tornando a seguir para casa. – Te vejo em uns vinte minutos.

– Você tem dois kilts?

Nina o olhava impressionada, vinte minutos depois.

Tinha tentado domar os cabelos, mas sem muito sucesso. Acabara pegando uma mecha de cada lado da frente, torcendo-as e prendendo-as para trás. Resolvera abandonar a faixa de tartã, pois não tinha a menor ideia do que fazer com ela. Porém, naquele instante, percebeu que a faixa tinha a mesma padronagem do kilt de Lennox, um verde-claro acinzentado.

– Você tem duas calças jeans? – retrucou ele, resmungando.

O cabelo recém-lavado de Lennox formava cachos suaves que, para variar, não estavam escondidos embaixo de uma boina. Além disso, sem a capa de chuva habitual, Nina notou outra vez os ombros largos e o corpo esguio, porém musculoso. Não era sarado demais – não que fazendeiros precisassem de atividades físicas artificiais, mas ela não conseguia imaginar Lennox em uma academia –, nem magro demais. Suas proporções eram bastante harmônicas. O tom verde-acinzentado do tartã acentuava o azul intenso dos olhos dele.

– Sim, mas... – Nina decidiu encerrar o assunto.

– Cadê a sua faixa?

– Hã, eu não sabia como usar.

– E você nem tentou? Traz ela aqui.

Ao lado do Land Rover, Lennox pegou a faixa de tartã e, com cuidado e precisão, prendeu-a no quadril e na cintura de Nina. Enquanto ele ajustava o tecido, de repente os dois se viram próximos demais um do outro, o que gerou certa tensão. Nina notou, então, que estava prendendo a respiração. Censurou-se no mesmo instante e saltou para dentro do carro, saindo logo em seguida ao perceber que o banco do carona já estava ocupado por Salsinha.

– Ele dança muito, o Salsinha?

Lennox deu de ombros.

– Ele gosta de festa. Muito mais do que eu.

– Então eu vou atrás?

– Não seja boba. Pra trás, garoto, pra trás.

No mesmo instante, o cão saltou para o banco de trás. Nina se virou para fazer carinho nas orelhas de Salsinha.

– Você é um garotão muito lindão. É, sim – disse ela, afetuosamente.

Salsinha lambeu a mão dela. Lennox lhe lançou um olhar de soslaio.

– Você é muito molenga com esse cachorro.

– É porque ele é um amorzinho. – "Mais amorzinho do que você merece", pensou ela, mas não disse nada.

– Kate sempre dizia que eu não merecia um cachorro tão legal – comentou Lennox, lendo os pensamentos de Nina.

Seguiram pela estrada esburacada, quicando no assento em silêncio. Havia mais carros do que de costume. Em parte porque, no geral, quase não havia carros na estrada, e também porque todos os veículos subiam a colina em direção a Coran Mhor, cheios de gente feliz e animada, dentre as quais – graças aos céus – se viam várias garotas de vestido branco como o de Nina. Ela se concentrava em olhar pela janela, já que Lennox, como sempre, parecia não estar interessado em conversar. Era um entardecer luminoso e belo, com nuvens fofas no céu. Parecia que o sol não estava com a menor vontade de descer no horizonte.

– Como vai o maquinista? – perguntou Lennox, de repente, com ar de desconforto.

Nina olhou estarrecida para ele.

– Hein?

– Quer dizer, ele vai aparecer mais tarde?

– NÃO. Hã… Não. É claro que não. Não. Eu não... ele não...

Lennox lançou um olhar de soslaio para ela.

– Não era bem o que você esperava?

Um silêncio pesado tomou conta do carro.

– É que... no fim das contas, ele já tem uma família. – Nina odiava ter que admitir, ter que dizer em voz alta. – Não que isso seja da sua conta.

Lennox não disse nada, apenas fez carinho no cachorro, que tinha enfiado a cabeça no espaço entre os bancos da frente.

– Sinto muito – disse ele, enfim. – Eu não devia ter perguntado. Mas é que meu instinto me dizia que algo naquele cara não cheirava bem. Acho que era porque ele nunca me olhava nos olhos.

– Talvez ele só tenha achado você um cara mal-humorado e assustador – falou Nina.

Lennox pareceu surpreso.

– Mas eu não sou assim. Nem um pouco.

Nina riu de maneira sarcástica.

– Aham, sei, tá bom.

– Eu só trabalho muito, só isso. Tem gente que acha que é moleza manter uma fazenda grande como a minha, mas a verdade é que dá muito trabalho. – Ele notou a contestação na expressão de Nina. – Que foi?

– Nada.

– Não, fala, o que foi?

– Bem, acho que todo mundo sabe muito bem que ter uma fazenda é um trabalho absurdamente difícil. Mas eu vejo o Gordo o tempo todo no pub, se divertindo, assim como os outros fazendeiros. Um monte de gente tem trabalhos difíceis, e isso não quer dizer que precisem viver infelizes o tempo todo.

Lennox ficou um tempo sem responder.

– É – concordou ele, por fim. – Acho que você tem razão. Acho que... nos últimos anos... – Calou-se outra vez, e seu olhar vagou para as montanhas que passavam lá fora. – Os últimos anos foram um tanto... difíceis. E parece que... Não sei se você entende, mas parece que ficar para baixo... virou um hábito mais do que qualquer coisa. – Então fitou o próprio kilt. – Mas olha só pra mim agora. Eu saí de casa, né?

Nina lhe lançou um olhar bem-humorado.

– Pode até ter saído. Mas vai passar a noite inteira colado no bar de cara feia?

– Eu não faço isso.

– Não foi o que eu vi no baile do celeiro! Você passou a maior parte da noite conversando com aquele cara e ignorando todas as outras pessoas.

Lennox suspirou.

– Ah, é, *aquela* noite.

– Ah, é, *aquela* noite – imitou Nina. – Sabe, considerando a quantidade de eventos sociais que tem por aqui, não sei como alguém consegue acompanhar o que aconteceu em cada festa.

Lennox franziu o cenho, o olhar vidrado na estrada à frente.

– Ah, sim, eu lembro.

Nina olhou para ele, esperando que continuasse.

– Aquele sujeito... era o meu advogado, Ranald. – Lennox suspirou. – Ele queria falar comigo pessoalmente. – Os punhos dele se cerraram ao volante. – Ah, céus. Sinto muito, Nina. Não queria te dizer nada... não antes de ter certeza. Eu venho tentando encontrar uma saída, mas acho que não vai dar. Sinto muito ter que te dar esta notícia, ainda mais hoje, mas eu estava... Quer dizer, mais cedo, sabe? Eu estava indo te dizer que...

Nina o encarava. O rosto de Lennox estava ruborizado.

– Eu... Kate quer a fazenda. Ou quer que eu venda a fazenda – explicou Lennox.

– O quê?!

Ela pensou nas cortinas caras, nos objetos escolhidos com tanto esmero, na atenção a cada detalhe daquele lugar. Não era possível que uma pessoa com tanto bom gosto, com tanto tino para a beleza, pudesse ser capaz de chegar e destruir tudo.

Nina percebeu, então, como estava sendo egoísta. Só estava alugando o espaço. Não era nada comparado ao que aconteceria com Lennox.

– Ah, meu Deus! Ela não pode tomar a sua fazenda!

– Mas é o que está tentando fazer – falou ele.

– Mas a propriedade não é da sua família?

– Não faz diferença – respondeu Lennox. – Quer dizer, Kate fez parte da minha família. Por um tempinho. – Ele se calou.

– Mas ela não tem um emprego?

Lennox deu de ombros.

– Parece que não importa.

– E não foi ela que quis se separar?

– Parece que importa ainda menos.

– Mas o que você vai fazer sem a fazenda?

Lennox piscou depressa, algumas vezes.

– Não sei – respondeu ele, bem devagar. – Acho que o que resta é recomeçar. Ir trabalhar na fazenda de outra pessoa.

Nina não conseguia conceber a ideia de Lennox.

– Isso não pode acontecer – afirmou ela, decidida. – Eu vejo como você trabalha duro para manter a sua fazenda.

– Bem, parece que os advogados não ligam para isso.

Continuaram seguindo pela estrada esburacada em silêncio, e Nina pensou que os dois não estavam no menor clima de festa. Mesmo assim, não conseguiu se conter.

– Por que vocês terminaram? – perguntou, baixinho. – Ela se apaixonou mesmo por outra pessoa ou isso foi só uma desculpa?

Um longo silêncio pairou entre eles.

– O motivo não é óbvio? – perguntou Lennox.

– Porque você é um velho resmungão e mal-humorado? – sugeriu Nina.

– Hã, não, não era isso que eu ia dizer – respondeu Lennox, claramente chateado.

– Ah.

Fez-se outra longa pausa.

– Ela se sentia isolada – confessou Lennox. – Achou que eu tinha lhe prometido uma coisa diferente, que tinha prometido mais. Não, não é bem isso. Eu não prometi. Não ofereci nada. Kate sabia muito bem no que estava se metendo. E achava que ficaria tudo bem, que conseguiria lidar bem com a vida que a gente tem aqui. Mas ela não conseguiu. – Deixou o olhar se perder entre as colinas douradas. – Sabe, os invernos aqui são muito longos. Ser esposa de fazendeiro é difícil, difícil demais. Não é pra todo mundo.

– Como vocês se conheceram? – quis saber Nina.

– Eu estava na faculdade de agronomia, em Edimburgo... e Kate estudava artes plásticas. – Ele sorriu. – Eu devia ter imaginado, né?

Nina fez uma expressão meio contrariada.

– Mas por que ela veio para cá, se o que queria era morar na cidade e ser artista?

– Kate pensou que seria bom para o trabalho dela. Achou que a solidão era o que faltava para se tornar uma grande pintora.

Nina se lembrou da pintura contemplativa na parede.

– Ah! – exclamou. – Aquela paisagem. É dela! Nunca tinha pensado nisso.

Voltou a se lembrar das camadas obscuras e tristonhas, muito contrastantes com o resto do ambiente.

– Ah, pois é – concordou Lennox. – Ela não queria pendurar na parede. Eu que pendurei. Achei que... achei que ia animá-la um pouquinho.

– E funcionou?

– Nem um pouco. Mas eu achei o quadro bem bonito.

– É mesmo – afirmou Nina. – É mesmo muito lindo. Mas por que... por que ela quer tomar a sua fazenda, se odiava tanto esse lugar?

– Acho que ela está sem grana – falou Lennox. – É caro ser um artista tentando a vida na cidade. É muito caro morar lá. E acho que ela tem dado umas aulas, mas... imagino como deve odiar isso. Não é muito a praia dela. Além do mais, Kate diz que é para o meu próprio bem. Diz que eu estou estagnado, que preciso parar de trabalhar tanto e que preciso arranjar um trabalho menos estressante.

– Isso aí até que tem um fundo de verdade.

Lennox olhou para Nina por um instante.

– Acha mesmo?

– Eu ouço você acordado dia e noite. Vejo você andando quilômetros e quilômetros pelas montanhas.

Lennox franziu a testa, confuso.

– Mas isso é o que eu gosto de fazer. Não é só trabalho, é um estilo de vida. É o *meu* estilo de vida. Eu sei que ela não gostava, mas isso não é problema meu. *Eu* gosto. Eu nunca conseguiria... ah, cara, nunca conseguiria passar o dia inteiro em um escritório. Trabalhando no computador. Seria tortura. Não sou artista como ela, e não sou inteligente como você, que encontrou algo que a comunidade precisava e supriu essa demanda. Nunca seria capaz de fazer algo assim.

Nina ficou um pouco constrangida com o elogio.

– Eu acho... Acho que a gente pode fazer mais do que a gente acredita. Se tem algo que aprendi é que a gente nunca sabe do que é capaz até tentar.

– Mas eu já amo o que faço. Amo essa terra.

– Deve ter um jeito – insistiu Nina, encarando-o. – Deve ter um jeito de você manter a fazenda.

Lennox deu de ombros, depois apontou para fora. Estavam no topo da colina, e o vale se desvelava diante deles, atravessado pela linha do trem. Em vez de apreciar a vista, Nina concentrou o olhar na multidão que havia no topo da colina seguinte e nas tendas listradas, barraquinhas de cores vivas. Ali, ouvia um barulho constante que lembrava o som de chuva no telhado, mas, conforme foram se aproximando, percebeu que era, na verdade, a batida de tambores. Tentou enxergar melhor. *Bodhráns* imensos estavam sendo tocados por um grupo de homens jovens, de kilt mas sem camisa, com respingos de lama pelo peito e pelo braço, fazendo um alarido absurdo. De vez em quando, um deles jogava a cabeça para trás e uivava.

– Meu Deus! – disse Nina. – Isso ainda vai acontecer muito essa noite?

Pela primeira vez, Lennox deu um sorriso de verdade. Seu sorriso era encantador, formando pequenas rugas nas laterais dos olhos azuis.

– Isso e muito mais – respondeu ele. Então sua expressão pesou outra vez. – Sinto muito por ter te avisado sobre o seu possível despejo logo hoje.

Nina ficou um instante em silêncio.

– Tudo bem – respondeu. – Na verdade... na verdade, eu recebi uma proposta de outro lugar.

Lennox ergueu as sobrancelhas.

– É mesmo?

Nina engoliu em seco. Não queria ir embora de Kirrinfief, não mesmo. Porém, não via nenhum sentido em fazer com que Lennox se sentisse ainda pior com a situação.

– Não se preocupe comigo. Apenas se concentre em resolver as coisas com a Kate da melhor forma possível.

O Land Rover parou ao lado de uma fileira de carros estacionados em um campo. Lennox olhou para ela e assentiu.

– Então tá – disse ele, mas havia preocupação em seu rosto.

– De verdade – insistiu Nina.

Lennox saiu do veículo e, por instinto, contornou o carro para ajudá-la a descer. Nina tinha quase se esquecido de que estava usando aquele vestido. A peça era bem inadequada para ficar descendo e subindo em Land Rovers. Ele estendeu a mão comprida e cheia de calos, e ela aceitou, dando um saltinho leve para o chão.

– Está pensando em se mudar pra onde? – perguntou Lennox.

– Ah, as Ilhas Orkney – respondeu Nina, distraída.

Ele estacou, surpreso.

– *Artney*?! – indagou Lennox, pronunciando o nome da maneira regional. – Você vai se mudar lá pras Ilhas *Artney*? Não acha Kirrinfief isolado o suficiente?

– Se eu não tiver onde morar aqui, é bem capaz de ter que me mudar para lá.

– Ah. Entendi.

Ficaram ali, um diante do outro, meio desconfortáveis. Os tambores ficavam cada vez mais altos, e a brisa trazia o som das flautas ao longe. As nuvens cortavam o céu, tufos fofinhos que corriam como se estivessem sendo perseguidos. Nina ouviu as risadas de um grupo de crianças.

– Tem *certeza* de que estou vestida para a ocasião? – perguntou ela.

Lennox a olhou de cima a baixo.

– Você está lin... – Ele se conteve antes de terminar a palavra. – Quer saber? Estou a fim de encher a cara. Que tal?

– Encher a cara, você? Mas e os cordeirinhos no campo?

– Os cordeirinhos estão saltitando por aí, comendo meus cardos. Além do mais, é noite de solstício e se embebedar é obrigatório, não sabia?

No mesmo instante, surgiu um homem muito gordo – Nina reconheceu o funcionário do correio, embora o sujeito estivesse muito bem disfarçado. Estava coberto de maquiagem vermelha, com ramos enormes de flores e frutas enrolados nos ombros e portava um grande cantil de chifre.

– BACO! BACO CHEGOU! – gritou o homem. – Reverenciem o deus do solstício de verão!

– O que é isso? – perguntou Nina, desconfiada.

– É noite de solstício – respondeu o homem. – Um dia de festa e magia. Água vira vinho, flores mostram o caminho. A propósito, custa 5 pratas.

– Você não respondeu a minha pergunta – observou Nina, mas aceitou, mesmo assim, a bebida que ele oferecia.

O líquido tinha um gosto meio estranho (como vinho com infusão de framboesa), mas era refrescante, borbulhante e gostoso. Ela sorriu e passou o chifre para Lennox, que bebeu um longo gole e sorriu de volta. Ele entregou dez libras para Baco, ao que o homem fantasiado gritou:

– Venham, venham, vamos festejar! E não deixem de contribuir com o correio local!

Então três jovens, que viviam perto do ponto de ônibus com cara amarrada e reclamando da vida, vieram saltitando, todas de vestido branco e carregando grandes guirlandas de flores. Ofereceram uma a Nina.

– Ah, hoje não – recusou Nina.

– É para ajudar as escoteiras – explicou uma das meninas, e Nina revirou os olhos.

– Da próxima vez, você tem que vir com o bolso preparado para o festival – falou Lennox. – Vê uma guirlanda pra ela, então – pediu ele para as meninas.

Nina abaixou a cabeça e deixou que as garotas pusessem as flores em seu cabelo.

Nina precisava admitir: era uma festa maravilhosa. Havia criancinhas correndo e saltitando por todo lado. As meninas usavam tiaras de flores e vestidinhos brancos tremulando ao vento; e os meninos usavam kilt, como os pais, e camisas brancas soltinhas, brandindo espadinhas pequenas.

Nina e Lennox compraram os ingressos no portão de entrada da festa, onde havia um imenso arco florido com peônias e rosas de verão, enchendo o ar com seu perfume intenso. Lennox teve que se abaixar para passar pelo arco. Ao entrar, foram premiados com uma visão fascinante.

Na parte mais alta da colina havia uma imensa fogueira que estalava e lançava centelhas no ar. Havia músicos por todo o gramado, tocando flauta ao som dos tambores graves, e bem no meio havia um mastro de solstício de verão – embora o objeto estranho e torto fosse bem diferente dos mastros de que Nina se lembrava de sua infância na Inglaterra.

Aquele mastro era maior e mais largo, um *caber* inteirinho; as vastas folhas verdes evocavam florestas e vinhedos. Nina reparou que os casais iam até o tronco retorcido, enrolavam ramos de folhas nos pulsos unidos e depois se desenrolavam ao redor do tronco até se encontrarem do outro lado, em meio a risadinhas e beijos. Com isso, os ramos eram enrolados outra vez no mastro e a cerimônia recomeçava com outro casal. Deviam ter levado semanas para construir aquilo tudo.

Uma figura enorme surgiu de repente, assustando Nina e algumas crianças. Aos poucos, ela entendeu que a figura era um homem verde de perna de pau. Estava coberto de folhas, da cabeça aos pés, e parecia personificar a própria floresta. O homem controlava os tambores, pareava e convocava os casais e era, basicamente, o mestre de cerimônias da festa.

Surgiram mais cantis de chifre, transbordando com aquele vinho estranho, e Nina continuou bebendo, mesmo quando notou que o álcool estava subindo direto para a cabeça. A música e os tambores, o vento soprando as árvores, todos os sons pareciam correr ao sabor do sangue em suas próprias veias, e, embora soubesse que o festival não passava de um evento para arrecadar fundos para o vilarejo, tudo parecia intenso, selvagem e peculiar.

De repente, se viu separada de Lennox e cercada das demais mulheres, todas de vestido branco. Algumas estavam de máscara e a maioria usava flores e fitas no cabelo, de modo que Nina mal as reconhecia. E mesmo quando identificava alguma delas, nem tinha tempo de acenar de leve, pois era logo envolvida outra vez pela maré de pessoas dançando e gargalhando, enquanto as crianças corriam pelos pés de todos, aos gritinhos. Ela se viu cumprimentando antigos amigos e fazendo novos amigos, sem conseguir distinguir entre os dois. Em todo caso, teria sido impossível tentar manter uma conversa com o barulho ensurdecedor e o alarido da fogueira, de modo que só restava acompanhar o fluxo.

Então, seguindo as ordens do homem verde que não aceitava "não" como resposta, todos deram as mãos e formaram duas rodas, uma girando no sentido horário e a outra, no anti-horário. Ao ritmo dos tambores, flautas e violinos, todos se puseram a dançar com passos curiosos, batendo os pés no chão e girando ao redor da fogueira, cada vez mais rápido, até que Nina se viu arfante e zonza com todo o movimento, mas mesmo assim gargalhando abertamente e sem a menor vontade de parar.

– Festejem os ritos do solstício de verão! – ribombou a voz do homem verde, amplificada pelo megafone. – Moças e rapazes, festejem o espírito do renascimento e do crescimento, a noite mais curta e o dia mais longo, CELEBREMOS a Mãe Terra e seus frutos, suas flores e sua abundância!

Todos gritaram e bateram palmas, e em seguida os dançarinos desfizeram a roda em meio ao riso, mas os músicos continuaram tocando a canção selvagem e etérea. O ar noturno recendia ao aroma doce e intenso de lavanda e tomilho selvagem, de dedaleira e madressilva e ranúnculo, de avenca e mosquitinho. Alguém dissera a Nina, com seriedade e determinação, que ela teria que colher uma flor de cada, sete flores para sete noites, a fim de encontrar seu amor verdadeiro. Ao coletar tudo, as garotas iam trançando as flores nos cabelos umas das outras, ainda bebendo dos chifres, que continuavam circulando. Quando terminaram, os homens voltaram para perto, todos rindo e pegando as moças pela mão para dançar.

Nina estava se divertindo muito. A noite passou rápido, como um borrão. Quando deu por si, já eram onze e meia e, o céu começou, enfim, a escurecer. A noite foi ficando fria, cobertores de tartã foram distribuídos e as pessoas se aninhavam junto à fogueira para admirar as estrelas que iam surgindo.

O céu se tingia de um azul cada vez mais escuro – embora, tão ao norte, o tom nem chegasse perto do preto naquela época do ano. De repente, os tambores pararam e a música se aquietou, transformando-se na suave melodia de uma única flauta, como se o próprio deus Pã estivesse tocando baixinho uma melodia grave e etérea, a muitos quilômetros dali.

Então até mesmo esse som se dissipou. Por um instante, o ar frio foi tomado por um silêncio profundo, como se a própria terra estivesse prendendo a respiração. Em seguida, no extremo leste da noite, acima do mar, viu-se um brilho tênue em meio ao azul crepuscular; tons de verde e rosa tão claros e sutis que lembravam dedos correndo de leve pelas teclas de um piano.

A multidão arquejou em uníssono. Logo depois, todos começaram a celebrar, saltando dos cobertores e tentando tirar fotos, o que estragava um pouco o momento, mas Nina mal se incomodou. Estava hipnotizada pelo brilho cintilante e multicolorido da aurora boreal que dançava no céu noturno. Nunca tinha visto nada tão lindo, tão arrebatador. Nunca lera, em livro algum, nada tão belo quanto aquela cena.

E a um grito do mestre de cerimônias, os tambores e violinos começaram a tocar de novo, mais alto do que nunca. Mas Nina nem ligou para a música ou para as pessoas que atiravam os cobertores de lado, levantando-se para dançar outra vez ao redor da fogueira. Estava paralisada, com o olhar fixo no céu, enquanto as pessoas festejavam à sua volta.

De repente, sentiu uma presença bem próxima e se virou na hora. Ao lado dela estava a figura imponente de Lennox, emoldurado pelo céu que ia escurecendo. Ele não disse nada, só acompanhou o olhar de Nina até o céu e assentiu. Então estendeu o braço e tocou a mão dela com delicadeza.

Nina sentiu o toque arder como fogo, e instintivamente puxou a mão. Lennox apenas a encarou por um instante e em seguida recuou de costas até ser engolido pela multidão rodopiante, desaparecendo tão rápido que ela chegou a achar que tinha sonhado com aquele momento.

Horas depois, Nina estava sentada com um grupo de novo amigos vendo o sol nascer, logo depois de ter se posto. Não parava de pensar no que acontecera – se é que algo havia mesmo acontecido, se é que não havia interpretado tudo errado.

Contudo, seus instintos tinham gritado: afaste-se. Sua última desilusão ainda era muito recente. Ela achava que sabia no que estava se metendo, quando, na verdade, não sabia de nada. Não podia permitir que isso acontecesse outra vez. E, apesar da conversa civilizada que tinham conseguido manter pela primeira vez, a caminho da festa, no geral Nina o considerava rude e seco. Além disso, pelo pouco que Lennox contara, ele estava passando por um período emocionalmente terrível.

Lembrou-se dos olhos tristes de cachorrinho de Marek e suspirou. Será que não havia nenhum outro cara disponível que não fosse desgraçar a cabeça dela? Um cara que só lhe fizesse bem? Ou será que isso só acontecia na ficção?

Ainslee passou por ela. Nina reparou que a menina estava trabalhando na festa e se levantou para ir cumprimentá-la depois de Ainslee ajudar a servir o café da manhã fabuloso incluído no ingresso da festa: misturar grandes jarros de leite fresco e cremoso em imensos tonéis de mingau com sal, açúcar ou mel; fatias de bacon defumado artesanal; salsichas Lorne quadradinhas; ovos mexidos com salmão defumado, oriundos do *loch* mais próximo; e chá e café aos montes para estancar a bebedeira do festival inteiro, embora ainda houvesse bastante gente consumindo a bebida cor-de-rosa frisante.

– Que demais! – exclamou Nina. – A festa está incrível.

– Aham – respondeu a menina.

– Trabalhar aqui é divertido?

Ainslee deu de ombros.

– Não mesmo. Mas preciso do dinheiro.

– Está tudo bem em casa?

– Aham – atalhou a menina.

Então percebeu que tinha bebido demais e estava passando dos limites.

– Desculpe – disse Nina.

Ainslee olhou por cima do ombro dela.

– Quem é aquele cara ranzinza ali atrás?

Ao acompanhar o olhar da garota, Nina avistou Lennox junto ao bar, bebendo uísque. Ao notar que era observado, ele se voltou outra vez para os amigos.

– Ah, é só o meu senhorio – explicou. – É um velho infeliz e ranzinza.

– Lennox, né? Da Fazenda Lennox. Ele é velho à beça – comentou Ainslee.

– Ele tem uns 30 e poucos anos!

– Então. Praticamente um idoso.

– Ah, tá bom – falou Nina.

– Mas até que ele é bem bonitinho. Para um cara mais velho. – Ainslee estava ficando vermelha.

– Você acha?

A garota aquiesceu.

– Quer dizer, não que a minha opinião valha alguma coisa.

– Ainslee – começou Nina, inclinando-se para a frente –, nunca mais diga isso. Sua opinião é sempre importante.

A menina ficou olhando para ela por um tempo, até que ambas ouviram o nome de Ainslee ser chamado pela pessoa que estava supervisionando as atendentes.

– Então quer dizer que vai investir nele? – indagou a menina, tentando dar um sorriso conspiratório.

– Hã, não – respondeu Nina. – Mas eu valorizo sua opinião.

Ainslee assentiu, como se estivesse bastante acostumada a ser ignorada, e foi embora a passos pesados.

Uma frota de táxis e carros apareceu para levar os foliões para casa. Havia várias pessoas desmaiadas pelos cantos; elas só acordariam muito mais tarde, cobertas de sereno. Outras tinham se preparado e montado barracas aqui e ali. Depois de quatro canecas cheias de café, Nina estava bem sóbria, e dividiu o táxi com uns amigos que conhecera na festa, feliz de não ter nem sinal de Lennox no caminho de volta. Seu cabelo tinha se soltado e ela não queria nem pensar no estado em que o delineador se encontrava.

– A noite foi boa? – quis saber o motorista. – Quando eu era mais novo, nunca perdia essa festa. É um ótimo lugar pra conhecer garotas, pode crer.

– E o senhor conheceu alguma? – perguntou uma moça muito bêbada que estava estatelada no banco de trás.

– Minha esposa – contou o motorista. – Ela não me deixa mais ir, só se for a trabalho. Mas que era divertido, era. Deu pra ver as luzes hoje? Eu nunca vi no verão.

– Deu, sim, foi incrível – respondeu Nina, lembrando-se do momento.

Exceto pela troca estranha que tivera com Lennox, poderia dizer que, sob vários aspectos, aquela havia sido a noite mais maravilhosa de sua vida. Pensou nas noitadas de quando morava na cidade. Sim, com certeza. Não tinha nem comparação. Em Kirrinfief, ela podia não sair à noite com tanta frequência, mas, quando saía, sempre significava algo mais. Lamentou que Surinder não estivesse presente. A amiga teria amado a festa. E o cara cujo nome terminava em "gus" havia perguntado por ela. Nina achava que ele não tinha ficado com ninguém naquela noite.

Após tirar o lindo vestido e examiná-lo com cuidado, Nina concluiu que a peça estava mais ou menos intacta, apenas com um pouco de lama aqui e ali. Queria arranjar uma coleção de livros novos para Lesley como forma de agradecimento, ainda mais agora que já sabia do que a mulher gostava. Contudo, ao se enfiar na cama com grande satisfação, sua mente voltou-se não para a dança desenfreada, nem para o vinho doce, muito menos para as luzes coloridas que cortaram o horizonte.

Para seu desagrado, veio-lhe a lembrança da expressão de Lennox quando ela puxou a mão para longe dele. Tinha a consciência desconfortável de que, naquela hora, não sentira desagrado, medo nem qualquer uma das sensações negativas que, conforme suspeitava, haviam se insinuado em seu rosto.

Puxara a mão porque, naquele ínfimo instante em que a mão de Lennox roçara de leve na dela, o que Nina havia sentido fora um ardor imediato e intenso. O gesto a deixara em brasas.

Não queria – não conseguia – nem pensar nisso, ainda mais naquele momento em que estava prestes a perder a casa, prestes a perder tudo que trabalhara tanto para construir.

(E nem sequer chegou a pensar que, a alguns quilômetros dali, naquele fatídico instante, havia um trem parado em um cruzamento. Debruçado na janela da cabine, um maquinista olhou para uma árvore vazia, admirando também as lindas luzes que coloriam o céu, e pensou que não devia haver ninguém no mundo que se sentisse tão solitário quanto ele.)

Capítulo vinte e cinco

O sol da manhã se derramava sobre o lençol quando Nina acordou. Já era tarde, mas se sentia melhor, o que era curioso, considerando o quanto bebera e dançara na noite anterior. Tomou um demorado banho de banheira usando os produtos caríssimos que encontrara em uma cesta logo que se instalara ali, tal qual um hotel chique, e que nunca se atrevera a usar. Mas naquele momento, sob o risco de ser despejada, não dava mais a mínima. Estava se sentindo até purificada.

Era só não pensar em Lennox.

Ao se sentar para pentear o cabelo, ficou ali pensando. Mas que droga. Era uma ideia horrível. Ele estava vulnerável. Era um homem que usava galochas, pelo amor de Deus. Um homem que baixara a guarda por uma única noite, que havia admitido que queria se embebedar.

Era muito provável que agora, pela manhã, Lennox estivesse se sentindo tão constrangido quanto ela. Até mais, na verdade. A melhor coisa, a *única* coisa a fazer era ignorá-lo. Se algum dia – muito em breve – ele entrasse ali para dizer que Nina estava sendo despejada e que Kate ia ficar com a fazenda, bem, aí ela teria que lidar com a questão. Ligou o computador e encontrou outra simpática mensagem da Biblioteca das Ilhas Orkney, sugerindo que fizesse uma visita à cidade e dizendo que a aurora boreal ficava bem impressionante naquela época do ano, o que fez com que abrisse um sorriso. Talvez fosse uma boa ideia. Qualquer motivo para sumir durante uns dias.

No entanto, seria tão difícil deixar tudo aquilo para trás... Pensou nas conversas que tivera na noite anterior e não conseguiu conter um sorriso.

Por outro lado, os escoceses eram assim mesmo, não eram? Todos agiam de modo hospitaleiro e gentil, ainda mais tão ao norte. Nada daquilo significava que Kirrinfief era o lugar a que pertencia, certo?

Porém, Nina não sabia mais o que fazer. Não queria ficar ali na fazenda se lamentando. Tampouco queria ver Lennox. Não. Por mais estranho que parecesse, era melhor sair, ganhar dinheiro, abastecer a van, cuidar para que tudo estivesse nos trinques... Era melhor pensar em si mesma como alguém que gostava de seguir em frente, de viajar e conhecer novos ares.

Apesar de ser domingo, dia em que nenhuma das lojas do vilarejo ficava aberta, decidiu sair mesmo assim. Quanto mais cedo, melhor. Além disso, quanto mais longe de Lennox e da porcaria da fazenda dele, melhor. Ela morria de vergonha só de pensar que ele podia aparecer por lá para se desculpar. Lembrou-se outra vez do olhar dele quando a vira com o vestido branco.

Não. Estava imaginando coisas. Outra vez. Como sempre fazia, segundo a própria Surinder. Não era nada. Ou então, na melhor das hipóteses, era só um homem solitário e amargo que achava que ela cederia bem fácil, já que morava logo ali ao lado. E Nina tampouco estava atrás disso.

Então seus pensamentos traiçoeiros se voltaram mais uma vez para a sensação de ter aquela mão forte e calejada sobre a dela.

Não. Não, não, não, não. Adiante. Ia seguir em frente. Aquela cidade não era seu lar, ninguém nem daria falta dela. Era só um ponto de parada, nada mais. Um meio de fugir de um emprego frustrante e migrar para uma carreira mais interessante. A vida seguiria em frente, Nina iria para outro lugar e ninguém sentiria saudade dela.

No fim das contas, como o tempo ainda estava bom – o que era praticamente um milagre naquele canto do mundo –, o vilarejo se encontrava apinhado de gente sassaricando para lá e para cá, explorando as ruas históricas de pedra. O pub estava com as portas escancaradas. Edwin e Hugh acenaram para ela com entusiasmo, empoleirados em uma mesa na área externa, ambos tomando o de sempre: um *pint* de 80 Shilling.

Parou para bater papo, como sempre fazia, e entregou aos dois seus achados mais recentes: um thriller de um submarino da Guerra Fria para Edwin, que amava o subgênero, por mais que os livros fossem sempre muito parecidos, e uma comédia romântica contemporânea para Wullie – imagine só! –, que tinha lido o primeiro *chick lit* por acaso e se apaixonara pelo gênero, ignorando por completo as gozações dos companheiros.

E quando Nina olhou a pequena cidade brilhando ao sol, percebeu um detalhe interessante.

Todo mundo à sua volta estava lendo. Pessoas no jardim de casa. Uma senhora na cadeira de rodas diante do monumento de guerra. Uma menininha no balanço que se balançava, distraída, completamente absorta em um clássico da literatura infantil que tinha na capa justamente uma menininha no balanço.

Na padaria, alguém ria de uma revista em quadrinhos; na banquinha de café, a barista tentava ler e preparar um cappuccino ao mesmo tempo.

Nina ficou abismada. Não podia ser... não era possível que tivesse transformado todos os moradores da cidade em leitores. No entanto, quando abriu a van, mais e mais pessoas vieram vê-la, surpresas por encontrarem a livraria aberta no domingo, e Nina começou a se convencer do contrário.

– As crianças quase não jogam mais Minecraft! – exclamou Hattie. – Tudo bem que elas só querem ler livros sobre Minecraft, mas, para mim, isso já é um milagre.

– Eu nem sei quando parei de ler – confessou um velho senhor.

Ele pegou uma das edições mais lindas de Sherlock Holmes que Nina já vira na vida. Ela detestara ter que pôr o exemplar à venda e cobrara um preço altíssimo, na esperança de que ninguém estivesse disposto a pagar, mas parecia que ele estava. Pelo menos o dinheiro ajudaria na mudança.

– Acho que eu só parei de encontrar livros por aqui – prosseguiu o senhor. – Sabe, nos tempos do ônibus, as pessoas liam bastante. Mas aí de repente todo mundo estava com o nariz enfiado no celular ou naquele celurarzão, não sei como se chamam.

– Tablet. Eles deviam estar vendo no tablet – defendeu Nina, que também adorava seu e-reader.

– Sim, eu sei – disse o homem. – Mas eu não conseguia ver. Não conseguia mais ver o que estavam lendo nem perguntar se era bom, muito menos fazer uma nota mental para procurar o livro depois. Foi como se, de repente, todos os livros tivessem desaparecido.

– Entendo bem o que o senhor quer dizer. Sei, de verdade, como se sente.

Os dois admiraram a edição de Sherlock Holmes com a capa de couro feita à mão e as belíssimas guardas de seda.

– Você não quer se separar desse livro, não é? – perguntou o senhor.

– Sinceramente? Não.

– Prometo que vou cuidar muito bem dele.

– Então tudo bem – falou Nina, aceitando o cheque e guardando-o na velha lata de metal em que colocava o dinheiro.

– Se quiser, pode visitá-lo de vez em quando – disse o senhor, com um tom levemente galanteador.

Nina sorriu para ele.

– Ah, ainda não sei se vou continuar por aqui.

Tentou soar leve e descontraída, mas ela mesma percebeu que não deu muito certo.

Da maneira menos escancarada possível, Nina tentava observar o pequeno Ben, imundo como sempre, que estava sentado nos degraus da van com um livro no colo, os lábios formando as palavras conforme lia. O menino erguia os olhos de dez em dez segundos, com medo de ser flagrado por algum passante, e foi então que Ainslee apareceu e começou a brigar com ele.

– Você não pode fugir de casa desse jeito! Achei que tivesse se perdido.

– Eu não tô perdido.

– É, agora eu sei disso, mas não pode sair por aí sem me dizer aonde vai.

Nina franziu o cenho. Ainslee sibilou baixinho para o irmão:

– Se eles virem você... se virem você perambulando pela rua desse jeito, Benny...

– Não tô nem aí.

– Você diz isso agora.

– Não tô nem aí.

Voltou a ler o livro. Ainslee suspirou, exasperada, e voltou-se para Nina.

– Não sabia que você ia abrir a loja hoje.

– E não ia mesmo – respondeu Nina. – É só que... Eu só vim aqui para...

– Não encontrava uma forma de explicar o que estava acontecendo, então mudou de assunto: – Gostou do festival de verão? Eu achei lindo.

Ainslee deu de ombros.

– Foi chato.

– Tinha vários garotos bonitinhos – provocou Nina, tentando, sem sucesso, fazer a menina sorrir.

Ainslee olhou ao redor, irritada.

– Não tem nada para fazer aqui.

– Eu sei – falou Nina, que tinha arrumado tudo em uma tentativa de aliviar a ansiedade. – Na verdade, não preciso de ajuda hoje.

Ainslee deu de ombros outra vez. Deu meia-volta e seguiu na direção da praça ensolarada da cidade, o delineador pesado e o cabelo mal tingido fazendo um contraste estranho com a luz da manhã.

– Ben, vem logo – ralhou ela.

Com relutância, o menininho pôs o livro no chão (Nina limparia as marcas de dedos depois) e saiu correndo atrás da irmã, cabisbaixo.

Foi então que Nina tomou a decisão. Havia passado tempo demais se segurando. E, já que iria embora em breve, de nada importava se as pessoas a achassem intrometida. Esperou alguns instantes e então trancou tudo em silêncio, deu a partida na van e seguiu os dois a distância.

Depois das ruas centrais com pavimento de terra, o vilarejo se diluía em ruelas periféricas menos atrativas: casas cinzentas, construídas na década de 1950, umas bem-cuidadas e com flores na janela, outras de aparência mais combalida. Por outro lado, havia belos campos verdejantes a perder de vista.

Nina não pôde deixar de pensar que, mesmo para os mais pobres, aquele devia ser o melhor lugar do mundo para se crescer.

Ainslee e Ben entraram na casa mais detonada de todas. O jardim da frente estava cheio de lixo, além de uma poltrona velha sem pernas e uns brinquedos quebrados. A porta estava coberta de arranhões e mossas, o vidro das janelas estava rachado. Parecia que não havia ninguém que zelasse pelo imóvel.

Nina engoliu em seco. De repente, notou que estava um pouco assustada. Nos cenários mais obscuros de sua imaginação, Ainslee morava com um padrasto horroroso ou pertencia a uma família de viciados que nem ligava para as crianças. Não sabia se tinha coragem de encarar a situação. Estava acostumada a lidar com vários problemas sociais na biblioteca. A equipe sempre falava com o serviço social ao notar certas pessoas que apareciam todos os dias e adormeciam nas mesas, claramente sem ter outro lugar para ir, ou quando algum frequentador começava a aparentar desleixo ou más condições. Além disso, várias pessoas usavam a biblioteca como se fosse uma agência informal de aconselhamento pessoal, então ela e os colegas já tinham aprendido a relevar várias coisas.

Mas essa situação era diferente. Não havia como negar que estava se intrometendo. Tentou se consolar ponderando que estava pensando no bem de uma criança, uma criança negligenciada, que vivia suja, que mal sabia ler aos 8 anos e que não ia à escola. Também era pelo bem de Ainslee, que só se animava quando estava sozinha com os livros e cuja falta de interesse em tudo parecia indicar um problema mais grave do que o desânimo típico dos adolescentes.

Entretanto, continuava se sentindo uma intrusa, uma bisbilhoteira que se intrometia na vida das pessoas e aborrecia todo mundo, a garota da cidade grande que aparecia do nada para meter o bedelho no que não lhe dizia respeito. Na biblioteca era diferente, pois as pessoas pediam ajuda e ficavam gratas depois. Por mais que Nina fizesse as perguntas com cuidado, estava claro que Ainslee não queria conversar. Mas o bem-estar de uma criança estava em jogo.

Nina suspirou, contorcendo-se de indecisão. O que fazer? Seguir em frente ou desistir? Afinal, Ainslee era uma pessoa funcional, não era? Porém, Nina se lembrou da terrível conversa sobre as provas de conclusão do ensino médio. Uma menina tão inteligente... não era certo que ela não passasse pelas avaliações. Ainslee deveria estar pesquisando universidades, ansiosa para se divertir com as novas possibilidades que se abririam quando saísse de casa, mas em vez disso, vivia desleixada, brigando com o irmão e sem fazer um único plano para o futuro. Talvez Nina pudesse ter uma conversa leve com os pais dela, para que enxergassem a menina inteligente que tinham em casa. Sim. Era a melhor escolha. Era a única escolha.

Enchendo-se de coragem, foi até o portão. O trinco estava quebrado e o portão parecia prestes a se soltar das dobradiças. Passou com cuidado e percorreu as pedras rachadas que atravessavam o jardim. Fazia um silêncio sepulcral na rua, não passava nenhum carro. Um falcão solitário sobrevoava as árvores próximas. Nina o observou por um momento, admirando sua magnificência silenciosa e sentindo uma leve inveja da vida descomplicada e desprovida de obrigações sociais do animal.

Então parou diante da porta e bateu logo, para não correr o risco de desistir de vez.

Capítulo vinte e seis

Durante um bom tempo, não se ouviu nenhum barulho. Não tinha nenhuma luz acesa. Se Nina não tivesse visto os dois entrando na casa, poderia até ter achado que estava vazia. Então enfim ouviu um grito na voz de Ainslee, mas ela parecia ter dito "Não atenda!"

Contudo já era tarde demais, pois mãozinhas imundas já estavam abrindo uma série de trancas, a julgar pelo barulho que vinha do outro lado da porta.

– Nina!

O rosto grudento de Ben não conseguiu esconder a alegria ao vê-la, e o sorriso que ele abriu o deixou irreconhecível, totalmente diferente do menininho emburrado que conhecera naquele primeiro dia, nos degraus da van.

– Oi, Ben.

– Trouxe algum livro pra mim?

Nina se xingou por não ter pensado nisso.

– Não, desculpe, eu não... eu devia ter trazido alguma coisa. Na verdade, eu até trouxe, mas está lá na van. – Nina conseguiu improvisar. – Sua mãe está?

Ben ficou evasivo na mesma hora. O menino desviou o olhar para a esquerda. Atrás dele, Nina viu uma cozinha absurdamente bagunçada, coberta de lixo e garrafas vazias de leite. A casa cheirava a poeira, abandono e, por trás disso tudo, algum outro odor que não conseguiu identificar.

– Ben! Quem é? – indagou Ainslee, e apareceu atrás do irmão, estreitando os olhos para enxergar ao sol. – O que você quer?

O respeito tranquilo que sempre havia na voz da garota tinha desaparecido por completo. Ela parecia beligerante, irritada e pronta para botar Nina para correr. De repente, Nina notou que Ainslee era muito maior que ela e bem capaz de levar isso a cabo, se assim desejasse.

– Hã... Eu estava pensando... sua mãe está?

Ainslee e Ben se entreolharam.

– Nossa mãe não é da sua conta – rebateu Ainslee, com grosseria.

– Eu só... só queria dizer a ela como você está se saindo bem no trabalho, só isso. Além disso, você esqueceu seu pagamento, e eu vim entregar.

– Então não veio aqui pra bisbilhotar?

Nina não sabia como responder, por isso olhou para baixo.

– Ela está?

– Estamos bem – insistiu Ainslee. – Não precisamos da sua esmola.

– Não é esmola – retorquiu Nina. – É o seu pagamento. Você trabalhou e mereceu.

Ainslee pareceu dividida.

– Por favor – pediu Nina. – Por favor, Ainslee. Não quero fazer mal algum, juro. Não quero causar confusão. Só quero ter certeza... de que está tudo bem com vocês.

De repente, algo atrás das crianças chamou a atenção dela. Era um rato, dos grandes. Um rato ou uma ratazana. E soube na mesma hora que não arredaria o pé dali. Ela olhou para Ainslee, que tinha chegado à mesma conclusão. A menina suspirou profundamente, os ombros curvados.

– Você não pode contar a ninguém que veio aqui – pediu ela.

– Está bem – concordou Nina, sem nem se incomodar em cruzar os dedos. Havia algo muito errado ali, e estava determinada a descobrir o que era. – Só vou entrar por um minutinho...

– Não vai, não.

– Ainslee, sua mãe está em casa ou não?

De repente, ouviram um barulho bem baixo. Era o som de um sininho. Todos se entreolharam. Ben saltitava no lugar, sem conseguir se controlar.

– Ainslee – dizia ele, puxando o casaco da irmã. – Deixa ela entrar! Ela é legaaaal!

Ainslee encarou Nina como se ela fosse uma estranha.

– Não vou demorar – afirmou Nina, com calma. Precisava entrar. Cruzou o umbral da porta. – Sra. Clark? – chamou, baixinho. – Sra. Clark?

Em resposta, o sino tiniu outra vez.

A sala tinha um cheiro estranho de poeira, velhice e cansaço. Para todo lado havia pilhas de papéis e livros. Nina os examinou.

– Se não me engano, isso parece material de estudo para provas de conclusão do colégio – disse ela.

Ainslee deu de ombros, taciturna. Nina não via nenhum sinal da menina que ia ajudá-la na livraria, ansiosa, que gostava de agradar. Fora substituída por uma jovem muito mais truculenta e intransigente, que não respondia nada. Nina olhou ao redor e pigarreou.

– Hum. Onde está a sua mãe?

A porta estava muito emperrada, e Nina precisou empurrar com força para abrir. O quarto ficava nos fundos da casa e era decorado com papel de parede rosa, criando uma textura pesada. O ar recendia a talco e, mais intensamente, ao cheiro que Nina detectara antes e que havia acabado de reconhecer: fedor de doença.

– Olá?

Assim que entrou no quarto, a pessoa deitada na cama virou o rosto para ela, com lentidão sofrida. Nina teve que conter uma exclamação. Era uma senhora, muito velha e encarquilhada. Então Nina olhou com mais atenção e percebeu que a mulher não era tão velha assim, mas seu rosto vincado trazia rugas profundas de dor e o pescoço se torcia em um ângulo estranho.

– Olá – disse ela, com uma voz muito suave e grave. Apesar de ainda reter a melodia das Terras Altas, parecia que não conseguia reunir muito fôlego para falar. – Peço desculpa, mas não posso me levantar para cumprimentar você.

– Sra. Clark?

– Você é do serviço social?

– Não – respondeu Nina.

– É da escola? Eu já dei uma palavrinha com a escola antes.

– Não, não, eu não sou da escola. Sou da livraria.

– Ah, aquela van? – Quando a mulher falava, sua voz estremecia e falhava. Ela parecia estar muito mal. – Fiquei sabendo. Parece ótimo.

– Eu... eu posso trazer uns livros para a senhora – sugeriu Nina, dando um passo à frente. – Eu vim aqui porque... porque estou um pouco preocupada com o Ben.

– Ah, ele é um pestinha, esse menino – falou a Sra. Clark, bem devagar.

Parecia que ela tinha que arrancar à força cada palavra que saía de sua boca. A atmosfera no quarto era opressiva, e Nina sentiu a pele arrepiar. Forçou-se a se aproximar um pouco mais da cama.

– Desculpe perguntar, mas o que a senhora tem?

– Esclerose – respondeu a mulher. – Tenho uns dias melhores e outros piores, sabe...

Não parecia nem um pouco que ela chegava a ter dias melhores. Nina se aproximou ainda mais.

– Mas... com esclerose, imagino que a senhora poderia usar uma cadeira de rodas para se movimentar – disse ela. – Alguém vem aqui ajudar?

– Não – veio uma voz ríspida atrás de Nina.

Ela se virou. Era Ainslee, com os olhos em brasa.

– Não. A gente não precisa dessas coisas – prosseguiu a menina.

Nina ficou atônita.

– Mas se vocês procurassem o serviço social... alguém viria ajudar vocês três...

Ainslee balançou a cabeça, austera.

– Sei. E aí viria um monte de gente intrometida me dizer que eu não sou capaz de cuidar da minha própria mãe. Nem pensar.

– Não é assim que funciona – contestou Nina. – Eles ajudam com a limpeza e...

– Eu não tenho 16 anos – interrompeu Ainslee, agressiva. – Sabe o que eles vão fazer? Vão mandar nós dois para um orfanato. Eu e Ben. Para lugares diferentes. Já ouviu as histórias sobre o que acontece nesses lugares?

Nina assentiu.

– Mas não... não é assim que funciona. Tenho certeza de que fariam de tudo para que vocês pudessem ficar aqui com a sua mãe, ou então, pelo menos, para que ficassem juntos.

– Lógico que não – rebateu Ainslee. – Eu posso cuidar dela. Eu dou conta. – Sua voz estava tensa.

– Ela é uma menina maravilhosa – observou a mulher na cama.

– É mesmo – falou Nina. – Sei disso por experiência, já que ela trabalha para mim. Mas, sinceramente, Ainslee não deveria deixar de fazer as provas de conclusão do ensino médio. E assim que as férias acabarem, Ben deveria voltar para a escola.

– EU NÃO QUERO IR – veio um grito do lado de fora.

– Eu sei, eu sei. – A Sra. Clark tossiu forte, quase engasgando. – Mas preciso muito deles aqui. Quando estamos todos juntos, ficamos aninhados na cama, e aí não precisamos de mais ninguém. Não temos que fazer nada, nem ir a lugar algum. Sem contar que as pessoas não são legais na escola.

Ainslee concordou.

– Estamos bem.

Nina continuou avançando.

– Eu sei que, com certeza, há coisas que podem ser feitas. Prometo que a vida pode ser muito melhor.

– Mas eu preciso deles – insistiu a mulher.

Nina balançou a cabeça, dizendo:

– A senhora precisa de ajuda. Mas não deles dois.

– Eles são a minha família.

– Eu sei. Mas eles também precisam ter as próprias vidas.

Um silêncio tomou o quarto, e Nina ficou mortificada ao ver uma lágrima escorrendo pelo rosto macilento da Sra. Clark.

– Sinto muito, muito mesmo – continuou Nina. – Não tive a intenção de chateá-la.

– Sei – retrucou a mulher. – Está tudo ótimo para você. Não está doente. Não tem dois filhos que te amam. Não sabe como é a minha vida.

– Não sei mesmo – concordou Nina. – Mas tem que haver uma alternativa melhor. Você merece ter gente que venha cuidar de você da maneira apropriada.

Dava para sentir Ainslee se remexendo, contrariada, atrás dela. A Sra. Clark suspirou.

– Ainslee fazia tudo tão direitinho, não é, querida? Ficava satisfeita em fazer tudo. Limpar, trocar a roupa de cama e fazer o jantar. Não sei por que você parou. – Ela olhou ao redor, como se estivesse notando, pela primeira vez, as condições em que se encontrava. – Nem sei como a coisa chegou a esse ponto.

Ainslee deu um suspiro profundo. A mãe prosseguiu:

– Você não tem levado o Ben pra escola? Ele tem que ir pra escola, Ainslee. Antes você sempre conseguia fazer seu irmão ir pra escola.

– É – falou Ainslee. – É. Mas aí... aí eu nunca conseguia fazer mais nada. Só conseguia fazer isso. Ser sua escrava. Ficar presa aqui pra sempre. Só limpando, lavando e esfregando. Eu não... eu não quero mais. Quero fazer outras coisas. – Olhou para Nina, os olhos cheios de raiva. – Eu gosto de trabalhar para ela.

As lágrimas escorriam livremente pelo rosto da Sra. Clark.

– Mas eu pensei... você sempre disse que não se incomodava.

– É, mas era porque eu não queria que me levassem embora. Ou que levassem o Benny. Eu pensava... quando eu era criança, achava que você ia melhorar. Não tinha entendido que você continuaria desse jeito. Para sempre. Eu não sabia. Que eu ia ter que ficar aqui para sempre.

Mãe e filha estavam chorando, e a Sra. Clark estendeu a mão. Ainslee a pegou, apertando-a com força.

– Vamos conseguir resolver isso – disse a mulher, olhando para Nina. – Não vamos?

Nina olhou em volta.

– Bem, acho que já sei por onde podemos começar – respondeu.

Por mais que tentasse, Nina não conseguiu fazer com que Ben ficasse em casa com a mãe e a irmã. O menino saiu correndo atrás dela, fazendo mil perguntas com uma voz assustada. Nina fez o que pôde para tranquilizá-lo. Ben enfim se calou quando Nina deixou que o garoto se sentasse no banco do motorista da van, algo que ele amava. Melhorou ainda mais quando Ben avistou uns amiguinhos da escola que estavam brincando por ali, e Nina deixou que o menino tocasse a buzina. As crianças se viraram, e Ben acenou freneticamente para elas. Nina sorriu, pensando que não havia nada tão instável quanto o humor de uma criança de 8 anos.

De volta à fazenda, ela saltou do carro e correu para o celeiro, reunindo todos os produtos de limpeza pesada que comprara para fazer a primeira faxina na van, trazendo também uma porção de sacos de lixo pretos. Estava colocando tudo na parte de trás da van quando Lennox surgiu no pátio, com

Salsinha em seu encalço. Ele estacou ao vê-la, ficou um pouco ruborizado e então pigarreou.

– Oi – disse ele ao se aproximar. – Pra que tudo isso? Atropelou alguém e agora está querendo se livrar das evidências?

Nina também corou, dizendo a si mesma para não olhar os dedos longos e fortes de trabalhador de Lennox. "Não pense neles, não imagine o que são capazes de fazer." Não. Ela não ia ficar pensando nisso. E nem nos penetrantes olhos azuis que a encaravam.

– Não. – Nina não estava a fim de dar explicações.

– Esse aí não é o Ben Clark? – perguntou ele, apontando com o queixo. – E aí, Ben? Como vai a sua mãe? Peraí... – Lennox foi correndo em casa e voltou com um cesto de ovos. – Aqui, leva isso pra ela.

– Você sabia da mãe dele? – perguntou Nina, sentindo a raiva brotando dentro de si.

– Quem? A Sra. Clark? Fiquei sabendo que ela estava meio doente, mas não é nada sério, né?

– Ela está de cama há tempos! – exclamou Nina. – Ainslee e Ben estão escondendo isso há meses... talvez anos! Ainslee cuida de tudo na casa sozinha. Você não sabia?

Lennox olhou para ela por um instante.

– Prefiro não me meter na vida dos outros – respondeu ele. – Assim os outros também não se metem na minha.

– Hum – fez Nina.

– Desde quando você tá fazendo caridade?

– Desde que existe gente como você, que não faz nada.

Lennox se empertigou e foi embora pisando firme. Nina o observou. Queria não ter se descontrolado. Não conseguia entender por que raios aquele homem sempre a tirava do sério.

Ainslee só fazia reclamar, não parando nem quando Nina mostrou o que havia na outra bolsa que trouxera: dois pacotes de chocolatinhos, bananas, chá, sorvete e uma garrafa grande de Irn-Bru.

– Se trabalhar duro, a recompensa será boa – disse ela, sorrindo.

– Eu não tenho mais 4 anos, sabia?

– Eu sei. Se quiser, eu te pago um dia de trabalho por isso.

Na mesma hora, Ainslee ficou mais animada. As duas arregaçaram as mangas e se puseram a trabalhar.

Ainslee levantou a mãe para que pudessem trocar o lençol. Nina pegou a roupa de cama, junto com tudo o que conseguiu encontrar, e enfiou na máquina de lavar. Havia muitas roupas em petição de miséria. O que não dava para salvar, Nina separou para descarte ou para virar pano de chão. Daria um jeito de arranjar outras roupas depois.

Só de tirar todo o lixo, a casa já ficou com uma aparência mil vezes melhor, e depois elas ainda lavaram, esfregaram e poliram tudo, enchendo inúmeros sacos e os levando para a lixeira. Benny, mais imundo do que nunca, ajudou a guardar as coisas e a limpar a casa, e até aceitou guardar os brinquedos quebrados em uma caixa quando Nina lhe prometeu brinquedos novos. Não sabia muito bem como arranjaria dinheiro para aquilo tudo, mas sabia que daria um jeito. Em seguida, mandou que o menino passasse o aspirador no chão e lavasse as janelas, já que não teria problema se o serviço não ficasse perfeito.

Enquanto isso, Nina se sentou com Ainslee para abrir os infinitos formulários e informes oficiais que estavam empilhados de qualquer jeito na mesa da cozinha.

– Ah, Ainslee… Não é à toa que as coisas estão tão difíceis para vocês. Olha só! Eles estão intimando vocês a provar um monte de coisa, e vão cortar o dinheiro de vocês. – Pegou uma das cartas, que dizia que Janine Clark precisava passar por uma perícia para averiguar se estava apta ao trabalho. – Ah, pelo amor de Deus! – exclamou Nina. – Que loucura.

– Fiquei sem saber o que fazer – explicou Ainslee. – Não consegui tirar minha mãe de casa por nada, e a gente tem que pegar dois ônibus pra chegar nesse lugar da perícia. Não daria para chegar lá às dez da manhã nem que a gente fosse andando, e ela nem sai da cama. Eu não sabia...

– Por que raios o serviço social não veio atrás de vocês? – perguntou-se Nina. – Vocês devem ter caído em uma fresta do sistema. Vocês não incomodam ninguém e eles não vêm incomodar vocês.

– Acho bom assim – grunhiu Ainslee.

– Mas não está bom de verdade, não é mesmo? Já faz um tempo que não está.

Ainslee concordou em silêncio.

– As coisas vão melhorar – prometeu Nina.

– Escuta... – Ainslee ruborizou, furiosa. – Você está ajudando muito, nós somos muito gratos e tal. Mas não quero que saia contando para as pessoas da cidade. Não quero caridade. Não quero ganhar roupas doadas por aí nem quero receber uniformes da escola que alguém jogou no lixo.

– Está bem.

– Não quero nada de graça. Por favor.

– Está bem – repetiu Nina. – Vou ver o que posso fazer. Mas, Ainslee, você precisa fazer as provas. Você é uma menina tão inteligente, aposto que ia se sair muito bem. Você tem potencial para chegar muito longe, e de quebra dar uma vida melhor para a sua mãe.

– Sem mim?

Nina tinha que admitir que a garota tinha certa razão.

– Bem, vamos ver, quando chegar a hora – disse Nina.

– É fácil falar. Você apareceu aqui do nada. Aposto que daqui a pouco vai se mandar para outro lugar de novo, não é?

Nina não tinha como responder.

Os assistentes sociais da equipe de emergência foram ótimos. Chegaram com muito cuidado e avaliaram a situação, fazendo questão de parabenizar Ainslee pelo trabalho incrível que fizera como cuidadora – enfatizando bem a palavra –, e ainda trouxeram uma grande caixa de Lego para Ben. O menino ficou sentado na cama da mãe montando as pecinhas alegremente, demonstrando tamanha habilidade e concentração que deixou Nina surpresa.

Ela torceu para não topar com Lennox quando chegou em casa, exausta, imunda dos pés à cabeça, mas satisfeita, sentindo que tinha merecido, e muito, aquele banho quentinho de banheira. Decidiu nem pensar nele. O sujeito tinha passado tanto tempo preocupado com os próprios problemas que nem notara outros que surgiram no próprio quintal.

Capítulo vinte e sete

O verão parecia estar se prolongando. Havia dias de muita tempestade, quando as nuvens chegavam quase a roçar no teto da van e chovia a cântaros, dobrando o capim das pradarias sob o peso das gotas. Mas também havia dias gloriosos, luminosos, quando o sol se erguia dourado e se punha rosado, o vento não passava de uma brisa cálida e as poucas nuvens eram pequenos tufos de algodão a passear pelo céu. Havia coelhos por todo lado, e o cheiro pungente de feno se desprendia dos campos e vinha perfumar o ar, deixando o mundo inteiro com um cheiro de puro frescor. E o mais importante de tudo era que não havia um único dia em que Nina conseguia se imaginar estando em qualquer outro lugar.

O desastre ainda não tinha acontecido. O que parecera tão fácil de dizer – "É claro que posso seguir em frente, é claro que vou para as Ilhas Orkney" – estava se mostrando muito difícil de fazer. Nina continuava tentando trazer os livros preferidos dos habitantes locais, atendia a multidão que sempre lotava as sessões de contação de histórias – poderia fazer umas dez por semana, se quisesse, e teria público – e tinha que encarar o fato de que só de andar na rua umas sessenta pessoas vinham cumprimentá-la, de tal forma que chegava a se perguntar se era assim que as celebridades se sentiam. Com tudo isso, se deu conta de que seria muito difícil ir embora.

Porque, apesar dos pesares, não tinha como negar: estava feliz.

Ainslee nunca faltava ao trabalho e continuava impressionada com a gentileza dos assistentes sociais, que haviam sido muito compreensivos e prestativos. Tinham até mandado alguém para ajudá-los na limpeza da casa. A garota logo completaria 16 anos e a mãe estava fazendo um tremendo esforço para estar presente e mandar Ben para a escola. A mulher tinha prometido fervorosamente parar de pedir que os filhos ficassem em casa com ela, no entanto, Nina não pôde deixar de notar que todo aquele tempo fazendo companhia para a mãe conferira a Ben um conhecimento profundo dos filmes de adolescente dos anos 1980. Assim, embora a data de análise do caso deles estivesse se aproximando, era muito provável que o serviço social permitisse que a família continuasse unida.

Quase todos os dias, Ben frequentava a colônia de férias infantil local. De vez em quando, se o dia estava muito bonito, Nina flagrava o menino se encaminhando para o rio à la Tom Sawyer e o delatava para Ainslee, lamentando um pouquinho ter que cortar a liberdade dele.

Ben também tinha feito com que ela quebrasse sua regra de ouro, aquela que jurara nunca quebrar: não emprestar livros em hipótese alguma. Quando aparecia alguém querendo devolver alguma edição particularmente bonita, e se estivesse em ótimas condições, até concordava em comprar o livro de volta, mas fazia questão de lembrar a si mesma que não era uma biblioteca. Precisava se sustentar e pagar Ainslee. Edwin e Hugh ganhavam preços especiais e Ainslee tinha o desconto de funcionária, mas, para a conta bater, todas as outras pessoas tinham que pagar.

Exceto Ben. Depois que o menino pegou o gosto, não parou de ler por nada. Devorou os livros de Enid Blyton, incluindo a longa Coleção Aventura, leu toda a série de Harry Potter e *Andorinhas e amazonas*. O garoto lia com tanta voracidade que Nina não tinha coragem de negar nada a ele. Quando não tinha colônia de férias, Ben era figurinha fácil na livraria. Após cuidar de algumas tarefas para a mãe, ele se acomodava no degrau da van para lagartear ao sol.

Com a ajuda da diretora da escola – que passava o ano inteiro soterrada de trabalho e estava aproveitando as férias para ler livros como *Minha vida de astronauta* e *Como abandonar a docência* –, Nina estava dando várias indiretas aqui e ali sobre como o terceiro ano era legal e como várias pessoas tinham se mudado para o vilarejo, de modo que haveria um monte de crianças novas que ainda não conheciam ninguém ali. Contou ao garoto sobre todas as excursões e todos os experimentos fantásticos que fariam, como observar um girino se transformar em sapo. E então, quando o movimento na livraria diminuía – o que, naquele verão, não era muito frequente, já que a cidade vivia apinhada de pessoas que vinham fazer trilha e escalada e visitavam a van à procura de mapas da área e livros de história da região, além daqueles que vinham comprar um bom livro para ler ao sol enquanto bebiam um *pint* de cerveja ou para lhes fazer companhia nas noites de tempestade em que a chuva fustigava as barracas de camping, durante as quais, inevitavelmente, os visitantes prometiam a si mesmos que passariam as férias seguintes acampando no deserto de Gobi –, Nina fazia Ainslee pegar os livros de história e geografia para estudar um pouquinho no cantinho silencioso da van.

Nina sabia que todos os seus esforços eram pelo bem da família, mas que, lá no fundo, era também por si mesma que fazia tudo aquilo. Dessa forma, mesmo que sua vida amorosa fosse uma tragédia, mesmo que a esperança de permanecer na cidade fosse em vão e mesmo que se visse forçada a se mudar para as ilhas... mesmo com tudo isso, ainda teria conseguido fazer alguma coisa boa.

Capítulo vinte e oito

Nina passava cada vez menos tempo na fazenda conforme a Pequena Livraria dos Sonhos ficava mais e mais movimentada. Os escoteiros locais mantinham um clube de leitura muito popular, apesar do primeiro encontro desastroso, que acabara em briga. O clubinho do livro infantil era sucesso garantido, e outros grupos foram surgindo. Nina sempre tentava fazer uma curadoria para indicar o melhor livro possível para os grupos, em vez de apenas sugerir um título novo e caro, embora os pequenos só quisessem ler os de Maurice Sendak.

Certa noite, ela escreveu uma mensagem para Griffin:

Imagine só, nos dias de hoje, alguém chegando para uma editora e dizendo: "Estou desenhando um livro infantil que é sobre um menininho que vive correndo por aí com o pintinho de fora e que vai parar na massa de um bolo, assado por quatro confeiteiros gorduchos."

Você está meio estranha, respondeu Griffin.

Estou trabalhando muito, escreveu ela de volta. *Parece que a minha vida não tem nada além de livros. No trabalho é tipo* Tempos difíceis, *depois vou pra casa e é tipo* Fazenda maldita.

Quisera eu que a minha vida girasse em torno de livros, dizia a mensagem rancorosa de Griffin. *Aqui a gente é proibido de pensar em livros. Só em presença em mídias sociais.*

Microservos?, digitou Nina.

Nossa, não, eles são todos jovens demais para sequer terem ouvido falar desse livro. Ninguém tem mais de 23 e todo mundo vive tentando me levar para a night.

Achei que você estivesse adorando sua nova vida.

Estou EXAUSTO, isso sim, respondeu ele. *E correndo um sério risco de contrair cirrose. Essas crianças só vivem dizendo GRATIDÃO para tudo. Só espero conseguir aguentar até a minha avaliação. É claro que você não precisa mais se preocupar com nada disso.*

De fato, escreveu Nina. *E também não tenho que me preocupar em receber hora extra. Nem licença médica paga. Nem em tirar dias de folga.*

O choro é livre, James Herriot. Agora eu vou lá porque tenho que fazer um relatório de programação de confluência de dez páginas. E nem sei o que isso quer dizer!!!

Os dois se despediram, e Nina suspirou, tentando encontrar um livro para ler e se sentir melhor, mas só conseguia encontrar mocinhos românticos que lembravam Lennox, quando eram mais rudes e fechados, ou Marek, quando eram gentis e alegres, a tal ponto que começara a pensar que estava enlouquecendo. Estava inquieta, não conseguia dormir, e decidiu que era aceitável – perfeitamente aceitável – ir dar uma caminhada pela trilha já tão conhecida sem fazer muito alarde. Marek não estaria lá, ele não iria parar, e mesmo se isso acontecesse, não havia mais nada a dizer. Mas o exercício poderia ajudá-la a dormir. Talvez até ajudasse a restabelecer a esperança de encontrar outra pessoa, de viver um romance e de perceber que, quem sabe, só tinha conhecido a pessoa certa na hora errada.

Quando saiu, Salsinha começou a latir, tentando ganhar um carinho, mas Nina passou direto por ele e espantou as galinhas do pátio, rumando sozinha para os campos. Os espinheiros estavam em flor, desprendendo o perfume intenso no ar fresco da noite. Nina apertou o casaco contra o corpo e continuou caminhando. Pensou que era muito melhor dar uma volta por aí e pensar no futuro do que ficar sentada dentro daquela linda casa que não era sua e que em breve também não seria mais de Lennox. A casa que seria arrancada dele por uma mulher que não a queria, que não queria a fazenda e não dava o menor valor à adorável Kirrinfief, ao coreto no centro nem às bandeirinhas de solstício que enfeitavam a praça. Uma mulher que não almejava ter aquela vida, que só queria transformar tudo em dinheiro para torrar.

Irritada, Nina enfiou as mãos nos bolsos. Pensou que até poderia procurar outro lugar para morar nas redondezas. Mas não havia nada disponível, a não ser o quartinho no segundo andar do pub, e não queria morar lá. A Biblioteca das Ilhas Orkney, por outro lado, lhe indicara uma pitoresca casinha de fazenda já mobiliada, com aluguel superbarato, e, a propósito, se Nina optasse por ir, seria ótimo se arranjasse uma forma de trazer mais uns 20 ou 30 mil jovens para ajudar a repovoar a ilha, isso aí, obrigada.

Suspirou, irritada com o dilema, e continuou caminhando. Quando se deu conta, já se aproximava do cruzamento e seu coração estava cheio de arrependimento.

Ao avistar a árvore, parou na mesma hora, abismada.

Estava repleta de livros, amarrados com cadarço aos galhos, pendurados como se fossem frutas. Era uma visão estranha e curiosamente linda, uma árvore de livros em meio ao céu noturno azul-escuro de verão, bem no meio do nada.

Nina ficou encarando aquilo, boquiaberta. "Ah, Marek, o que você aprontou agora?", pensou. Havia livros de história, ficção, poesia, vários em russo ou letão e outros em inglês. Muitos deles estavam danificados pela água, o que indicava que já fazia algum tempo que estavam ali, e algumas páginas tinham se desprendido e se colado ao tronco, o que ajudava a dar a impressão de que a árvore inteira era um imenso livro de papel machê.

Enquanto Nina assimilava tudo aquilo, hipnotizada, uma leve brisa soprou, e os livros começaram a girar e dançar ao sabor do vento – do papel à polpa, de volta à floresta, onde tudo começara.

– Ah, céus!

Suspirando, pegou o celular. Então tornou a guardar. Não. Não, não ia fazer isso. Não deveria.

Olhou o relógio. Não faltava muito. Logo o trem iria passar. Talvez não houvesse mal em vê-lo uma última vez antes de partir. Talvez para agradecer? Tinha acabado de compreender que os sentimentos dele eram muito mais fortes do que imaginara.

Mas será que não passavam de anseios de um coração romântico que estava solitário? E será que dois corações rômanticos solitários não deveriam ficar juntos?

Não, de jeito nenhum. Marek tinha um filho pequeno. Uma família. Nina não poderia prejudicar uma família, nem pensar.

Engoliu em seco. Então... Decidiu dar meia-volta. Se afastar dali.

Bem ao longe, ouviu, baixinho, o soar de um apito grave, o leve chacoalhar que já conhecia tão bem, e seu coração começou a bater no compasso da locomotiva.

Capítulo vinte e nove

Era como se estivesse congelada. Aos poucos, o trem foi surgindo, arrastando sobre o trilho os vagões tão preciosos. Mandando o juízo às favas, Nina passou por baixo da cancela e acenou loucamente com os braços, como se não tivesse a menor ideia do que estava fazendo, e o trem foi reduzindo a velocidade.

Com o coração na boca, tentou pensar no que iria dizer: um "não" curto e simples, ou "não tem como ficarmos juntos", ou uma despedida decente, um último olhar para a oportunidade perdida e o timing ruim...

Ficou ali, imóvel. Atônita. Com a mente invadida por um milhão de pensamentos diferentes. Jim estava na cabine e Nina o chamou, mas ele não olhou. Parecia até que o trem não iria parar. Contudo, acabou parando, só que mais adiante, de modo que Nina se viu de frente para o último vagão, o que tinha uma pequena sacada na parte de trás.

Marek estava sentado ali, com as pernas para fora. Não estava de uniforme, vestia roupas comuns.

– Oi – disse Nina, sem saber muito bem o que fazer. – Oi – repetiu, dando um passo à frente, já que Marek ainda não correspondia ao seu olhar. – A árvore... a árvore ficou linda. Mas... quer dizer, ela é linda, mas...

Ele se levantou.

– Nina – começou Marek, com uma voz grave e triste –, eu vim... vim me despedir.

– Por quê? – perguntou Nina. – Por quê? Para onde você vai?

– Ah, eu me meti em confusão. Atrasei o trem vezes demais, né?

– Não. Eles não... você não pode ter perdido o emprego...

Marek deu de ombros.

– Não é uma boa ideia piquenique na linha do trem – explicou ele, sorrindo. – A culpa foi toda minha.

– Não! Não pode ser! Você não pode ser demitido! Seus colegas não podem fazer greve por você? – Um pensamento passou pela mente dela na mesma hora. – Foi por isso que o Jim não falou comigo?

– Ele tá bem bravo com você – afirmou Marek. – Diz que é tudo culpa sua.

– Ah, meu Deus! – exclamou Nina, desesperada. – Sinto muito. Me desculpa, eu sinto muito mesmo.

Marek balançou a cabeça.

– A culpa não foi sua. Não foi culpa da Nina.

– Mas eu também não ajudei em nada – insistiu ela, triste, pensando em todos os favores que pedira a ele; em como o encorajara a ser descuidado com o próprio emprego. – Seus colegas não fariam nada para ajudar você?

– Fariam, sim – afirmou Marek. – Sou bom engenheiro ferroviário. Eu só apronto de vez em quando. Mas...

Fez-se uma pausa.

– Você vai para outro emprego?

– Ah, não. Não, não. Emprego não. Hum, eu não posso mais ficar na Inglaterra.

Nina ficou mortificada.

– Ah, meu Deus! Você vai ser deportado! Você não pode ser deportado!

Ela correu para a linha do trem e subiu os degraus.

– Assim a gente está aprontando – observou Marek.

– Não dou a mínima – rebateu Nina, alterada. – Não podem deportar você. Vou assumir a culpa de tudo!

– Talvez está na hora – falou Marek, com tristeza. – Eu estava me enganando. Brincando de romance com você, né? Uma grande história de amor, como a que os poetas escrevem.

Nina olhou dentro daqueles imensos olhos escuros, emoldurados pelos longos cílios, e sentiu as lágrimas brotando nos próprios olhos.

– Mas você estava certa. Não era de verdade. Eu tenho uma vida. Todo mundo tem. E o Aras e a Bronia são a minha vida. Isso aqui é uma vida de mentira. Eu quero vida de verdade.

O rosto de Marek estava tomado pela dor.

– Você... você já está indo? – perguntou Nina.

Ele assentiu.

– Estou, sim. Estou indo para casa. Vou achar emprego. Sei consertar motor, de muitos tipos. Sempre tem emprego pra gente que conserta motor.

– Mas... Mas...

Sem aviso, ouviu-se um apito alto. Jim estava dando partida no trem.

– Adeus – disse Marek.

Nina o encarou. O imenso trem começava a se movimentar.

– Vai, Nina – acrescentou Marek. – Desce, não é seguro.

– Mas...

O trem começava a ganhar velocidade.

– Vai!

Olhou para ele pela última vez. Então saltou para o chão, aterrissando em segurança ao lado dos trilhos, e ficou olhando o trem imenso atravessar o vale e seguir sempre em frente, até, enfim, desaparecer de vista.

Ainda ao lado da linha do trem, com o coração a mil, tentou ligar para o número de Marek, mas ninguém atendeu. Escreveu uma mensagem e não teve resposta. Então ligou para Surinder.

– Eu sabia que isso ia dar errado – disse Nina, chorando ao telefone, e Surinder, em uma demonstração eterna de grandeza, não disse "Eu bem que avisei", apesar de ter todo o direito. – Eu só achava que... bem, era romântico. Era lindo. Era uma espécie de jogo.

– Bom, se era um jogo, ele perdeu – respondeu Surinder, e Nina se pôs a chorar ainda mais.

Voltou correndo por todo o caminho. Ao ouvir os passos dela, Lennox abriu a porta de supetão. O batente emoldurava sua figura alta, delineada pela luz que vinha de dentro da casa, e Salsinha veio se postar aos pés do dono.

– O que aconteceu? O que aconteceu, caramba? – exigiu saber Lennox, assustado ao ver Nina em lágrimas, e abriu os braços instintivamente. – Você está bem? Aconteceu alguma coisa com você?

Ele tateou atrás da porta para pegar alguma coisa.

– O que é isso? – perguntou Nina, parando para olhar.

Ela deu um passo para trás. Lennox a encarava.

– Minha espingarda. O que houve? Alguém fez alguma coisa com você?

Nina enxugava as lágrimas, resistindo ao ímpeto furioso de se aninhar nos braços de Lennox para chorar, de enterrar a cabeça em seu ombro forte e pedir que cuidasse dela da mesma maneira que cuidava daquele monte de ovelhas. Mas se conteve.

– Não – respondeu ela. – Não, não foi nada disso.

Viu Lennox guardar a espingarda, ainda um pouco estarrecida por saber que ele tinha uma arma em casa.

– É... é o Marek... – gaguejou Nina, debulhando-se em lágrimas outra vez.

O rosto de Lennox mudou por completo: fechou-se totalmente, como uma porta batendo. Ele abaixou os braços devagar.

– Ah – falou ele. – Coisa de mulher.

Quando ele se virou a fim de voltar para dentro de casa, Nina teve vontade de atirar alguma coisa na cabeça dele.

– Não! – protestou ela. – Você não está entendendo. Ele se meteu em encrenca.

– Por parar o trem onde não deve – concluiu Lennox. – Que bom.

– Mas ele perdeu o emprego. E vai ser deportado! Vão mandá-lo de volta para o país dele!

Lennox voltou-se para Nina outra vez, calmamente.

– Às vezes chega a hora de voltar para casa – afirmou ele.

Nina nem conseguia pensar em nada para dizer, apenas olhou para Lennox.

– Ah.

Lennox fitava os próprios pés.

– Não foi isso que eu quis dizer – esforçou-se a responder, por fim. – Sinto muito pelo seu namorado.

– Ele não é... não é meu namorado! É só um homem, está bem? Com problemas. Por ser meu amigo. Marek cometeu um erro, e eu também, e nós não fizemos nada, não que isso seja da sua conta, e agora ele está sendo deportado. Mas desculpe se eu pensei que você seria capaz de dar a mínima para alguma coisa diferente das suas malditas ovelhas.

Ela se virou, com o intuito de se encaminhar para o celeiro.

– Peraí – falou Lennox, ainda com irritação. – E o que acha que eu poderia fazer?

– Achei que você pudesse conhecer algum advogado – respondeu Nina, aborrecida. – Mas deixa pra lá. Não importa. Você não liga mesmo.

Ele deu alguns passos na direção dela.

– O único advogado que conheço é escocês e trata de divórcios – explicou Lennox. – Não sei se ajudaria muito.

– Deixa pra lá – disse Nina, tristonha. – Desculpe o incômodo.

Depois de vários dias, Nina enfim recebeu um e-mail de Jim. Marek tinha partido. Pegou um voo para cidadãos deportados, junto com sabe-se lá quantos outros refugiados e viajantes desafortunados. Depois de ler a mensagem, Nina não conseguiu dormir. Ficou praguejando maldizendo o nome que havia escolhido para sua livraria, já que mais parecia que, na vida real, ninguém tinha um final feliz.

Capítulo trinta

As nuvens voavam contra um sol intenso. Passado o ápice do verão, o céu se tingia outra vez de rosa, trazendo a promessa de um crepúsculo de verdade, prolongado, em vez de um mero desvanecer. Nina estava esperando o desastre: que Lennox, aquele velho idiota e rabugento, perdesse a fazenda e a despejasse. Era só uma questão de tempo.

E o pior era que, mesmo com tudo o que tinha acontecido, Nina sentia que havia encontrado algo que lhe fazia muito bem, que acalentava sua alma, em meio à paz e a vastidão dos grandes vales e dos *lochs* profundos da Escócia. Sentia uma serenidade, um pertencimento aos arredores que nunca vivenciara, uma afinidade amigável com as criaturas selvagens, uma sensação de que as coisas não tinham que mudar o tempo inteiro. Sentia que arranha-céus não precisavam surgir de repente e ser vendidos para investidores estrangeiros em questão de segundos, que as estações chegariam e iriam embora no compasso das nuvens que cruzavam o céu, mas também que tudo voltaria ao que era antes em um movimento que se repetia havia gerações e gerações, nas fazendas e nos rios e nas falésias altíssimas e nos vales suaves, onde a vida era menos frenética, de modo que era possível tirar um tempinho para se acomodar com uma caneca de chá, um bom *shortbread* e um livro.

Nina encontrara o lugar que parecia, de fato, ser seu lar, e era muito difícil aceitar que precisaria se mudar outra vez. Talvez conseguisse ser tão feliz nas Ilhas Orkney quanto era ali. Ouvira dizer que era um lugar lindíssimo, onde os peixes praticamente saltavam do mar para o prato, os céus eram vastos como o próprio mundo e as pessoas ansiavam por livros... Porém, todo dia

Nina seguia a estradinha familiar que descia o vale até Kirrinfief e seu coração já começava a sentir saudade de tudo, mesmo que ainda nem tivesse partido.

O sol se punha, resoluto, lançando os raios pelo pequeno vale. O pavimento de pedra parecia morno, a praça da cidade estava cheia de grupos de turistas e gente passeando. Edwin e Hugh se encontravam, como sempre, nas mesas externas do pub, sem dúvida jogando conversa fora a respeito do mundo e de tudo o que havia nele.

Lesley estava pondo as frutas nos expositores da calçada e acenou para ela, alegre ao ver a van de livros retornando à cidade. Conforme Nina passava, os outros moradores a cumprimentavam da mesma forma, acostumados a enxergá-la como parte daquele lugar. Carmen, a diretora da escola, tocou a buzina de seu Mini. Nina ficava realmente comovida com a recepção de todos. Viu um grupo de meninos jogando *shinty* e ficou surpresa – e muito aliviada – ao notar que Ben estava entre eles.

Passou pelas campânulas e dedaleiras que, naquela época do ano, acarpetavam os campos que cercavam a estrada e seguiu para a fazenda.

As ovelhas pastavam no campo inferior; as vacas, no superior; e os cordeirinhos que haviam vingado já estavam tão grandes que quase se confundiam em meio aos animais adultos. Com um sorrisinho, Nina reconheceu o pequeno Fofinho, sempre o menorzinho e com sua grande cicatriz torta, tentando acompanhar o ritmo do grupo, trotando atrás de Salsinha sempre que podia. Ela sempre sentia um afago no coração ao vê-lo.

Porém, naquele dia não havia nem sinal de Salsinha e Lennox. Nina estava tão acostumada a vê-los percorrendo as encostas – dois pontinhos a distância, um alto e decidido, outro saindo em disparada como um raio – que os enxergava de muito longe. Mas não naquele dia. Começou a ficar nervosa. Em algum momento, teria que cruzar com Lennox. E tentar não ficar com raiva dele. E receber, é claro, o aviso de despejo. E seguir em frente.

Suas conquistas profissionais haviam se mostrado muito maiores do que poderia imaginar. Mas em sua vida pessoal... Nina só causara desastres. Lembrou-se do bom conselho que Surinder lhe dera antes de ir embora. As coisas não tinham dado certo para Nina. Isso nem sempre acontecia. Mas pelo menos ela podia dizer que tinha se arriscado. Pelo menos tentara. Como a amiga costumava dizer, o amor sempre dava errado até o dia em que, enfim, dava certo. A vida era assim e pronto.

E agora que tinha aprendido um bocado, Nina saberia o que fazer se encontrasse outro homem com olhos doces de cachorrinho (no mínimo, descobriria sem demora o estado civil dele antes de começar a flertar e mandar poemas para o cara), ou se conhecesse outro fazendeiro rabugento – nesse caso, sabia muito bem que o melhor era correr para as montanhas e não se deixar levar pelas reminiscências do toque de sua mão, muito menos pelas fantasias com um corpo forte e másculo junto ao seu...

Perdida em pensamentos, sobressaltou-se ao notar que Lennox e Salsinha tinham se materializado bem diante dela.

– Sonhando com livros? – perguntou ele.

Nina olhou ao redor. O pátio havia sido tomado por peões, munidos de pás e outras ferramentas.

– O que está acontecendo? – indagou ela.

– Achei que você ia querer vir junto – grunhiu Lennox. – Estamos indo na casa dos Clark.

– Aonde?

Lennox suspirou, virando-se para os outros rapazes.

– É, pessoal. Eu bem que avisei que ela era meio abostada.

– Eu *não* sou isso aí que você disse que eu sou, o que quer que seja – respondeu Nina, num tom desafiador.

– Os meninos. Ainslee e Ben – explicou Lennox. – Se bem me lembro, você falou que eles estavam precisando de ajuda.

A Sra. Clark ficou felicíssima ao vê-los e chegou a se sentir meio desnorteada. Nina e Ainslee tiraram as cortinas sujas e as enfiaram na máquina de lavar, enquanto Lennox comandava os homens, orientando-os a consertar as portas quebradas e trocar os vidros trincados das janelas. Dois deles até começaram a pintar a sala de estar, enquanto um terceiro subiu no telhado para substituir todas as telhas quebradas. Era espantoso o tanto que podia ser feito quando um grupo de pessoas se unia com determinação e vontade. Nina tentou agradecer a Lennox, mas ele a encarou como se ela estivesse delirando por pensar que uma coisa daquelas fosse digna de agradecimento. Tudo precisava ser feito, então eles fariam e fim de papo.

Ben corria pela casa, maravilhado, tentando ajudar os jardineiros e gesseiros que botavam o espaço todo em ordem, roubando todos os biscoitos e aumentando o volume do rádio muito mais do que a mãe costumava tolerar. Trabalhavam sob o sol inclemente, quase sem parar para descansar.

Nina se arriscava a dar uma espiada de vez em quando. Estava tão abafado que Lennox havia tirado a camisa para cortar lenha para o inverno.

– Por que parou? – perguntou Ainslee a Nina, enquanto as duas estendiam as cortinas.

– Hã... por nada, não.

– Foi por causa daquele quarentão de novo? – quis saber Ainslee. – Ah, sim, já tô vendo que foi.

– Ah, hum, admito – disse Nina, e as duas se detiveram por uns instantes, observando-o. – Tá bom, vamos voltar ao trabalho!

A tarde já ia avançada quando Nina notou, surpresa, a chegada de um senhor mais velho, de terno e gravata, que lhe era familiar. Então se deu conta de que era o advogado. Em voz baixa, ele conversou em tom resoluto com Lennox, que largara o machado. O fazendeiro assumiu uma expressão amarga e contrafeita. Parecia que estava xingando baixinho. O advogado também parecia pesaroso e fez menção de ir embora.

Foi então que o olhar dele cruzou com o de Nina pela janela da cozinha. Ergueu a mão para cumprimentá-la e veio falar com ela, passando pela nova porta, recém-instalada.

– Olá, como vai? – cumprimentou o advogado.

– Olá – falou Nina, temendo pelo pior.

– Só queria dizer... sinto muito pelo que aconteceu com o seu... amigo. Conversei com a Imigração, sabe, mas parece que a deportação foi voluntária, então não havia muito a fazer.

– O senhor... o senhor procurou a Imigração para falar do caso do Marek?

– Ah, sim. Lennox perguntou se eu não faria esse favor a ele...

Mas Nina não estava mais ouvindo. Olhava fixamente pela janela da cozinha. O advogado se despediu, mas ela mal se deu conta da partida dele.

Lennox tinha contratado a Sra. Garsters, que morava no vilarejo, para receber a tropa de volta na fazenda ao fim da tarde, todos exaustos. (A Sra. Garsters adorava livros de insetos e era praticamente uma especialista no assunto. Nina vivia tendo que se desculpar por não disponibilizar as edições mais recentes da *Revista Britânica de Entomologia.* Ela bufava e reclamava, perguntando que tipo de serviço era aquele que Nina prestava, e Nina explicava que não era um serviço e sim uma loja, o que não adiantava muito para aplacar a ira da mulher.)

Ao chegar, encontraram longas mesas no pátio da fazenda, postas com nacos grossos de presunto com *piccalilli* e mostarda, pão caseiro fresco com manteiga artesanal, peças inteiras de queijos brancos e azuis, travessas de maionese de batata e de uma salada fresca de pepino e repolho com funcho, laranja e aveia – que parecia deliciosa. De sobremesa, havia imensas tortas de maçã com chantilly fresco.

Nina não se lembrava da última vez que sentira tanta fome, mas suas mãos estavam tão doloridas e rachadas de alvejante que, antes de comer, decidiu correr até o celeiro que ficava atrás de seu próprio celeiro renovado, pois tinha certeza de que Lennox guardava lanolina lá – ele a usava para cuidar das próprias mãos e dos úberes das ovelhas –, e era disso que suas mãos doloridas precisavam.

Passou lanolina nas mãos, esfregando bem, e estava acabando de encher a garrafa d'água na torneira que vinha direto do poço quando, enfim, o viu.

Na verdade, Nina não o viu de fato. Era apenas uma silhueta alta, entrecortada pela luz do sol que banhava a entrada do celeiro. Podia ser qualquer pessoa.

Mas Lennox não era qualquer pessoa. E assim, em um milissegundo, tudo mudou.

Nina podia deixar tudo para trás. Ah, sim. Já tinha feito isso antes. Podia fazer o que quisesse, como os andarilhos que viviam viajando pelo mundo. Mas ela queria experimentar tudo o que pudesse. Não queria mais se esconder.

Tudo começara com a van, mas, de certa forma, a livraria fora apenas a porta de entrada para um mundo muito maior de oportunidades. E agora

Nina almejava a vida de verdade que sentia que vinha perdendo desde sempre. Aquela que, ao que parecia, todas as outras pessoas estavam buscando enquanto ela continuava quieta em um canto, tentando ser boazinha.

Nina se recostou na parede do celeiro, sentindo o calor das pedras antiquíssimas. O ar recendia ao aroma doce e intenso de feno fresco alojado no sótão, do qual pendiam longos filamentos dourados. A camisa de Lennox estava meio desabotoada para aliviar o calor intenso, e Nina notou que o peito dele era liso, sem pelos.

Então se deu conta de que tinha passado semanas pensando em como seria o peitoral de Lennox. Imaginando. Sonhando. E nunca conseguira admitir isso para si mesma – nem para ninguém. Tinha medo de que tudo não passasse da própria mente lhe pregando uma peça de novo, uma fantasia tola com um homem que mal conhecia.

Mas a única coisa que sabia naquele momento, a única que ocupava completamente seus pensamentos, era a certeza de que queria – desejava – tocá-lo, e sem demora. E que não havia ninguém ali para julgá-la e esnobá-la por ser uma moça quieta que lê demais.

– Quer água? – sugeriu Nina, notando que sua voz estava mais ofegante e grave do que de costume.

Lennox entrou no celeiro e ela estendeu a garrafa suada para ele, olhando fundo em seus olhos. Tentou sorrir, mas não conseguiu. Não conseguia nem se mexer.

Lennox foi se aproximando com um olhar indecifrável, então parou muito perto dela, tão perto que dava para sentir o calor que emanava do corpo dele, o cheiro fresco e limpo de sua pele. Nina chegou a ficar tonta. Engoliu em seco. Lennox pegou a garrafa sem nem agradecer e bebeu, sem desgrudar os olhos dela.

Nina sabia que precisaria tomar uma decisão em uma fração de segundo. A mais ínfima fração de segundo durante a qual ela poderia pegar a garrafa de volta, dar meia-volta e se afastar. Em vez disso, fez algo que nunca imaginara ser capaz de fazer: colou o corpo ainda mais na parede, encarando-o de forma ousada e desafiadora. Estava com o coração a mil, e não confiava em nada que pudesse sair de sua boca. Precisava do apoio da parede, pois parecia que seus joelhos poderiam ceder a qualquer momento. Olhou para os contornos de Lennox, delineado contra a claridade do dia dentro do celeiro, um santuário silencioso e fresco. Então se deu conta de que nunca na vida havia desejado algo ou alguém tanto quanto o desejava, e que tudo mais fosse para o inferno: Kate, Marek, as consequências, o que aconteceria depois.

Continuou encarando-o durante um momento infinito, um instante atemporal que tremulava ao calor. Era como se o mundo tivesse parado, como se Nina fosse uma tímida bailarina se preparando para entrar no palco.

Logo depois, Lennox deu meio passo para trás e empurrou a porta do celeiro, fechando-a com um estrondo.

O que aconteceu em seguida foi tão rápido que ela foi totalmente arrebatada pela surpresa, mesmo que estivesse preparada, tendo escolhido deliberadamente agir de forma provocante, mesmo que não estivesse pensando em nada além da pessoa que tanto desejava naquele momento.

Ainda assim, a velocidade e a voracidade do beijo de Lennox foram avassaladoras. Ele a beijou de uma forma deliciosa, mas intensa, insistente, como se estivesse lutando com todas as forças contra uma fúria latente dentro de si.

Foi, de longe, o melhor beijo de toda a sua vida. Nina retribuiu com a mesma intensidade, entendendo que, até aquele momento, todos os seus beijos tinham sido um prelúdio: uma provocação ou exploração, um precursor para o que poderia ou não acontecer em seguida.

Mas aquele beijo era diferente. Era muito mais sério e cheio de propósito. Era um beijo de verdade que provocava um ardor penetrante que se espalhava até os ossos.

E quando pararam, momentaneamente, para grande decepção de Nina, ela tinha certeza de que Lennox, cavalheiro como era, iria se desculpar e se afastar. De tudo o que conhecia dele, de seu jeito taciturno, Nina já esperava que não seguiriam adiante sem um bocado de discussão, negociação, talvez algum constrangimento e um jantar, e sentiu um grande desânimo.

Apesar de tudo, ela apenas sussurrou ao pé do ouvido dele:

– Quero mais.

– Ah, meu Deus... – A resposta de Lennox veio em um grunhido rouco e arquejante. Ele recuou, ofegante, e olhou para ela. Ouvia-se o barulho lá de fora. – Eu tenho... tenho que ir ver os trabalhadores.

Nina assentiu, ainda sem tirar os olhos dele.

– Depois? – perguntou Lennox.

Foi então que Nina percebeu que nunca precisava ter se incomodado com o jeito sucinto e econômico dele. Afinal, naquele momento, as palavras eram completamente dispensáveis.

Capítulo trinta e um

O chá da tarde foi um martírio. Mas em outras circunstâncias teria sido maravilhoso.

O sol se pôs devagar em uma explosão de tons de rosa e dourado, e o grupo recebeu a visita das esposas de vários dos peões, trazendo mais comida: belas tortas imensas e peças de presunto. Logo outros homens e mulheres das redondezas começaram a chegar, famintos, para a festa. Apesar de estarem cheios até a borda, os imensos jarros de sidra se esvaziavam a uma velocidade impressionante, acompanhados de pão caseiro com manteiga e queijo da fazenda. Ben e um grupo grande de crianças corriam pela casa, caçando o indiferente gato da fazenda, dando comida para Salsinha – que estava se divertindo como nunca – e roubando golinhos de sidra.

Alguém arranjou um violino e logo o pátio estava cheio de casais dançando. As pessoas cantavam e contavam piadas. Nina e Lennox não conseguiam tirar os olhos um do outro, completamente alheios a tudo à sua volta, distraídos e meio atrapalhados. Nina tinha certeza de que todo mundo conseguia perceber o que ela estava pensando. Não parava de ruborizar e não conseguia se concentrar em nada, mas sempre sabia muito bem onde ele estava e para onde estava virado. Só queria saber quanto tempo ainda teria que esperar até o momento em que, enfim, conseguiriam ficar a sós.

Por fim, os pratos começaram a ser recolhidos. Nina e Lennox concluíram, em acordo mútuo, que já era minimamente educado se retirar, deixando para trás os convivas e rumando para o celeiro de Nina, com as janelas que davam para o campo, longe da fazenda e dos olhares curiosos.

Nina chegou a se perguntar, por um segundo, se Lennox ficaria amuado e triste ao ver as cortinas esvoaçantes, a cozinha cara e a cama escandinava imaculada. Porém, ele continuou calado. No instante em que entraram, Lennox a agarrou outra vez e a beijou com tamanha voracidade que ela ficou sem ar. Então, levou Nina ao mezanino, arrancando as roupas dela com habilidade e rapidez. Quando ambos estavam despidos, Lennox a deitou na cama.

– Você – falou ela, admirando-o, em tom de surpresa. – É você.

Ele retribuiu o olhar penetrante, acariciando o corpo dela.

– Acho que sim – disse Lennox, quase com o mesmo espanto que ela. – Eu não... eu não esperava que isso fosse acontecer. Mas é que... eu não consigo parar de pensar em você. Tudo em você me fascina.

Ele se deteve, as mãos no rosto de Nina. Então prosseguiu:

– A sua expressão quando está lendo na van, quase sem se mexer, com os pés para cima e o rosto pleno de felicidade, e eu não sei para onde você voa, mas sei que é para muito longe, para uma parte da sua mente que eu nunca vou conseguir alcançar... Isso me deixa louco. E a maneira como você surgiu aqui, do nada, e mudou a sua vida inteira... Quer dizer, já faz quatro gerações que a minha família vive nessas terras. Eu nunca nem sequer teria tido a ideia de fazer o que você fez, de recomeçar, de fazer algo completamente diferente. É impressionante. Você é tão pequenininha... e eu nunca imaginaria que tem tanta força dentro de você. E aí teve aquele maquinista... Achei que eu fosse enlouquecer. Desculpa. Mas fiquei com ciúme.

Parecia que o coração de Nina ia explodir.

– Eu pensei... Eu não conseguia... Não seria capaz de suportar mais uma maldita paixonite, mais uma perda de tempo que não levaria a lugar nenhum e só faria com que eu me sentisse a pessoa mais idiota do mundo... e, para ser sincera, você me tratou mesmo como idiota...

– Porque o idiota sou eu – afirmou ele.

Nina fechou os olhos.

– Lennox, me beija. Por favor. Agora. Como só você sabe fazer.

O rosto dele se anuviou de repente.

– Kate – começou ele, e Nina estremeceu. – Kate... não gostava do meu jeito na cama. Dizia que a minha pegada era forte demais.

O rosto de Lennox foi tomado por uma expressão vulnerável que não lhe era nem um pouco familiar. Nina olhou nos olhos dele, emocionada ao notar uma abertura ínfima em sua tez fechada.

– As pessoas são diferentes – declarou ela em voz baixa, porém decidida. – Todo mundo tem o seu gosto único. E tudo bem. E o que eu gosto, eu acho... é de você. E gosto muito.

– Não parece muito o seu feitio – murmurou Lennox, um pouco encabulado.

– As aparências enganam – rebateu Nina, ousada.

Ela fez uma careta, o que enfim arrancou um sorriso dele.

– É. Acho que enganam mesmo. Será que agora a gente pode parar com esse falatório?

E foi o que aconteceu. Depois que terminaram, não houve risada, nem piada, nem conversa fiada. Os dois apenas ficaram em silêncio, ofegantes, com os corpos colados; a cabeça dele enterrada no pescoço dela, a barba por fazer roçando a pele macia. Estavam embevecidos, quase assustados com o que tinham feito. O coração de Nina ainda estava acelerado; e seu peito, ruborizado; a despeito do alívio momentâneo, a tensão entre eles começava a crescer outra vez.

O que se deu entre os dois foi um acontecimento e tanto; uma surpresa, algo que Nina nem sabia que carregava dentro de si.

– Posso ficar? – sussurrou Lennox, por fim.

– Pode – respondeu Nina, na mesma hora.

Não agradeceu nem pediu por favor, porque ela era uma Nina muito diferente em uma situação muito diferente, e não sabia quanto tempo isso duraria.

Durante um breve interlúdio, ele adormeceu. Nina notou que, ao contrário da maioria das pessoas, o rosto de Lennox não relaxava durante o sono. Não havia como admirar a beleza serena de seu rosto adormecido ou vislumbrar o menino que ele fora quando criança, muito menos descobrir a fragilidade que corria por baixo da fachada austera, como poderia acontecer com outro amante.

Não. Aquele era o verdadeiro Lennox: o maxilar de aço, o olhar firme de concentração absoluta, fosse na fazenda ou nela. Fascinada, Nina continuou admirando-o até ele enfim acordar, sem um único segundo de confusão e já a pegando pelos pulsos.

– Nina – grunhiu Lennox.

Parecia que tinha sede dela. E tinha mesmo, concluiu Nina, coberta de certeza. Lá fora, os violinos e a festa seguiram sem descanso madrugada adentro, e eles também.

Capítulo trinta e dois

No quarto dia depois da festa, a situação já estava ficando ridícula. Não podiam continuar daquela maneira. Para começar, Nina perigava ir parar no hospital e falir. Além disso, os dois ainda não tinham conversado sobre o que estava acontecendo entre eles, e isso não podia se prolongar por tempo indefinido.

Porque ela não estava conseguindo se controlar. Não pensava em mais nada e em mais ninguém. Não conseguia organizar o dinheiro nem dava conta do trabalho. Não recomendava nada além de Anaïs Nin, o que deixou a esposa do reverendo de cabelo em pé (embora, curiosamente, ela não tenha voltado para devolver o livro).

Lennox passava todas as horas do dia trabalhando ou indo buscá-la onde quer que Nina estivesse. Certa vez, ele invadiu o clube de leitura do Instituto da Mulher para dizer a Nina, na maior cara de pau, que o Land Rover estava precisando de um reboque e será que ela não podia vir logo com a van para ajudar? Considerando o recato das educadas senhoras que estavam ali para discutir romances da Segunda Guerra Mundial, Nina se convenceu de que todas tinham achado o pedido perfeitamente normal e nem notou as sobrancelhas erguidas e as risadinhas que a acompanharam enquanto ia embora. Lennox assumiu a direção, apressado, e conduziu a van para fora da cidade, procurando o primeiro lugar onde ninguém pudesse vê-los. Parou na primeira oportunidade e a tomou brutalmente ali mesmo, sem preliminares, atrás de uma árvore, e Nina gritou tanto que pensou que fosse morrer.

Nina estava achando tudo extraordinário. Para um homem tão fechado, tão calado, Lennox era um amante cheio de repertório, muito criativo e bastante apaixonado. Parecia que ele tinha encontrado *outras* maneiras de expressar tudo que não conseguia dizer. Ela estava, enfim, começando a conhecê-lo de verdade, a entender o que havia em seu coração – não por meio de longas conversas, poesia intrincada ou interesses em comum, e sim por meio da demonstração física. Da mesma forma que lidava com os animais da fazenda e a paisagem, Lennox não sentia a menor necessidade de elaborar demais; pertencia àquela terra e ponto final, e o que se desenvolvia entre os dois era igualmente orgânico.

E a cada dia, Nina ia percebendo, com certa ansiedade, que estava se apaixonando. Estava aprendendo a falar a língua de Lennox e não tinha a menor chance de escapar. Sentia-se inebriada, delirante, desesperada de uma maneira que a deixava totalmente vulnerável, e sabia muito bem que, se ele não correspondesse, ela não suportaria.

– Nós somos tão diferentes – contou Nina ao telefone. – Sinceramente, é... Eu não sei. Não sei mesmo. Talvez seja só sexo.

– Ah, meu Deus, mas isso é tudo. – Surinder estava ofegante. – Conta tudo.

– Eu não quero te contar tudo – falou Nina. – Primeiro porque você é terrível, e segundo porque, se eu falar, vai me dar vontade de ir lá na casa dele, e eu preciso dormir, senão vou acabar batendo com a van.

– Desde o primeiro momento que eu vi o Lennox, sabia que ele seria assim – afirmou Surinder.

– Sabia nada.

– Sabia, sim! Ele faz bem esse tipo. Dá pra ver. Todo recatado, mas muito sexy por baixo da camisa abotoada até em cima. É toda essa emoção reprimida, sabe?

– Pare com isso! – exclamou Nina. – Não estou aguentando mais. Eu não tenho a menor ideia do que Lennox sente por mim, e isso está me deixando louca.

– Ah, meu bem – respondeu Surinder, enternecida. – Desculpa. Eu não sabia... não sabia que você tinha se apaixonado por ele.

– Eu não me apaixonei – protestou Nina, em pânico. – Não mesmo. Não pode ser. De jeito nenhum.

– Sei. E é por isso que, quando você fala dele, não fica nem um pouquinho esquisita. Por favor, né, Nina? Você se sentia assim com o Marek?

– Não. Mas eu não dormi com o Marek.

– Se tivesse dormido, acha que teria sido assim?

Nina hesitou antes de responder.

– Nada nunca chegou nem perto disso.

– Então pronto.

– Nós ainda nem falamos da ex dele. Lennox ainda deve ser apaixonado por ela. Na verdade, ainda não falamos de *nada*.

– Você tem certeza absoluta de que não está complicando demais as coisas?

– É bem possível que eu perca a minha casa em breve – explicou Nina, olhando o lindo celeiro e deixando as lágrimas caírem nos lençóis caros. – Kate deve ser incrível. Eu devo ser só uma distraçãozinha pra ele. Conveniente, nada mais. Talvez eu esteja botando o carro na frente dos bois.

– Não é culpa sua. Se ele for um babaca, você vai ter que lidar com isso. Se for apenas um cara legal que está passando por um período difícil... bom, aí talvez valha a pena dar uma chance.

– Acho que Lennox me estragou para sempre – confessou Nina, baixinho.

Esperava que Surinder fosse lhe dizer para parar de ser tão melodramática. Mas a amiga não falou nada.

Capítulo trinta e três

– Quer dar uma caminhada?

Lennox olhou para ela com uma expressão estranha e indagou:

– Hein?

Eram cinco e meia da manhã de um domingo de bastante vento e céu aberto. Lennox estava se vestindo. Nina estava deitada na cama, exausta mas feliz.

– Vamos dar uma caminhada. Aproveitar a natureza e a beleza dos campos… sabe?

Ele parecia confuso.

– Aproveitar a natureza *caminhando*?

– É!

– Mas eu já faço isso o dia inteiro.

Nina se sentou na cama.

– Bem, e se eu fosse com você? Seria tipo um passeio.

Lennox franziu o cenho. Nina se sentia incomodada porque os dois ainda não tinham feito nada juntos. Não tinham ido juntos ao pub, muito menos à confeitaria para comer aqueles deliciosos enroladinhos de salsicha sentados na mureta do lado de fora, batendo os calcanhares na pedra, como faziam os adolescentes, deixando umas lasquinhas caírem no chão para Salsinha pegar. Não tinham pegado o Land Rover para fazer um piquenique romântico, não tinham ido caminhar na praia de mãos dadas...

Ela olhou para Lennox, que estava se enfiando em uma camisa limpa de sarja. Parecia que ele só cogitaria pôr um casaco quando estivesse fazendo um frio muito abaixo de zero. Lennox parou à porta para calçar as pesadas botas de trabalho. Serviu um café preto no copo térmico; comeria algo mais tarde. Nina só observava em silêncio enquanto ele se preparava para sair.

– Não vai vir, não? – grunhiu Lennox, por fim.

Nina saltou da cama.

– Vou!

Enfiou as roupas com entusiasmo, pegou o casaco no cabide e saiu atrás dele.

Amanhecia, e lá fora estava um frio terrível. Salsinha saiu do canil trotando alegremente, e Nina fez a maior festa. Lennox voltou para dentro e ressurgiu com um segundo copo de café fumegante e doce, que passou para ela sem dizer nada.

Conforme passavam pelas sebes, os pássaros iam acordando e começavam a piar. O orvalho da manhã cobria os campos. Bem enroladinha em seu casaco e aquecendo as mãos no copo, Nina se esforçava para acompanhar o ritmo das passadas largas de Lennox, que marchava à frente, espiando para dentro do celeiro das vacas a fim de ver se a ordenha estava indo bem – ao vê-lo, Ruaridh logo assentiu –, e depois seguiu para os campos mais altos a fim de checar se as ovelhas estavam se alimentando direito. O sol nascia em tons de rosa em meio à bruma que tomava as montanhas longínquas, uma visão que deixou Nina boquiaberta. Lennox, por outro lado, nem piscou, absorto em sua rotina matinal, que incluía verificar os muros antigos de pedra para ver se não estavam ruindo demais e examinar as cercas para checar se os cervos não tinham danificado nada. Enquanto ele fazia isso, Nina viu, a poucos metros, um corço com pintas marrons, a cabeça erguida e o focinho se remexendo de entusiasmo. O animal a encarou por um instante com os imensos e luminosos olhos castanhos, então deu meia-volta e foi embora.

– Uau! – exclamou Nina. – Você viu isso?

– O quê, um veado? – indagou Lennox, incrédulo. – Não consigo me livrar desses desgraçados.

– Mas você não viu como ele era lindo?

– Maldita hora em que foram proteger essa espécie.

– Sua alma não é nada romântica – rebateu Nina, um tanto exasperada.

Ela o observava consertar um buraco minúsculo na cerca com um pedacinho de barbante e o pequeno alicate do canivete suíço que levava no bolso. Quando Lennox olhou para ela, Nina notou que tinha agido mal. Ela provavelmente não era a primeira pessoa a dizer isso a ele.

– Hum – soltou Lennox.

– Não foi isso que eu quis dizer – explicou Nina. – É só que eu achei o veado muito lindo.

Lennox esticou o braço, irritado.

– Sabe, essas árvores que se estendem desde essas terras até Sutherland... são árvores centenárias. Remontam aos tempos de Maria, a Rainha dos Escoceses, talvez até antes. Essas florestas eram o lar de perdizes e ouriços e águias-reais e milhões de tipos de insetos. Mas não, os veados sempre foram os mais bonitos. As pessoas veem o filme e acham que os veados são uma gracinha, então têm que protegê-los. E agora eles estão dominando tudo. Comem as raízes das árvores, comem as sementes, comem tudo o que aparece no caminho, e por causa deles tem cada vez menos dessas florestas antiquíssimas, porque os veados destroem todos os hábitats ancestrais. Então os tordos estão sumindo, e os cucos estão sumindo, e as víboras e os tatuzinhos-de-jardim estão sumindo. Mas nenhum deles é tão fofo quanto o Bambi, não é?

Nina olhou para ele em silêncio.

– Eu não sabia disso – confessou ela, por fim.

– Isso você não leu naqueles seus livros, hein?

Voltaram em silêncio para a fazenda. Nina estava muito preocupada.

– Desculpa – disse ela, já junto à porta de casa.

– Por quê?

– Por dizer que você não era romântico.

– Ah. Mas eu não sou mesmo. Vai entrar?

– Vou – respondeu Nina. – Vou. Eu queria... Será que a gente pode conversar?

Lennox suspirou, contrariado, entrando na bela sala de sua casa.

– Você não prefere...

– Por que você não quer falar comigo? – quis saber Nina. – É por causa... é por causa da sua ex?

Lennox aparentou grande cansaço.

– Nina, a gente precisa mesmo falar sobre isso?

Ela passou um bom tempo olhando para ele. Então balançou a cabeça.

– Estou vendo que não. Desculpa. Achei que eu significasse alguma coisa para você. Mas já entendi que não. Você claramente nem consegue me dizer se vou ser despejada a qualquer minuto ou não.

Ela se levantou, pronta para ir embora.

– Ah, céus, Nina. Meu divórcio ainda nem está finalizado. Você precisa entender que essas coisas estão fora do meu controle.

– Então não significa nada para você mesmo. Que seja.

Lennox a encarava, balançando a cabeça, espantado que ela estivesse falando com ele daquela forma.

– Também não significa nada para mim – disparou Nina, arrependendo-se das palavras antes mesmo de terminar de dizê-las.

O silêncio começou a pesar entre eles. Lennox se levantou devagar, foi até a porta e calçou as botas outra vez.

– Não... não vá – pediu Nina, olhando, consternada, para as costas largas dele.

Se tinha uma coisa que sabia sobre Lennox, a única informação que ele deixara escapar sobre si mesmo, era quão vulnerável tinha ficado depois que a esposa o largara. E lá estava Nina, acertando um golpe bem no âmago daquela vulnerabilidade, afirmando que o que ele tinha para oferecer não era o suficiente, agindo da mesma forma que Kate.

– Eu não... eu não quis dizer essas coisas. De verdade.

– Eu sei – grunhiu Lennox. – Você está alterada por causa da casa. Mas eu sei que, no fundo, você quer as flores e os poemas e essas coisas todas. Isso é o que importa pra você.

– Não! Não é assim que eu penso, não mesmo! – Nina olhou para ele. – Você... você quer ir mais tarde lá em casa para almoçar?

– Eu devo ir comer no Alasdair com o Ruaridh – respondeu Lennox, sem nem olhar para ela.

Nina ficou acompanhando com os olhos enquanto ele ia embora. Então, algo despertou dentro dela, algo que poderia acabar sufocando-a: uma onda intensa de afeto e dor. Lennox inclinou a cabeça para passar pela porta e Nina chamou o nome dele – seu primeiro nome. Fazia pouquíssimo tempo que aprendera, porque Lennox contara a ela.

– John – chamou Nina, baixinho.

Ele chegou a se deter por um segundo, empertigando-se, mas não se virou.

– Você é uma idiota.

– Cala a boca. Eu sei. Mas Lennox também é.

– Você foi idiota primeiro. Por que ficou insistindo tanto?

– Talvez seja até melhor eu já ficar sabendo que ele é um desgraçado amargurado.

– Ah, pelo amor de Deus, você já sabia desde sempre que ele era assim. Ninoca, tá na hora de sair dessa sua vida de fantasias. Você tem que começar a agir como adulta.

– Então o mesmo vale para ele.

– Nina, ACORDA PRA VIDA! – gritou Surinder, que tinha acabado de ser acordada por ela. – Esquece essas coisas de piqueniques românticos e caminhadas ao luar e essa porcaria toda que você lê nos livros! A gente tá falando da vida real. Sim, Lennox é complicado e rabugento. Ele está passando por um divórcio difícil. Mas ele também é sexy, está com o nome limpo, é legal e, até meia hora atrás, parecia estar muito a fim de você.

– Ai, meu Deus.

– Tô indo praí.

– Não é possível que você ainda tenha mais dias de férias para tirar.

– Hum – soltou Surinder.

– Que foi?

– Nada, não – respondeu Surinder. – Eles estão me devendo, só isso.

– Não precisa vir. Como você iria ajudar se viesse?

– Nós podemos passar um tempo juntas. Eu posso comprar sorvete para te animar. Ou então dar uma bela sacudida em você e mandar você parar de ser trouxa.

– Talvez ele venha falar comigo – disse Nina, esperançosa.

– Lennox não parece ser o tipo de homem que volta implorando perdão – observou Surinder.

E a amiga estava certa.

Capítulo trinta e quatro

Tarde da noite, Nina se encontrava na ponta dos pés espiando pela janela da cozinha para ver – só para ver – se a luz dele estava acesa. O caminho dos dois mal havia se cruzado. Parecia loucura que tivessem passado as três semanas anteriores juntos, pelados, completamente entregues, tão vulneráveis e tão próximos, e agora deveriam cruzar um com o outro na rua como se nada tivesse acontecido. Era loucura. Depois de ter a chance de pensar no ocorrido, Nina começou a se culpar por ter botado tanta pressão, e tão cedo, no relacionamento.

E ela o desejava tanto! Sentia uma saudade desesperada de Lennox. Não era só o sexo, embora isso fizesse uma falta tremenda. Era como se nunca tivesse comido chocolate, até provar e passar a desejar chocolate o tempo inteiro.

Ela percebeu que tudo o que vivera até aquele momento havia sido mera brincadeira – situações agradáveis, ansiosas, suaves, boazinhas, mas brincadeiras. Eram em preto e branco, enquanto o que tivera com Lennox fora uma explosão de cores. O sexo era tão intenso que chegava a dar dor de cabeça. Em uma ocasião, Nina de fato tinha caído no choro, e ele, sem dizer nada, apenas a abraçara com força e enxugara suas lágrimas. Nina nunca se sentira tão reconfortada na vida, mesmo que não fizesse a menor ideia do motivo pelo qual chorava. Céus, como sentia saudade de Lennox...

Sentia falta da meia dúzia de ovos que, de vez em quando, aparecia à porta dela, da sidra caseira que eles bebiam na cozinha. Sentia falta de ver Salsinha feliz quando ela chegava em casa. O cão estava passando quase todos os dias no campo com o dono e, nas raras ocasiões em que Nina o via, estava tão enfurnado em casa que só ficava olhando a van de longe quando ela passava. Sentia falta daquela sensação peculiar que Lennox transmitia: a certeza de que o que quer que acontecesse, fosse com uma ovelha, um cachorro ou com ela mesma, ele faria com que tudo acabasse bem. Nina nunca imaginara que poderia se sentir tão segura quanto se sentia com ele.

Deu mais uma espiadela pela janelinha da cozinha e já estava prestes a fechar a cortina quando, por um instante, vislumbrou um breve reflexo na janela do outro lado do pátio. E percebeu que Lennox também estava olhando para ela.

Paralisada na ponta do pé, sentiu um nó se formar na garganta enquanto continuava ali, encarando, sentindo uma imensa saudade, um desejo desesperado que perigava mandar às favas toda a razão e o juízo, uma vontade de atravessar o pátio correndo...

Ouviu um estrondo repentino. Aturdida, olhou para baixo e notou que havia derrubado um prato dentro da pia. Ao olhar de novo, Lennox tinha ido embora. E Nina ainda não sabia quanto tempo lhe restava.

Aquele negócio de autorrealização era difícil demais, pensou ela. Nina mal estava conseguindo ler uma única palavra, e isso foi a gota d'água. Lennox até podia ter arruinado a vida sexual dela, sua paz de espírito, suas esperanças de ser feliz algum dia, seu ganha-pão. Mas NINGUÉM iria arruinar sua leitura.

Era melhor ir embora, pensou, ousada. Era melhor se mudar para as Ilhas Orkney. Recomeçar. Já havia feito isso uma vez, poderia fazer de novo. Começar do começo, longe daquela cidade, das fofocas, dos olhares enxeridos e da grande dificuldade de ter que viver tão perto de uma pessoa que significara tanto para ela.

Disse a si mesma que iria embora, com certeza. E não seria questão de dar um ultimato – de fazer uma ameaça vazia – na esperança de que ele enxergasse a razão e implorasse para que ela não fosse, e então tudo ficaria bem. Nina faria o que era melhor para ela. Outra vez.

Colocou um vestido um pouco fresco demais para o clima, passou um batom com a mão trêmula e, fingindo uma confiança muito maior do que de fato sentia, abriu a porta da frente com vontade.

E lá estava Lennox, com as mãos gigantescas no batente da porta. Nina levou um susto.

– Ah!

– Nina – disse ele, com sofrimento estampado no rosto. – Não aguento mais. Não consigo viver sem você. Eu não... Me desculpa. Por favor. Sei que eu sou... difícil. Sei, sim. Me dá mais uma chance. Eu só preciso de mais uma chance. Por favor...

Ele não precisou dizer mais nada. Nina o agarrou com força e o puxou para si, sabendo muito bem que, independentemente do que fosse acontecer depois, não seria capaz de partir, não seria capaz de esquecê-lo. Ele era uma constante incontestável, a despeito da vontade dela, e Nina não tinha a menor escolha.

Colou o corpo ao dele, e Lennox a abraçou com tanta força que ela quase não conseguia respirar. O coração de Nina batia forte, e, de repente, algo nela se abriu de forma completamente inesperada; algo que não se comparava a nada que pudesse ter sonhado, fantasiado ou lido em um livro.

Ele foi se acercando dela de maneira dolorosamente lenta, e o corpo de Nina se esticou todo com anseio, prolongando o segundo delicioso antes que sentisse a presença dele, sentisse seu gosto outra vez. Lennox sorriu para ela, como se entendesse muito bem o que ela sentia e o significado por trás daquilo tudo.

E então, de repente, o corpo dele se retesou. Nina também escutou: o som de pneus percorrendo a estradinha que dava na fazenda. Ela ainda sorria, presumindo que se tratava de um fornecedor de ração ou o veterinário, mas Lennox balançou a cabeça. Estava muito claro que reconhecia o som do carro. Ele se afastou, com o rosto consternado.

– Ah, Nina, me desculpa – disse Lennox, embora ela não compreendesse por que ele se desculpava. – Sinto muito.

E foi então que um Range Rover Evoque branco atravessou o pátio da fazenda, enxotando as galinhas, e freou cantando pneu.

Capítulo trinta e cinco

Nas sombras do celeiro, Nina ficou observando a mulher que emergiu do carro.

Para sua surpresa, ela era exatamente como Nina sempre imaginara: loira, com cabelos cacheados, estilo meio *boho*. Na verdade, era linda. Não combinava em nada com Lennox, mas, quando estavam lado a lado, dava para entender o apelo: o corpo alto, esbelto e de ombros largos dele acentuavam ainda mais as curvas elegantes de Kate. Os dois formavam um casal atraente.

Nina estacou quando Kate o cumprimentou com dois beijinhos. Não sabia o que fazer. Se esconder ali era meio ridículo. Não deveria marchar porta afora de forma decidida e se apresentar como namorada de Lennox? Para piorar ainda mais, nem isso ela era – ainda assim, o termo "namorada" soava ridículo e infantil, tolo demais para descrever a intensidade do que sentia quando estava com ele. Como se Lennox fosse, ao mesmo tempo, tempestade e raio de sol, enlevando-a por completo. Engoliu em seco, sentindo o coração na boca.

E então Kate começou a caminhar na direção de Nina, sorrindo, mostrando os dentes certinhos. Nina ficou muito desconfortável. Em outra vida, outra dimensão, teria gostado daquela mulher, embora não tivesse nada a ver com ela. Diante de Kate, Nina percebia tudo o que faltava em si própria. Não era só por causa do estilo esmerado e preciso na descombinação das peças, com uma maquiagem "natural" que Nina sabia que tinha dado tanto trabalho quanto qualquer outro visual. Não, era mais por causa da sensação de história compartilhada: Kate e Lennox caminhando juntos pelas ruas de Edimburgo, braços dados, construindo um mundo juntos, amando-se tanto que chegaram a se casar. Era muito estranho pensar em Lennox diante de uma multidão de conhecidos dizendo "Sim" para Kate. Nina sentiu um ciúme violento, um mal-estar.

– Olá – cumprimentou Kate.

Seu tom era amistoso, porém apenas o suficiente para desarmar, calculista. Nina se sentiu avaliada dos pés à cabeça, da estirpe dos sapatos às unhas um pouco roídas, um mau hábito de quem passava muitas horas segurando um livro com a outra mão.

– Posso entrar? – indagou Kate.

Nina precisou se lembrar de que aquela mulher estava ali para tomar o lugar que tinha se tornado seu lar. O único lugar em que queria morar, o único trabalho que queria fazer, o único homem que desejara com um fervor que permeava cada fibra de seu ser.

Kate olhou ao redor e fitou, com desprezo, as pilhas de livros que Nina já tinha acumulado nas prateleiras imaculadas e as almofadas desparelhadas que comprara para o sofá minimalista.

– Gostei do toque que você deu ao lugar – disse ela, em um tom de pilhéria que indicava o contrário.

– Hã. Sei... Quer dizer, meu contrato não é muito longo nem nada, então...

Nina se perguntou por que raios estava se diminuindo para aquela pessoa que tinha o poder de destruir sua vida.

Kate fez um gesto de desdém.

– Ah, eu sei. Nunca foi um bom negociante, esse meu marido. Muito me surpreende ver que essa maldita fazenda ainda está funcionando.

Ela olhou Nina de cima a baixo. Nina corou, imaginando se ela sabia. E por que ainda estava chamando Lennox de "meu marido"?

– E aí, o que está achando de Kirrinfief? – quis saber Kate.

– Hum... é um lugar interessante – respondeu Nina, sem conseguir encontrar palavras para expressar como sua vida mudara no curto período que passara ali.

– É uma pocilga, não é? – falou Kate. – Nem acreditei. O dia em que fui embora daqui foi o mais feliz da minha vida. Ouvi dizer que você também está de saída...

– Hã, como assim?

Kate franziu o cenho.

– Lesley, do mercado, me contou que você estava pensando em se mudar para as Ilhas Orkney. Meu Deus, deve ser ainda pior do que aqui.

– E onde você mora? – perguntou Nina.

– Ah, eu... – Kate não terminou a frase. – Digamos que eu tenho planos – contou ela, por fim. – Agora eu vou lá ver o que o chato do Lennox está aprontando.

Deu meia-volta e se encaminhou para a porta do celeiro, parando apenas para lançar um olhar de crítica ao tapetinho surrado mas adorável que Nina comprara em um dos bazares em que trabalhara.

– Lennox! Será que dá pra você tirar seu cão de ataque de cima de mim?

Lennox ainda estava no meio do pátio. Parecia desconfortável.

– Quem, o Salsinha?

Kate soltou uma risada sarcástica.

– Lógico que não, né? Fala sério. Esse vira-lata seria capaz de matar um ladrão de tanta lambida. Estou falando do Ranald.

– Ele só está fazendo o trabalho dele – rebateu Lennox.

– O trabalho dele é me fazer passar fome?

Lennox fechou os olhos por um instante.

– Será que dá pra gente discutir isso lá dentro?

Nina pegou a van e foi para Pattersmith, mas suas vendas foram ridículas. Seu péssimo humor transparecia, e não conseguia se concentrar em nada. Mal sorria para as crianças. Ficou se lamentando por não ter sequestrado Salsinha. Dessa forma pelo menos haveria alguém ali de bom humor.

Sua imaginação corria solta. O que estaria acontecendo na fazenda? Será que Lennox cederia e faria a vontade da ex-mulher? Talvez ele fizesse isso mesmo. Talvez achasse que seria mais fácil. Ou correto. Nina não conseguia, de jeito nenhum, imaginar Kate cuidando de uma fazenda. Ou então... Um pensamento soturno se intrometeu em sua mente. Afinal, Kate era tão atraente. Assim como Lennox. E talvez... Em algum momento da vida, os dois deviam ter sentido muito desejo um pelo outro.

Suspirou, distraída, dando preço de brochura a uma edição em capa dura novinha em folha. Innes, o pescador, tentou esconder a felicidade pela barganha e deu no pé sem demora.

Jantou cedo no pub, com Edwin e Hugh, que sempre ficavam muito felizes ao vê-la. Mas naquele dia acabaram mencionando que tinham visto a Sra. Lennox pela cidade e perguntaram, por acaso, se ela tinha ido à fazenda. Comentaram como Kate era uma moça agradável, e tão formosa também, e Nina não conseguiu suportar a conversa por muito tempo. Assim, com o coração pesaroso, tomou o rumo de casa.

Os dois estavam no pátio outra vez. Era óbvio que já houvera muita gritaria. Salsinha devia estar escondido em algum lugar. Lennox estava de pé diante dela, as mãos estendidas em um gesto de súplica. Kate estava com o rosto todo vermelho, e os belos cachos loiros não paravam quietos. Nina achou que era melhor não interrompê-los com a passagem da van, então parou ali mesmo e saltou.

– O que diabo é isso? – gritou Kate, gesticulando para a van. – Comprou para a sua mulherzinha, foi? Que, ainda por cima, você instalou NA PORRA DO MEU CELEIRO!

Ah, pensou Nina. O que deveria ser um ajuste de contas calmo e organizado tinha, obviamente, tomado proporções inesperadas.

– Qual foi, hein? – zangou-se Kate, exaltada, conforme Nina se aproximava. – Quem diabo é você? Achei que fosse um ratinho. Um ratinho silencioso e inofensivo, não uma mulher que rouba o marido das outras!

Nina se defendeu:

– Até onde eu sei, Lennox está se divorciando.

Kate fungou com desdém.

– Bom, ele é impossível. Você já deve ter percebido. Esse homem não tem alma. Nenhum lirismo. Não sei como você aguenta. – Kate contornou a van, dando uma risada desdenhosa ao ver o nome na lateral. – Pequena Livraria dos Sonhos! Rá rá rá. Hilário. Não tem muito disso por aí, pode ter certeza.

Nina mordeu o lábio, sem querer admitir que quanto a isso a mulher podia ter razão.

Kate continuou, pavoneando-se pelo pátio como se fosse dona do lugar. Nina não queria perguntar se isso era verdade. Lennox estava imóvel, assistindo a tudo aterrorizado.

– Então, o que você faz? Sai dirigindo por aí em busca de casamentos vulneráveis?

– Já chega, Kate – interrompeu Lennox, com a voz firme.

– Por quê? Eu tenho o direito de fazer perguntas, não tenho? Embora eu saiba muito bem que você preferia que eu desaparecesse para sempre, que me escafedesse e nunca mais te incomodasse.

– Kate, a gente já conversou. – A voz dele estava exausta. – Essa fazenda é da minha família. É meu direito de nascença.

– Ah, eu sei, é só o que você sabe fazer, blá-blá-blá. Sim. E é por isso que você é um velho tão chato e insuportável que nem é capaz de tirar férias ou ir assistir a uma peça ou curtir um jantar em um restaurante legal ou fazer qualquer coisa, *qualquer coisa*, que seja remotamente divertida.

– Eu apenas não sou esse tipo de pessoa.

– Como pode ter tanta certeza disso? Você vive enfurnado aqui o tempo todo! Ah, mas é claro, agora você tem companhia. Fala sério, Lennox, você não poderia nem se dar o trabalho de andar 100 metros para achar uma mulher? Você nunca fez o tipo preguiçoso...

– Não fala assim dela.

Kate revirou os olhos.

– Acho que essa mocinha calculista é bem capaz de se defender sozinha.

– CHEGA.

Lennox foi na direção dela, furioso. Kate apenas sorriu. Nina notou que ela sabia muito bem como tirá-lo do sério. Kate era tão linda e talentosa, tão confiante – todos os atributos que Nina sempre desejara ter, tudo aquilo que sempre invejara nos outros –, e ainda assim, lá estava ela, furiosa, gritando e perdendo a linha. Era estranho demais.

Então Kate voltou-se para Nina.

– Então, querida, me fala mais sobre o seu passatempozinho. Porque *ela* pode ter um passatempo, não é, Lennox? Eram só os meus interesses que você desaprovava.

– Não – respondeu Lennox. – O que eu desaprovo é que você nunca se mantém firme em nada. Um dia era cerâmica; no outro, pintura; depois, argila; depois, design de interiores. Você nunca leva nada a sério.

– Isso é porque nunca tive o seu apoio. Você me largava aqui nessa porcaria de casa e passava o dia inteiro fora.

A tristeza ficou evidente no rosto de Lennox.

– Houve um tempo em que você sonhava com o dia de vir morar aqui – recordou ele, baixinho.

– O que só mostra a idiota que eu era.

Kate abriu a porta da van. Nina não fez nada. Não queria ficar no caminho de uma pessoa tão alterada.

Kate entrou, perscrutando as paredes cinza-claro, as lindas estantes, o candelabro. Parou, de repente, e deu meia-volta. Com um olhar curioso, disse a Nina:

– Ah! Ah. Isso é... – Ela correu as mãos pelas prateleiras. – É lindo.

Pela maneira com que Kate tocava os livros, Nina notou que ela era uma leitora contumaz. Sempre conseguia identificá-los só de olhar, até mesmo os mais furiosos.

– Ah – fez ela, outra vez. – E você cuida disso tudo sozinha?

– Tenho uma ajudante – respondeu Nina baixinho, dando de ombros.

Mas Kate tinha estacado ao lado da caixinha onde Nina guardava o dinheiro. Estava boquiaberta. Nina olhou para dentro da van a fim de ver o que estava acontecendo.

– Eu... – começou Kate, depois parou e tentou outra vez: – Já faz anos que eu não vejo este livro.

Era o último – e grudento – exemplar de *Entre os telhados*. A expressão de Kate suavizou e, de repente, Nina vislumbrou a criança que ela fora: bela, mimada, superprotegida. Kate estendeu a mão para o livro.

– Posso? – perguntou, e Nina assentiu. – Era essa edição que eu tinha – sussurrou, virando as páginas com muito cuidado.

– Sim, foi uma sorte inacreditável ter encontrado esses livros – contou Nina. – É lindo, não?

– Ah! É aqui que o pombo perde a perna e eles fazem uma nova com palitinho de pirulito.

Nina respondeu com um sorriso.

– Ah, a galeria dos sussurros…

– Eu sempre ficava com medo nessa parte – comentou Nina.

Kate concordou, dizendo:

– Nossa, eu também. E o Estreito do Galeão...

– Toda vez que eu lia, achava que eles não iam conseguir.

Kate ergueu o livro.

– Posso... posso...? – perguntou ela.

– É o meu último exemplar – explicou Nina. – Não posso me desfazer dele, desculpe.

– Ah – fez Kate. – Ah.

– E eu divido... divido o livro com um dos meus clientes.

– Mas eu quero – rebateu Kate, fazendo um biquinho gracioso.

Nina olhou para ela. Era óbvio que a mulher estava acostumada a ter tudo o que queria. Sempre.

– Não vou vender para você – repetiu Nina com delicadeza. – Pertence a outra pessoa.

As duas se entreolharam por um bom tempo.

– Ah, céus – desabafou Kate, largando-se em um dos pufes. – Estou TÃO cansada. Estou farta disso tudo.

Nina assentiu.

– Eu entendo. De verdade. O que está atrasando o processo?

Kate suspirou.

– Meu advogado me aconselhou a insistir e pedir a fazenda inteira. Aí a gente poderia negociar e chegar a um acordo intermediário.

– Você quer mesmo a fazenda?

– Óbvio que não. O que eu ia fazer com ela? Mas Lennox só diz não, não e não. "Você não vai ficar com a fazenda. Sem discussão." É turrão que nem uma mula.

Nina deu um meio sorriso.

– Ah, imagino. Ele não fez uma contraoferta?

– Lennox diz que está esperando isso da gente. Mas meu advogado está irredutível. E os custos do processo só aumentam.

– Ah, pelo amor de Deus. Por que você não pede... – Nina parou no meio da frase, se dando conta do que estava prestes a dizer. Mas já estava na hora de o conflito terminar, não estava? – Por que não pede para ficar com o celeiro? – concluiu Nina. – Aposto que poderia vender por um bom dinheiro, ou alugar, e aí você poderia ir morar onde quisesse.

Kate franziu o cenho.

– Mas se Lennox recusar, eu vou perder muito.

– Ele não vai recusar – argumentou Nina.

A cada dia, ela vinha aprendendo que Lennox podia ser taciturno, turrão, arredio... mas, acima de tudo, por baixo da fachada durona, ele era generoso. Sua essência era generosa. Nina acreditava nisso de coração. Mais do que em qualquer outra coisa.

Kate se pôs a olhar para ela.

– Acha mesmo?

"O que eu acho é que vocês têm que parar de brigar igual a duas crianças", pensou ela, mas, felizmente, conseguiu se conter.

Nina voltou para o pátio. Lennox andava de um lado para outro, furioso, e Salsinha não desistia – embora sem sucesso – de tentar chamar a atenção do dono para alegrá-lo.

Lennox voltou-se para ela com tristeza no olhar.

– Você acha que eu deveria dar a fazenda a ela e pronto? – perguntou ele. – Sei que posso conseguir outra coisa... pelo menos eu acho.

– Não seja bobo! Kate não quer a fazenda. Ela só pediu isso para poder negociar um acordo melhor.

– Foi por isso que Ranald me disse para fazer jogo duro.

– Bom, os dois estão fazendo jogo *burro*. Por que não oferece o celeiro a ela?

Lennox franziu o cenho.

– Não quero que Kate seja minha vizinha.

– Ela não vai vir morar aqui, seu idiota. Vai vender ou alugar por temporada e ganhar muito dinheiro.

Lennox olhou para Nina por um instante.

– Mas para onde você vai?

– Será que a gente pode resolver um problema de cada vez, por favor?

Lennox suspirou.

– Acha mesmo que isso vai funcionar? Sério?

– Entra lá na van e vai resolver isso – pediu Nina. – Agora. Anda logo, antes que os terríveis advogados piorem tudo.

Nina se sentou em uma mureta de pedra que havia no pátio. Salsinha logo veio pôr a cabeça no colo dela.

– Eu sei – disse ela, acariciando as orelhas dele. – Eu também, Salsito. Eu também.

Dentro da van, tudo estava quieto, e já fazia um bom tempo que os dois estavam lá. Nina suspirou fundo. O que diabo estavam fazendo lá dentro? Estariam se reconciliando? Fazendo planos para o futuro? Será que Lennox tinha dado tudo a ela em um instante? Ah, céus. Para piorar, estava começando a esfriar.

Quando Lennox enfim saiu, estava pálido. Olhou para Nina, assentindo em silêncio.

– E aí? – exigiu saber ela.

– Eu disse... Espero que não se incomode, mas eu disse que ela poderia ficar com o celeiro. Sinto muito, Nina.

Nina suspirou. Ficou em silêncio por um instante, dando a oportunidade para que ele dissesse "Então, quer vir morar na minha casa?", mas é claro que Lennox não disse isso.

Afinal, por que diria? Fazia poucas semanas que estavam saindo e, ainda por cima, nem haviam conseguido ter uma conversa séria sobre o relacionamento. Enfim. Claro que não. Pensou outra vez nas Ilhas Orkney e sentiu a garganta seca.

– Ah – continuou Lennox, de forma casual. – Ela também queria um dos seus livros.

Nina ergueu os olhos no mesmo instante, sobressaltada.

– E você deu?

Ele a olhou. O silêncio se estendeu.

– Claro que não – respondeu, por fim. – Eu disse que só por cima do meu cadáver ela levaria um livro seu.

Nina sorriu para Lennox, e a tensão se desfez.

– Hum... quer um chá?

Naquele exato instante, o lindo exemplar de *Entre os telhados*, o último, rasgou o ar com tremenda força, atingiu a mureta úmida e caiu, bem em cheio, no cocho dos cavalos. Chocados, Lennox e Nina ficaram olhando para o livro, e foi quando Kate saiu da van pisando firme, com uma expressão cruel no rosto.

– Você não pode ter tudo o que quer, tá bom? Não mesmo.

Então saltou para dentro de seu carro e foi embora.

Os dois até tentaram salvar o livro, mas o estrago era irreparável.

– Sinto muito mesmo – falou Lennox. – Vou comprar outro pra você.

– Vai ser mais fácil achar uma agulha num palheiro – rebateu Nina. – Bem, fazer o quê? Talvez seja melhor que ele fique apenas na minha memória mesmo.

Eles se entreolharam.

– Quer entrar? – ofereceu Nina.

Lennox balançou a cabeça.

– Ainda não terminei o trabalho por hoje. Tem mais uma coisa que preciso fazer, prometi ao Nige. A motosserra dele quebrou.

– O que vai fazer?

Ele balançou a cabeça outra vez.

– Você não vai gostar nada, nada. Foi justamente pensando nesse trabalho que eu... que me deu vontade de vir ver você.

– Posso ir com você?

– Se quiser.

Passaram o caminho inteiro em silêncio. Salsinha pousou a cabeça no joelho de Nina, olhando-a com seus grandes olhos doces. Nina não fazia ideia de aonde estavam indo até o instante em que pegaram uma estradinha muito familiar, cercada de flores silvestres.

– Aonde estamos indo? – perguntou, com o coração batendo a uma velocidade assustadora.

– Então... é aquela árvore – contou Lennox, examinando o rosto dela com cuidado. – Está doente. Vou ter que cortar. É um risco para todos. Eu bem que te avisei.

Nina mordeu o lábio.

– Entendo.

Examinou o próprio coração para entender como se sentia. Concluiu que estava triste, mas não arrasada.

Enquanto Lennox pegava o machado e a motosserra na mala do carro, Nina se aproximou da árvore. Viu os livros de Marek, mas, conforme se aproximava, notou que havia algo mais. Pequenos berloques de plástico em formato de livro, chaveiros de livro, enfeites de livro, pendurados em todos os galhos, com inscrições e nomes: "Elspeth e Jim para sempre." "Callie ama Donal." "Kyle + Pete S2."

– De onde veio tudo isso? – perguntou ela, impressionada.

Lennox olhou a árvore.

– As pessoas são loucas. Fala sério... quem faz esse tipo de coisa?

Nina, por sua vez, contornava a árvore maravilhada.

– É tipo... Os apaixonados visitam este lugar. É como a ponte dos cadeados em Paris. Olha só! Eles deixam livrinhos! E penduricalhos de livros! E poemas! Mas como ficaram sabendo? – perguntou Nina.

A árvore se agitou de leve ao sabor do vento.

– Alguém deve ter espalhado a notícia. Nossa, uau... – Nina sorriu. – Acho que Marek teria gostado de ver essa árvore assim.

– Você ainda pensa muito nele? – perguntou Lennox, carrancudo.

– Não. E não vou mais falar disso. Mas não penso, não.

Lennox parou diante da árvore com a motosserra.

– Não! – exclamou ela. – Você não pode cortar essa árvore agora! Olha só pra ela!

– Eu preciso cortar. Ela está doente.

– Mas ela é tão linda…

– Nina. A árvore está morrendo. Ela tem que ser removida. Já tá toda carcomida por dentro. Pode cair na estrada, pode cair no trilho. Tenho que cortar.

– Mas...

Ele balançou a cabeça.

– Aqui no campo, nem tudo é lindo e maravilhoso. As coisas belas também podem ser perigosas.

Nina aquiesceu.

– Mas e todos esses livros...

– Pelo amor de Deus, parece que você acha que os livros estão vivos.

– Mas estão mesmo – protestou Nina.

Lennox deu um passo à frente e a pegou pela cintura. Imprensou-a contra a árvore e a beijou, intensa e profundamente.

– Tão vivos quanto isso? – quis saber ele.

Nina olhou dentro dos olhos de Lennox e abriu um sorriso com malícia.

– De uma maneira diferente, mas sim.

Lennox a beijou outra vez.

– E agora?

– Ora, acho que eu posso amar mais de uma coisa ao mesmo tempo.

Lennox recuou.

– O que você disse?

No mesmo instante, Nina se deu conta do que havia falado. Levou a mão à boca, enrubescendo.

– Ah, não, eu não...

Lennox a encarou, sério, sob a árvore de livros.

– Você está falando sério?

Nina ficou tão envergonhada que mal conseguia falar.

– Eu não... quer dizer...

Ele se deteve por um instante.

– Quer dizer... você pode mesmo amar mais de uma coisa?

Nina olhou no fundo daqueles olhos azuis.

– Eu... eu adoraria – sussurrou ela.

Então Lennox a beijou mais uma vez, de corpo e alma.

Depois de tudo, os dois se afastaram da árvore.

– Agora você não vai mais cortar, né?

Ele sorriu.

– Vou! Você não ouve, não?

– Eu nunca ouço.

– Bom, então ainda bem que eu não falo muito, né?

Nina se virou e olhou para a árvore.

– Então eu vou esperar no carro. Não vou ficar aqui para ver.

– Ela vai dar uma lenha bem boa pra gente. No inverno – explicou Lennox.

Nina olhou para ele de modo interrogativo, mas Lennox não desenvolveu a ideia.

Quando a motosserra rugiu, ela abraçou Salsinha dentro do carro, balançando-se para a frente e para trás, sussurrando em suas orelhas "Ah, meu Deus, ah, meu Deus" de vez em quando. Enquanto Lennox trabalhava, Nina ficou observando as costas largas dele. Estava satisfeita em se concentrar nele e em nada mais, mesmo com o coração cheio de tristeza por causa da derrubada da linda árvore.

O dia estava chegando ao fim quando Lennox terminou de guardar as toras de madeira no carro.

– Agora a paisagem está tão nua... – observou ela.

– É, mas daqui a uns dias eles vão trazer a nova.

– Hein?

– A árvore nova. Achou que a gente ia deixar um buraco desse tamanho na floresta?

– Ué, sei lá – falou Nina, com a mente chacoalhando como se fosse uma máquina de lavar.

– Bem, parece que você não entende muito de fazenda. Vão plantar uma uma mudinha aqui. Ou talvez uma árvore um pouquinho maior. Enfim. O importante é que vai ser uma planta nova, em vez de uma árvore toda bichada.

– Nossa!

– Talvez vocês possam vir enfiar os livros na árvore nova.

– Tomara. – Nina sorriu.

– Você está com uma cara feliz.

– Estou mesmo. Muito feliz – disse Nina, olhando para ele. – O que foi? Está tudo bem?

Lennox assentiu.

– Também estou feliz. – E então falou algo que a pegou completamente de surpresa: – Sabe, eu estava pensando em tirar uns dias de folga.

– O quê? Você?

– Isso. Eu nunca paro pra descansar. E acho que isso não tem me feito muito bem. – Lennox parecia desconfortável. – Enfim. O Ruaridh consegue administrar a fazenda tão bem quanto eu. Tá mais do que na hora de ele assumir mais responsabilidades. E eu tava pensando, sabe... Sempre quis conhecer as Ilhas Orkney.

Nina voltou-se para ele, os olhos arregalados. Lennox prosseguiu:

– Ou não. Quer dizer. Não tem que ser as Ilhas Orkney. Eu quero fazer uma viagenzinha, só isso. Mas se você vai se mudar para as Ilhas Orkney, bom... achei que eu podia ir te visitar. Porque... Meu Deus, Nina. Eu... eu acho que não consigo viver sem você.

Nina sorriu.
– Eu não *tenho* que me mudar.
Ele olhou para ela.
– Ué, você não tinha falado de uma oferta de trabalho lá?
Ela balançou a cabeça.
– Eu estava esperando... estava esperando ser salva no último minuto.
– Mas eu deixei Kate ficar com o celeiro... é a sua casa.
– Pena que não tem outro lugar onde eu possa morar...
Lennox olhou para ela.
– Está falando da fazenda?
– Seria meio precipitado... quer dizer, a gente mal se conhece.
Lennox franziu o cenho, dizendo:
– É claro que a gente se conhece.
Nina riu.
Quando voltaram à fazenda, passaram pelo pátio enxotando as galinhas. Lennox estacionou com cuidado e ambos saíram do carro.
– Mas e aí? O que acha? – perguntou ele, cauteloso.
Salsinha saltou do carro, correndo de Nina para Lennox e de volta. Nina olhou para a van.
– Eu teria que trazer o carro para baixo. Deixar estacionado aqui, perto da casa.

Capítulo trinta e seis

Nina nunca poderia imaginar que o inverno seria tão frio e escuro. Lá fora não havia postes de luz, nada entre ela e o grosso cobertor negro que cobrira o céu a partir do mês de outubro e não dava nenhum sinal de que recuaria antes da primavera. Em alguns dias, mal havia sol. As árvores estavam sempre cobertas de longas estacas de gelo, as estradas viviam sobrecarregadas de neve e era impossível passar a não ser de Land Rover. A respiração do gado saía em espessas nuvens de condensação, e as janelas eram fustigadas pelo granizo durante as frequentes tempestades. Não havia muito o que fazer além de ficar em casa, conservando energia e aguardando o fim dos meses mais escuros.

Nina estava adorando.

Encontrava-se diante do fogão Aga a lenha, onde a sopa estava esquentando, e pensava alegremente em Ainslee, que tinha chegado ao trabalho correndo naquela manhã e saíra correndo depois de cerca de uma hora, explicando que também estava dando aulas de reforço, o que pagava bem melhor do que a livraria. Nina estava esperando o momento em que ouviria os passos de Lennox no corredor, o jeito cuidadoso com que ele tirava as botas.

No fim das contas, os dois tinham mesmo viajado para as Ilhas Orkney, e fora maravilhoso. Haviam se hospedado em um pequeno chalé de pescador, entupiram-se de vieiras e morcelas e ostras, fizeram passeios de barco pelas grandes baías e passavam a noite inteira fazendo amor. Não houvera um único dia em que Nina não desejasse conhecer ainda melhor aquele homem quieto e pensativo, e quando, enfim, decidiram voltar para a fazenda que ambos amavam tanto, foi com muita naturalidade que decidiram morar juntos, transformando aos poucos a linda e austera casa de Lennox em um lugar mais aconchegante, enquanto Kate punha o celeiro à venda. Nina mandava o anúncio para Surinder todos os dias. Não custava nada. Surinder viria naquele mesmo fim de semana para dar uma olhada. Não custava nada.

Quando Lennox enfim chegou, havia algo diferente no som de seus passos. Tanto ela quanto Salsinha ficaram atentos, na expectativa. Ele surgiu com um olhar um pouco constrangido.

– O que foi? – perguntou Nina, observando-o com um sorriso.

Ele veio dar um beijo nela e disse:

– Nada.

Mas havia um tom de culpa em sua voz.

– O que foi?

– Eu estava pensando, sabe... acho que esse negócio de leitura até que pode ter o seu apelo.

E revelou um exemplar novinho em folha de *Entre os telhados.*

– O quê? Onde conseguiu isso?! – exclamou Nina, extasiada.

Lennox abriu um sorriso.

– Eu tenho os meus métodos.

Depois do jantar, ele serviu duas doses de uísque e os dois foram se sentar diante do fogo. Lennox se deitou no chão, com a cabeça acomodada no colo de Nina, olhando sorridente para ela. Salsinha também veio deitar ao lado deles. Nina foi engolfada por uma onda de calidez e contentamento e felicidade.

– Vamos lá – começou ela. – "Era uma vez três crianças. Eles se chamavam Wallace, Francis e Delphine..."

Prova de conclusão do ensino médio

Resultados 2016/Torthaí scrúduithe 2016
Nome/Ainm: CLARK, Ainslee Aurora
Data de nascimento/Latha breith: 14/9/2000
Distrito/Céarn: Terras Altas

Resultados Exame Nacional 5

INGLÊS	A
HISTÓRIA	A
MATEMÁTICA	C
ARTES E DESIGN	B
GEOGRAFIA	B

Situação: Aprovado(a)

Agradecimentos

Ao longo da carreira, sempre dei, ao mesmo tempo, sorte e azar com as minhas editoras: sorte porque tive o privilégio de trabalhar com as mulheres mais maravilhosas e inspiradoras; e azar porque, no minuto em que começávamos a trabalhar juntas, elas eram promovidas a rainhas da cocada preta e iam embora. Não sei se isso me deixa contente ou paranoica. Enfim. Neste momento, sinto que tenho sorte, porque minha nova editora, Maddie West, é absolutamente brilhante.

Na Little, Brown, também gostaria de agradecer a Charlie King, Jo Wickham, Emma Williams, Thalia Proctor, David Shelley, Ursula MacKenzie, Amanda Keats, Felice, Jen e a equipe comercial, e também a todo o resto da equipe; à indispensável, irrepreensível e incrivelmente extraordinária Jo Unwin, e obrigada também a Orbit e LBYR, por serem tão holísticas. Eu odeio a palavra "holística", não sei por que usei. Mas vocês entenderam.

Obrigada a Ben Morris, guardião do lindo e saudoso cão Salsinha, cujo nome eu peguei emprestado, e a Alison Jack, pelas informações sobre o sistema educacional escocês.

Um agradecimento muito especial a todos na Escócia que nos acolheram com tanta generosidade esse ano. Fico mesmo muito grata. Agora, será que vocês podem desligar a chuva, por favor? Seria ótimo. Obrigada!

Além disso, Sr. B: neste livro tem muito de você. Ainda bem que você não vai ler. ;)

CONHEÇA O PRÓXIMO LIVRO DA AUTORA

A PADARIA DOS FINAIS FELIZES

Olá! Aqui estou eu de novo ocupando esta parte do livro que serve para falar da história. E esta história é muito simples: Polly abre uma padaria!

Mas, para mim, este livro na verdade é sobre ter coragem, sobre meter as caras e fazer as coisas mesmo quando está tudo contra a gente. Sobre se atrever a não viver na correria. Sobre a satisfação de fazer as coisas à mão. Sobre dividir com os amigos e vizinhos. Sobre o poder de uma ação simples e criativa com um toque de farinha e fermento resultar em algo realmente mágico.

E é sobre o poder das coisas simples de trazer alegria. A mudança das estações do ano, o mar, trabalhar duro em algo – tudo isso pode nos deixar mais felizes, mesmo quando a vida tenta com toda a força nos dar uma rasteira.

Também contém algumas piadas bem bobocas sobre pássaros. Provavelmente piadas demais, na verdade. Eu estava bastante apegada àquele pássaro...

Enfim, espero que você goste.

Um beijo,

Jenny

CONHEÇA OUTROS LIVROS DA COLEÇÃO ROMANCES DE HOJE

Desencontros à beira-mar

Jill Mansell

Após perder a hora, Clemency é a última a entrar no avião, frustrando os planos do belo passageiro que esperava viajar ao lado de um assento vazio. Durante o trajeto, ela percebe que o simpático estranho tem tudo para ser o amor de sua vida. Ela só não conta com um pequeno detalhe: ele é casado.

Três anos depois, ela está morando em uma casinha aconchegante perto da praia e tentando focar na própria carreira. Tudo segue na mais perfeita ordem até que o estranho apaixonante do avião, Sam, reaparece em sua vida, e agora ele não está mais casado. Será que Clem finalmente terá sua chance?

A casa dos novos começos

Lucy Diamond

Uma terrível descoberta leva Rosa a largar uma carreira de sucesso em Londres e, num impulso, recomeçar a vida como sous-chef em Brighton.

Georgie se muda para o Sul com o namorado, Simon, atrás de uma incrível oportunidade... para a carreira *dele*. Mas ela está determinada a ser bem-sucedida como jornalista e faz de tudo para trabalhar para uma revista local.

Após uma grande tragédia, Charlotte passa as noites isolada em seu apartamento. Porém, Margot, uma senhorinha estilosa que mora no último andar, tem outros planos para ela.

Quando as três se conhecem, a esperança renasce, a amizade floresce e um novo capítulo se inicia na vida dessas mulheres.

CONHEÇA OS LIVROS DE JENNY COLGAN

A pequena livraria dos sonhos

A padaria dos finais felizes

A adorável loja de chocolates de Paris

Um novo capítulo para o amor

A pequena ilha da Escócia